AF139209

Soldat auf Zeit

Für all die, die ich während meiner Dienstzeit kennenlernen durfte.
Trotz allem war es eine tolle Zeit!

*Danke an alle, die mich während der Entstehung un-
terstützt haben:*
*René und Easy dafür, dass sie sich alle diese Erinne-
rungen mindestens einmal angehört haben und einige
davon teilen,*
*Claudius, der mir beinahe "im Vorbeigehen" eine
Plattform für eine Lesung angeboten hat, obwohl das
Buch noch nicht gedruckt war,*
*Ute, die die Geschichten als beinahe losen Papiersta-
pel Korrektur gelesen hat,*
*Detlef, für den kleinen Motivations-Kick zwischen-
durch,*
und Mimi, die von all dem lange nichts geahnt hat.

Nobelix

Soldat auf Zeit
Erinnerungen eines Hauptgefreiten

FSC
www.fsc.org
MIX
Papier aus ver-
antwortungsvollen
Quellen
Paper from
responsible sources
FSC® C105338

*Bibliografische Information der Deutschen National-
bibliothek:*
*Die Deutsche Nationalbibliothek verzeichnet diese
Publikation in der Deutschen Nationalbibliografie;
detaillierte bibliografische Daten sind im Internet
über http://dnb.dnb.de abrufbar.*

© *2014 Nobelix*

*Herstellung und Verlag: BoD – Books on Demand,
Norderstedt*

ISBN: *978-3-7357-7453-8*

Inhaltsverzeichnis

Vorwort

"Vor langer, langer Zeit in einem weit, weit entfernten Land..."

So oder so ähnlich beginnen Märchen, Sagen und andere Geschichten. Und so ungefähr wie ein Märchenonkel oder ein Geschichtenerzähler fühle ich mich jetzt auch. Gut, bei mir würde der erste Satz eher lauten: "Damals, als ich noch jung, unerfahren und gutaussehend war, war ich ein Soldat." Heutzutage bin ich weder jung, noch unerfahren, noch gutaussehend, sondern höchstens noch "und", aber das ist eine ganz andere Geschichte.

Heute, über 10 Jahre nach meinem Ausscheiden aus dem aktiven Dienst, sehe ich ganz anders auf meine Dienstzeit zurück. Mittlerweile überwiegen die schönen Momente und es ist auch schon vorgekommen, dass ich meine Entscheidung, mich als Zeitsoldat zu verpflichten, als die Beste und Wichtigste in meinem Leben sehe. Und obwohl in meinen Erinnerungen die guten und schönen Momente überwiegen, so gab und gibt es Situationen, die ich meinem schlimmsten Feind nicht wünschen möchte.

Die Musterung

Diese Erinnerungen beginnen im Jahr 1999. Denken wir kurz zurück an dieses letzte Jahr des "alten" Jahrtausends: es gab noch die D-Mark, die NATO wird nach Osten erweitert, gleichzeitig beginnen die Operationen in Jugoslawien, Johannes Rau wird Bundespräsident, Bill Clinton muss sich wegen seiner Blas-Affäre verantworten und ich bin dabei, meine Schullaufbahn zu einem (guten) Ende zu bringen.

Damals gab es allerdings noch etwas, das es heute nicht mehr gibt: die Wehrpflicht. Jeder Mann zwischen 18 und 26 war verpflichtet, entweder Dienst bei der Bundeswehr oder einen Ersatzdienst zu leisten. Ich war mir zu der Zeit nicht sicher, welchen der beiden Dienste ich leisten wollte und so entschied ich, mich erst einmal mustern zu lassen.

Zu der Zeit gab es in Bremen noch ein eigenes Kreiswehrersatzamt - die Behörde, die für die Musterungen und die Nachwuchsgewinnung der Bundeswehr zuständig war - und dorthin wurde ich eingeladen. An diesem Morgen ließ ich mich von meiner Mutter dort absetzen und spazierte gut gelaunt und ohne zu wissen, was mich erwarten würde, durch die Tür. Dort gingen dann Tests von Allgemeinwissen, Kombinationsgabe, Logik und anderem los. Eigentlich wurde alles geprüft und getestet, was man nur testen konnte.

Irgendwo muss ich relativ gut gewesen sein, denn ich erinnere mich schwach, dass ich noch zusätzliche

Tests absolvieren durfte - oder musste: die Erkennung von morsezeichenähnlichen Tönen und Tonfolgen.

Dann kam die medizinische Untersuchung und der wirkliche Spaß begann. Ich hatte schon immer ein besonderes Verhältnis zu Ärzten: ich ging ihnen aus dem Weg, wann immer es ging. Und wenn es nicht anders ging, dann wurde ich gelegentlich ziemlich neugierig, was die Ärzte mit mir veranstalten wollten und warum. So war es auch an diesem Tag. Ich hatte gerade einige Kniebeugen, eine Blutdruckmessung und das Füllen eines Pappbechers auf dem Klo hinter mich gebracht, als der Doktor meinte, ich sollte meine Hosen herunterlassen und mich vorbeugen. Das fand ich reichlich komisch, denn ich trug ja nur noch Shorts. Also brummelte ich ihm ein "Nö" entgegen und setzte mich auf die Untersuchungsliege. Das dann folgende Gespräch ging ungefähr so:

Doktor: "Das muss aber, das steht so auf dem Untersuchungsplan."
Ich: "Was haben sie denn überhaupt vor?"
Doktor: "Ja nu, Untersuchung halt."
Ich: "Und was für eine?"
Doktor: "Nu machense schon. Da könnense sich eh nicht gegen wehren."
Ich: "Und das sagt wer?"
Doktor: "Ich"
Ich: "Najaaaaaa ...schauen sie sich doch einmal kurz an: 1,70m groß, nicht grad kräftig gebaut und genervt. Wollen sie mich zu der Untersuchung zwingen?"
Doktor: "Wenn es sein muss, ja."
Ich: "Versuchen sie es doch mal - aber ich warne sie schon mal vor: ich werde mich wehren."

Ab da war der Doktor nicht nur genervt, sondern gewaltig angepisst und wollte wissen, ob ich ihm drohen würde - etwas, was ich niemals tun würde. Nein, ich habe ihn gewarnt. Denn gegen meine 1,92m und knapp über 100 kg Kampfgewicht würde er es ziemlich schwer haben. Vor allem, wenn er nicht sagt, was er untersuchen möchte und wie er es untersuchen will. Am Ende hat der gute Doktor dann darauf verzichtet, mich weiter zu untersuchen, allerdings wurde ich beim abschließenden Beratungsgespräch dann noch einmal darauf angesprochen. Naja, wenn ich ehrlich bin, mir wurde vorgeworfen, ich hätte mit körperlicher Gewalt gedroht. Am Ende hat es der Doktor dann doch eingesehen, dass seine fehlende Auskunftsfreudigkeit ein kleines bisschen maßgeblich Schuld an der Auseinandersetzung gewesen ist. Aber nur ein kleines bisschen, denn er ist ja schließlich Arzt und er weiß, was er tut. Später zeigte sich dann aber, dass er nicht alleine in den Reihen der Bundeswehrärzte war. Geballte Kompetenz.

Kurz darauf erhielt ich dann die Quittung: den Musterungsbescheid mit dem Ergebnis T7. Nun werden sich einige Menschen fragen, was das bedeutet. Ganz einfach: die Tauglichkeitsstufe 7, kurz T7, ist für Menschen gedacht, die zwar körperlich untauglich sind, aber nicht so untauglich, um sie einfach auszumustern. Bei mir lag es an einer damals noch recht kräftig ausgeprägten Hausstaub-Milben-Allergie mit Asthma. Ich wurde also einberufen, aber zu einer "Allgemeinen Militärischen Grundeinweisung" - fast so wie eine Grundausbildung, aber eben nicht ganz so. Die genauen Unterschiede sollte ich später genauer erfahren.

Grundausbildung

Die ganze Geschichte um die Musterung geriet erst einmal in Vergessenheit, gab es zu der Zeit doch deutlich wichtigeres. Die Abiturprüfungen standen nicht nur vor der Tür sondern schon im Hausflur und forderten meine volle Aufmerksamkeit. Dazu noch ein kurzer Urlaub mit einem Interrailticket und der Abiball mit der Zeugnisübergabe und meine Mitarbeit bei der Abizeitung (die fast schon die Ausmaße eines Jahrbuches annahm) und schon war die schöne Schulzeit vorüber - bis dann plötzlich ein Brief von der Bundeswehr eintraf, mit offiziell aussehendem Stempel, Wappen und allem Gedöns. Der Inhalt: Eine Einladung, mich am 4. Juli 1999 bei meiner neuen Heimat einzufinden.

So kam es also, dass ich mich an diesem besagten Tag noch recht früh am Morgen in der Kaserne "Kaff im Walde" einfand. Dort kam dann das, was vor mir schon tausende anderer junger Männer erlebt haben: die Einteilung in Einheiten und Stuben und die Einkleidung in die schicken, modernen und gut sitzenden Sportanzüge[1] Ab diesem Tag gab es keine Individualität durch Kleidung mehr.

Die nächsten Tage waren vollgestopft mit Unterricht, dem Lernen der Dienstgradabzeichen und der Nationalhymne, medizinischen Untersuchungen und den

---

[1] Der erste Satz Kleidung, den ein Rekrut bekommt. Wird sowohl zum Sport getragen als auch bei der Krankmeldung im Sanitätsbereich.

ersten Sport-Einheiten. Der Zug[2], dem ich zugeteilt wurde, bestand aus ungefähr 40 Rekruten, wie ich mit der Tauglichkeitsstufe 7 gemustert. Immerhin war ich schon mal nicht der Einzige, der körperlich nicht voll Leistungsfähig war. Ganz im Gegenteil, ich gehörte noch mit zu den fittesten. Auf meiner Stube waren vom Rückenpatienten, der mit 14 seinen ersten Bandscheibenvorfall hatte, bis zum ehemaligen Profifußballer, der nach Kreuzbandrissen an beiden Knien nie wieder Geld mit dem Sport verdienen konnte, untergebracht. Insgesamt war unser Zug eher der Underdog unter den Ausbildungseinheiten. Von den anderen Ausbildern und Rekruten belächelt (und manchmal sogar ausgelacht), hatten wir nicht gerade eine kleine Last zu tragen. Trotzdem - oder vielleicht auch gerade deswegen - wurden wir sehr schnell ein Team. Einer half dem anderen, ganz egal, worum es dabei ging. Und gerade, weil wir die Underdogs waren, hatten wir immer wieder Spaß daran, die anderen (körperlich topfitten) Rekruten in ihre Schranken zu weisen oder vorzuführen.

Da gab es zum Beispiel den Eingewöhnungsmarsch, ein "kleiner" Ausflug auf den örtlichen Übungsplatz. Während die anderen Züge schon früh am Morgen die Kaserne verließen, konnten wir uns noch ein halbwegs ausgiebiges Frühstück genehmigen und gingen so gut gestärkt auf den Marsch. Bei strahlendem Sonnenschein und etwa 25 Grad im Schatten ging es durch die Kaserne auf den staubtrockenen Übungsplatz. Nach einer Runde von ungefähr 6 Kilometern ging es

---

[2] militärische Einheit, eine Kompanie besteht aus mehreren Zügen

14

dann wieder zurück in die Kaserne zu Unterricht und Sport.

In den folgenden Tagen und Wochen wechselten sich dann theoretischer Unterricht, Formaldienst, Sport, Ausflüge auf den Übungsplatz, Waffenausbildung und anderes ab - bis es dann eines Tages zum ersten Mal auf die Standortschießanlage ging. Dort sollten wir nach langer und ausgiebiger Ausbildung zum ersten Mal einen scharfen Schuss abgeben. Natürlich waren auch die "anderen" Ausbildungseinheiten des Standortes ebenfalls auf der Schießanlage, so dass wir zum ersten Mal direkt aufeinandertrafen und zeigen sollten, was wir können. Sehr zur Überraschung der Ausbilder zeigten wir, die "halbtoten", deutlich bessere Schießergebnisse - und konnten so schon einmal deutlich punkten. Zum Leidwesen der anderen Rekruten wurde noch auf dem Schießplatz entschieden, dass die anderen Einheiten am Abend noch in den Genuss einer zusätzlichen Waffenausbildung kommen sollten, während wir unsere verdiente Feierabend-Gerstenkaltschale schlürfen konnten. Besonders gut erinnere ich mich an einen Unteroffizier, der auf meiner Schießbahn Aufsicht machte als ich schoss. Er sah, dass ich als Einziger mit links schoss und dabei auch noch gar nicht so schlecht traf. Nach dem Durchgang ließ er sich meine Waffe geben und fragte nach dem ermittelten Haltepunkt[3]. Ich antwortete wahrheitsgemäß mit "schießt Fleck, einfach die 10 aufsitzen lassen". Er wollte das dann auch sofort ausprobieren und lud, legte an und schoss. Nach fünf Schuss kam die Trefferaufnahme und es wurden fünf

---

[3] Haltepunkt: Der Punkt, auf den man auf der Zielscheibe zielt, um möglichst die Mitte zu treffen.

Fahrkarten[4] durchgesagt. Als die nächsten fünf Schuss kein besseres Ergebnis brachten, wurde ich zum Unteroffizier gerufen, der sich leicht auf den Arm genommen vorkam. Er hatte allerdings nicht bedacht, dass sich der Haltepunkt bei anderen Schützen durchaus ändern kann - besonders, wenn man mit der anderen Hand schießt.

Ein weiteres Highlight war die Rekrutenbesichtigung, eine 24-Stündige Übung und gleichzeitig eine Art Abschlussprüfung für die Rekruten. Eingerichtet hatten wir uns in zwei Übungshäusern auf dem örtlichen Übungsplatz. Ein Übungshaus, auch kurz ÜbHaus genannt, ist eine Art Rohbau - ohne jegliche Einrichtung, ohne Leitungen aber mit Dach. Mitten im Wald gelegen, hatten wir die beiden Häuser in guter, alter Westernmanier zum Fort ausgebaut. Die Fensteröffnungen waren durch Sandsäcke auf kleine Schießscharten verkleinert, die Zugangswege hatten wir mit Stolperdrähten und versteckten Ladungen[5] gesichert und Waffen und Munition waren mehr als ausreichend vorhanden. Das Feindkommando bestand aus Ausbildern der anderen Einheiten und hatte sich entsprechend gut vorbereitet - die wollten uns ja immerhin mal so richtig zeigen, wo der Frosch die Locken hat und dass wir "halbtoten" eigentlich gar nichts bei der Bundeswehr zu suchen haben. Leider hatten sie nicht damit gerechnet, dass wir genau davon ausgegangen sind und uns entsprechend vorbereitet hatten (und darauf auch von unseren Ausbildern vorbereitet wur-

---

[4] Fehlschuss, kein Treffer auf der Zielscheibe
[5] Handgranaten oder andere Sprengmittel, die durch Drauftreten oder Stolperdrähte ausgelöst werden. Eigentlich kein Inhalt der Grundausbildung, aber unser Ausbilder (ein ehemaliger Panzerpionier) hat es uns trotzdem gezeigt

den). Der erste Angriff kam in der Abenddämmerung und blieb vor Schreck in den Stolperdrähten hängen. Wirklich jede versteckte Ladung wurde schon bei der Annäherung ausgelöst, so dass wir ziemlich genau wussten, wann und wo das Feindkommando zum ersten Mal auftauchen würde. Dementsprechend waren auch die Blicke des Feindkommandos, als sie in unsere grinsenden Gesichter und bösen Seiten[6] unserer Gewehre sahen. Der zweite Angriff erfolgte dann gegen Mitternacht. Während sich bei uns so langsam Müdigkeit breitmachte, war das Feindkommando plötzlich direkt vor dem Haus. Sie stürmten durch die Zugänge hinein und drängten uns zurück in die obere Etage, wo wir uns - wie es geplant war - gesammelt haben, um die Angreifer wieder aus dem Haus herauszuwerfen. Leider wollten die aber nicht so einfach gehen, so dass wir zu ziemlich deutlichen Mitteln greifen mussten. Und so kam es, dass auf einmal so um die 20 Handgranaten durch das Treppenhaus purzelten und sich in der unteren Etage verteilten. Die Angreifer sahen und hörten die Granate und ergriffen die Flucht. Leider verschätzten sich einige in dieser Situation ein kleines Bisschen und verfehlten die Türen. Stattdessen wollten sie durch die mit Sandsäcken verbarrikadierten Fenster springen. Der erste Mann, der die Sandsäcke erreichte, blieb natürlich an ihnen hängen. Kurz darauf prallte ein zweiter Mann von hinten auf den ersten Springer und die Sandsäcke, die sich dieses geballten Ansturmes nicht erwehren konnten und so kippten beide Angreifer mitsamt der Sandsäcke im Zeitlupentempo nach draußen. Später haben wir erfahren, dass sich bei diesem Stunt keiner der

---

[6] Gewehre und Pistolen haben eine gute und eine böse Seite, die gute Seite zeigt zum Schützen und die böse Seite dementsprechend vom Schützen weg.

beiden ernsthaft verletzt hat. Trotzdem mussten sie nach diversen Prellungen im Gesicht ihr Essen einige Tage aus der Schnabeltasse zu sich nehmen.

Am frühen Morgen erfolgte dann der dritte und letzte Angriff, an den ich mich nur aus Erzählungen erinnern kann. Das Letzte, das ich noch sicher weiß, ist, dass ich mich mit dem Gewehr in der Hand und dem Helm auf dem Kopf in eine Hausecke gelehnt hatte. Der Boden war einfach zu kalt und zu ungemütlich zum Ruhen[7] und irgendwie geht das auch im Stehen. Am nächsten Morgen klopften mir dann alle auf die Schultern und meinten, dass ich ein großartiges Feuerwerk veranstaltet hätte und wohl beinahe alleine den Angriff zurückgeschlagen hätte. Das Problem dabei war: ich konnte mich an nichts erinnern. Das Einzige, das darauf hindeutete, war dass ich keine Munition mehr hatte und auch die letzten Handgranaten verschwunden waren. Beim Abschlussbier nach der Übung wurde ich dann aufgeklärt und erfuhr, was passiert war.
Die restlichen (unverletzten) Ausbilder hatten sich, wohl ziemlich wütend von den vorhergehenden Niederlagen, einen Fünftonner-GL[8] organisiert und wollten mitsamt auf dem Dach montiertem Maschinengewehr direkt vor das Haus fahren. Da sie aber recht früh bemerkt wurden (was bei dem LKW kein Problem ist, ist er doch ziemlich laut), machten sie den Fehler, bis direkt an die Wand heran zu fahren. Das bedeutete zwar einen schlechten Schusswinkel für uns, brachte sie aber in eine überaus günstige Wurfweite für unsere Handgranaten, die dann auch prompt

---

[7] Soldaten im Dienst schlafen nicht, sie ruhen bloß. Genau wie Feuerwehrleute und Rettungsdienstler.
[8] LKW 5-to GL, ein geländegängiger MAN-LKW mit einer Ladekapazität von 5 Tonnen.

gut gezielt durch die Dachluke ins Fahrerhaus fielen. Damit war dann auch dieser Angriff beendet.

Unsere größte Stunde schlug allerdings beim feierlichen Gelöbnis der Rekruten. Schon früh am Morgen begannen die Vorbereitungen auf Flur und Stuben. Zum ersten Mal wurde der große Dienstanzug angelegt, Krawattenknoten wurden geübt und hinter verschlossenen Türen probten einzelne Gruppen noch einmal das Marschieren, kurzum: alles sollte perfekt sein.

Stattfinden sollte das Theater irgend im Nirgendwo, auf einem Acker zwischen Hannover, Celle und Nienburg. Nach dem Frühstück saßen wir auf Busse auf und wurden quer durch die norddeutsche Tiefebene gekarrt, bis wir irgendwo abseits aller Zivilisation direkt neben einem gigantischen Misthaufen parkten. Auf dem Acker waren bereits um die 400 Mann angetreten und schon am späten Vormittag brannte die Sonne so stark auf uns nieder, dass sich Sanitäter bereitmachten, die Kameraden einzusammeln, deren Kreislauf das nicht länger mitmachte. Auch aus unserem Bataillon klappten nach kurzer Zeit die ersten Rekruten zusammen, wurden nach hinten durchgereicht und weggetragen. Nur der Zug der "halbtoten" stand immer noch komplett, als der örtliche Dorfbürgermeister die Front abgeschritten hatte. Dass er dabei ein Tempo an den Tag legte, bei dem man ihm locker beide Schuhe hätte neu besohlen können - und wahrscheinlich dabei auch noch die Socken stopfen können - trug nicht unwesentlich zu weiteren Ausfällen durch die sommerlichen Temperaturen bei. Am Ende des Tages hatten wir nur einen einzigen Ausfall zu beklagen, was uns sogar eine Runde Freibier vom Chef einbrachte.

Leider gab es trotz der großartigen Kameradschaft und der vorbildlichen Ausbilder immer wieder Schattenseiten. Eines davon spielte sich auf der gegenüberliegenden Stube ab. Thomas wurde kurzfristig einige Tage vor seinem 26. Geburtstag einberufen. Der Vater von zwei Kindern, selbstständige Unternehmer und Einzelverdiener war auf Grund der ziemlich ungünstigen Situation bemüht, seine Kriegsdienstverweigerung durchzusetzen. Damit konnten eigentlich alle, sowohl Kameraden als auch Ausbilder gut leben und haben ihn dabei nach Kräften unterstützt, hatten wir doch alle Mitgefühl mit ihm und seiner Situation. Selbst Zugführer und Kompaniechef haben den Antrag unterstützt und dafür gesorgt, dass er noch während der Grundausbildung wieder entlassen werden konnte. Aber leider hatten nicht alle dieses Einsehen. Einer der Hilfsausbilder, gerade einmal 19 Jahre alt, noch kein volles Jahr Dienstzeit erreicht, aber Unteroffiziersanwärter und in Fachkreisen "der Brenner" genannt, baute sich eines Tages vor Thomas auf und schrie ihm die Worte "aus Ihnen werden wir noch einen richtigen Mann machen" ins Gesicht. Zwei Tage später hatten wir dann einen neuen Hilfsausbilder und Thomas konnte Bekleidung und Ausrüstung abgeben, denn dummerweise hatte der Gefreite (UA) "Brenner" diesen Spruch abgelassen, als der Zugführer direkt in der Tür stand. Dem Gefreiten (UA) "Brenner" brachte das eine sofortige Versetzung und noch einiges mehr ein, denn als ich den "Brenner" zufällig eines Tages bei einem Bier im Mannschaftsheim wiedertraf, war

20

ich schon Hauptgefreiter und er immer noch Oberge-
freiter.

Ohne den Balken der Unteroffiziersanwärter.

Trotz dieser Stressmomente ging auch die Grundeinweisung eines Tages zu Ende und wir erhielten unsere
Versetzungspapiere. Teilweise gab es zwar die üblichen Unstimmigkeiten, wer in welchen Standort versetzt wird, aber das berührte uns nur am Rande. Denn
jetzt ging die Zeit als Soldat endlich richtig los.

Der Weg zum Zeitsoldat

Während die Kameraden im Standort blieben und nur in andere Gebäude umzogen oder auch quer durch die Republik geschickt wurden, fiel mein Los auf Delmenhorst. Ich war nicht unbedingt glücklich darüber, denn meiner Erfahrung nach war Delmenhorst nicht gerade eine Weltstadt.

Trotzdem war Delmenhorst schon eine Stadt, auch wenn es eher durch seinen beinahe dörflichen Charakter geprägt war. Besonders zeigte sich das darin, dass es zwar eine Karstadt-Filiale in der Innenstadt gab, diese aber schon um 18 Uhr schloss. Kurz darauf wurden dann auch die Bürgersteige eingeklappt und Ruhe kehrte ein. Die einzigen Ausnahmen waren einige Girosbuden - die Vorläufer heutiger Dönertempel - und der örtliche Fastfood-Tempel mit der goldenen Möwe.

Ich hatte von Delmenhorst nun schon einiges gehört und miterlebt. Außer, dass mein Onkel hier residierte, allerdings nicht unbedingt viel Gutes. Gut, es gab zwar ein Spaßbad, aber das hatte da seine besten Zeiten schon hinter sich. Eine Geschichte aus der näheren Vergangenheit war mir allerdings gut in Erinnerung geblieben: Ein Jahr bevor ich einberufen wurde, gab es in der Region eines der da eher seltenen Hochwasser. Dabei traten zwar die größeren Flüsse wie Weser und Hunte an den kritischen Stellen nicht über die Ufer, aber da größere Wassermengen nicht abfließen konnten, schauten viele der kleineren Flüsse einfach mal über die Ufer hinaus. Delmenhorst, benannt nach seiner Lage an der Delme, war ebenfalls davon betroffen. Die innenstadtnahen Bereiche waren zwar gut unter Kontrolle zu halten, aber außerhalb der Stadt waren niedrig liegende Wiesen betroffen, die mehr oder weniger direkt an die militärischen Liegenschaften wie die drei Kasernen oder den Standortübungsplatz grenzten.

Wohl deswegen rückte beinahe die gesamte Kaserne mehr oder weniger pressewirksam zum Hochwassereinsatz aus. Leider zu wirksam, denn die Reporter verfolgten einen der Bataillonskommandeure mehr oder weniger auf Schritt und Tritt. Das wurde dem Oberstleutnant irgendwann zu dumm, denn die Pressevertreter standen dabei wohl mehr im Weg als sich sinnvoll zu betätigen. Da ein Bataillonskommandeur im Allgemeinen und dieser spezielle ganz besonders ein ziemlich praktisch veranlagter Mensch war, hatte er auch schnell eine Idee: Warum spannen wir diese hilfsbereiten im-Weg-Steher nicht einfach zur Arbeit ein?

Da sich die Pressevertreter von dieser Idee nicht nur wenig erfreut zeigten, sondern sich auch ein bisschen zu sehr zierten, selber Hand an die Sandsäcke zu legen, blieb dem Oberstleutnant nichts weiter übrig, als sie freundlich aber bestimmt aufzufordern, sich endlich am Befüllen der Sandsäcke zu beteiligen oder dahin zu verschwinden, wo keine Sonne scheint. Nun waren diese Pressevertreter zwar ziemlich schnell mit Sprech- und Schreibwerkzeug und sonstigem Equipment, aber nicht so richtig von der Idee der Mithilfe überzeugt und so blieben sie weiterhin augenscheinlich untätig in der Gegend stehen.

Als der Oberstleutnant das kurz darauf sah, ergriff er kurzerhand ein Sandsack-Befüll-und-Schanzgerät, klappbar, oliv - auf Deutsch auch einfach "Klappspaten" genannt - und bat freundlich um Mitwirkung. Anderenfalls würde er dieses multifunktional einsetzbare Gerät als Meinungsverstärker gegen das Presseequipment einsetzen.

Insgesamt nicht gerade sehr nett und vielleicht auch nicht gerade gesetzeskonform, aber höllisch effektiv!

In diesem Standort und unter diesem Oberstleutnant sollte ich also fortan Dienst tun. Genauer gesagt, ich sollte bei einer der Kompanien seines Instandsetzungsbataillons eingesetzt werden. Als was und in welcher Funktion, das sollte ich erst später erfahren. Ich fragte mich zwar, was ich dort sollte, denn ich war zu der Zeit alles andere als handwerklich begabt. Ändern konnte ich es aber nicht, und so harrte ich gespannt der Dinge, die da auf mich warteten. Nun wurden wir allerdings am Freitag erst so spät in Marsch gesetzt, dass ich bei meiner Ankunft in Delmenhorst niemanden mehr antreffen würde. Das hieß also erst einmal "Wegtreten ins Wochenende!" und ich machte mich mit Sack und Pack auf den Weg nach Hause.

Am Montag, pünktlich um 6:30 Uhr erschien ich dann im angegebenen Gebäude meiner neuen Einheit und wurde im Geschäftszimmer mit den Worten "Ah, da sind Sie ja endlich - der Spieß wartet schon auf Sie!" begrüßt. Solche Worte verheißen zunächst einmal selten etwas Gutes, besonders nicht als neu zuversetzter Soldat mit dem Dienstgrad "Schütze". Ich war nicht nur der letzte Neuankömmling in der Einheit, ich war auch noch der Einzige, der einen weiteren Anreiseweg hatte. Alle anderen zuversetzten Soldaten kamen nämlich aus der standorteigenen Ausbildungskompanie, einen Block weiter. So wurde ich also noch vor dem Antreten und als Einziger im Dienstanzug ins Spießbüro verfrachtet, um mich dort zu melden. Kurze Zeit später kam der Spieß dann auch schon hinter seinem Schreibtisch hervor. Pfeife rauchend und so unmilitärisch auftretend, wie ich es niemals erwartet hätte, stand er vor mir und schrie erst einmal nach Kaffee. Als er endlich einen gefüllten Becher in der Hand hatte, eröffnete er mir, wo mein neuer Wirkungsbereich war, nämlich in seinem (mit Betonung) Geschäftszimmer. Dort sollte ich den anfallenden Papierkram erledigen und das Telefon bewachen - ein Job, der sich binnen kurzer Zeit als umfassender und interessanter herausstellte, als ich es erwartet hatte.

Von da an begann dann wieder einmal der Ernst des Lebens. Wieder einmal, denn diese oder ähnliche Worte hatte ich schon zu Schulbeginn, beim Wechsel in die 11. Klasse des Gymnasiums und nach dem Abitur mit auf den Weg bekommen. Von nun an gehörten Urlaubsanträge, Lehrgangsunterlagen, Krankmeldungen, Formulare aller Art und alles, was noch organisiert werden musste, zu meinen täglichen Aufgaben. Ein Posten, der durchaus Vorteile mit sich brachte, denn hier liefen alle Informationen aus den Zügen auf dem Weg zum Spieß und Chef zusammen und gleichzeitig war ich auch direkt an der Quelle der Informationen, die von "oben" kamen.
Kompaniechef, Kompaniefeldwebel (der Spieß) und Kompanietruppführer saßen ein bis drei Büros weiter, und alle Papiere auf dem Weg von und zu den Dreien liefen durch das Geschäftszimmer. Und während ich

meiner täglichen Arbeit nachging, wurde ich nach drei Monaten zum Gefreiten befördert und nach weiteren drei Monaten zum Obergefreiten - und so langsam kam der Gedanke auf, was ich nach meinem nahenden Dienstzeitende machen würde. Einige Kameraden mit gleichem Dienstzeitende wollten studieren, wieder andere eine Ausbildung beginnen oder sich fortbilden. Nur ich wusste noch nicht so wirklich, was ich mit meinem Leben anfangen wollte oder sollte. Eigentlich hatte ich vor, in Bremen Maschinenbau zu studieren. Den Weg hatte ich ursprünglich schon während meiner Schulzeit so geplant und meine Eltern haben das entsprechend unterstützt. Als es dann aber so langsam in die Bewerbungsphase für das Wintersemester 2000/2001 ging, fühlte ich mich allerdings alles andere als bereit für ein Studium. Dazu kam noch, dass ich sowohl die Arbeit als auch das Dasein als Soldat ziemlich interessant fand und irgendwann kam der Gedanke auf, mich für längere Zeit zu verpflichten.

Ich überlegte einige Tage und Nächte und kam zu dem Entschluss, es einfach zu versuchen. Mehr als mich abzulehnen konnte ja nicht passieren. Ich ging also eines Morgens zum Spieß, und fragte, was ich in diesem Fall zu tun hätte - und innerhalb von Minuten lagen die Papiere vor mir. Nach nicht einmal einer Stunde war der Papierkrieg erledigt und es fehlte nur noch eine ärztliche Untersuchung, denn mit meiner Tauglichkeitsstufe (T7, wir erinnern uns) konnte ich definitiv kein Soldat auf Zeit werden. Also vereinbarte ich kurzerhand einen Termin beim Arzt für den nächsten Tag und trug diesem mein Anliegen vor.
Der Arzt, einer der vielen Vertreter des eigentlichen Standortarztes, legte sein Gesicht in Falten und erklär-

te mir, er könne mir da leider so nicht helfen. So ohne weiteres wüsste er nicht, wie es mich mustern sollte, aber im Bundeswehrkrankenhaus in Bad Zwischenahn könnte man mir da weiterhelfen. Er schrieb noch eine Überweisung und erklärte, dort sollte ich mich schon am nächsten Morgen vorstellen. Dazu bekam ich noch eine kurze Information, wann der Transport vor dem Sanitätsbereich abfahren würde, und schon war ich wieder entlassen.

Ich wurde also wieder beim Spieß vorstellig und informierte ihn über meine Abwesenheit am folgenden Tag. Leider sollte der Transport vom Sanitätsbereich nur zwei Mal fahren, früh am Morgen nach Bad Zwischenahn und am späten Nachmittag wieder zurück, und so stellte der Spieß mir seinen Dienstwagen zur Verfügung. Direkt nach dem Antreten machte ich mich also - noch in Flecktarn[9] - mit dem guten, alten 107er, einem VW Transporter, auf den Weg. Noch auf der Autobahn überholte ich den vollbesetzten Transport unseres Sanitätsbereiches und hatte so vor meinem Termin noch genug Zeit, in Ruhe einen Kaffee zu trinken. Nach einem kurzen Vorgespräch wurde ich den üblichen Untersuchungen unterzogen und als die Sonne am Mittag beinahe senkrecht am Himmel stand, war ich frohen Mutes auf dem Weg zum Abschlussgespräch beim zuständigen Arzt. Dieser strahlte mich auch gleich freudig an und eröffnete mir kaum dass ich saß, ich könne schon am nächsten Tag meine Ausrüstung und Bekleidung abgeben, da er mich unbegrenzt für den Dienst untauglich erklären würde.

Ich stutzte. Das war zwar genau das, was alle, die zu einer erneuten Musterung antreten würden, gerne hö-

---

[9] Eine der Anzugformen der Bundeswehr, wird in der Regel im normalen Tagesdienst getragen.

ren wollten, aber alles andere als ich wollte. Der Arzt bemerkte das auch ziemlich schnell und fragte, ob ich mich denn nicht freuen würde. Ich würde immerhin genau das bekommen, was ich haben wollte.

Ich erklärte ihm darauf mit ziemlich eindeutigen Worten, weswegen ich zur erneuten Musterung angetreten war und auf einmal schaute er ziemlich bedröppelt aus der Wäsche. Dann überlegte er kurz, nahm seinen Kugelschreiber und strich den gesamten Befund durch. Eine ganze Seite, handgeschrieben. Ganz unten auf dem Formular, unter die letzte Zeile schrieb er dann "Ausnahmeantrag befürwortet", setzte sein Namenszeichen daneben und grinste mich breit an. Dann eröffnete er mir, dass ich - wenn ich einen Antrag auf Ausnahmegenehmigung für den Stabsdienst stellen würde - sehr gerne eine entsprechende Tauglichkeitsstufe bekommen könnte. Ich müsste dies nur bei meinem Standortarzt vortragen.

Grinsend verließ ich das Büro und begab mich wieder ins Mannschaftsheim. Es war kurz nach Mittag und so langsam plagte mich ein kleines Hüngerchen. Der dort zufällig anwesende Fahrer unseres Sanitätsbereiches grinste mich vielsagend über seinen Kaffeebecher hinweg an und eröffnete mir, dass er erst zum Dienstschluss am Nachmittag zurückfahren würde. Allerdings verging ihm das Grinsen, als ich kurz mit dem Schlüssel "meines" Wagens winkte, mir ein riesiges Jägerschnitzel mit Pommes Frites bestellte und mich freudig den lukullischen Genüssen hingab.

Der weitere Lauf der Neumusterung war dann eher einfach: ich unterschrieb, dass ich nur im Büro arbeiten würde, der Arzt unterschrieb das ebenfalls und schon hatte ich meinen Stempel mit dem "T3" in der

Tasche. Nur vier Wochen später wurde ich zum Soldaten auf Zeit ernannt und es blieb nur noch ein Problem: wie erkläre ich es meinen Eltern?

Lange hatte ich dieses Gespräch vor mir hergeschoben. Nicht, weil ich es nicht führen wollte oder nicht wusste, was ich sagen sollte, nein, vielmehr weil ich recht genau wusste, wie meine Eltern reagieren würden. Aus meiner Familie war bis zu diesem Zeitpunkt noch niemand wirklich bei der Bundeswehr. Mein Vater hatte seinerzeit den Wehrdienst verweigert, mein Onkel hatte es geschickterweise geschafft, sich ziemlich effektiv herauszumogeln und beide Opas hatten den Krieg selber noch miterlebt. Dementsprechend negativ war die Grundstimmung gegenüber Militär und der Bundeswehr in der Familie. Dazu kam noch, dass mein Vater fest damit gerechnet hatte, dass ich pünktlich zum Wintersemester mein Studium an der Universität Bremen beginnen würde.

Eines Tages, ich hatte meine Ernennungsurkunde zum Soldaten auf Zeit schon erhalten, saßen wir recht gemütlich nach dem Essen im Wohnzimmer zusammen und wieder einmal kam das Gespräch auf die Zeit nach der Bundeswehr. Meine Eltern fragten, was denn jetzt mit dem Studium wäre - und dieses Mal antwortete ich kurzerhand, dass ich erst einmal nicht studieren würde. Stattdessen würde ich vorerst bei der Bundeswehr bleiben - und präsentierte meine Ernennungsurkunde.

Meine Mutter nahm diese Entscheidung ohne weiteres hin, aber mein Vater nicht. Er hielt mir vor, dass ich meine Zeit dort nur verschwenden würde und ich am Ende zwar älter aber nicht schlauer dort herauskommen würde. Als er nach einer ziemlich langen und hitzigen Diskussion merkte, dass ich mich nicht umstimmen lassen würde, wurde er nur noch stinkiger und sprach am Ende eine Woche lang nicht mehr mit mir. Irgendwann besserte sich aber seine Laune auch wieder und langsam kamen wir auch wieder gut miteinander aus.

Der tägliche Dienst in Delmenhorst erinnerte mehr an einen Tag im Büro und war im Großen und Ganzen ziemlich lustig. Selbst den eigentlich täglichen Sport konnte man ziemlich gut umgehen und sogar die Märsche waren eher ein spaßiges Ereignis als harte Arbeit. Manchmal nahmen es meine "Kollegen[10]" allerdings auch mit der Anwendung der Dienstvorschriften ganz genau. Viel zu genau, denn eines Tages kam ein ehemaliger Soldat unserer Kompanie, der zu der Zeit in der Drohnenbatterie im Gebäude gegenüber Dienst tat, zum Spieß, um eine Vorschrift auszuleihen. Da diese nicht nur in der Drohnenbatterie sondern auch in meiner Kompanie nicht vorhanden war, schickte mich der Spieß zur Post- und Vorschriftenstelle des Bataillons, um die Vorschrift dort zu entleihen. Dies sollte auf die Ausleihkarte des Spießes passieren.
Das wollte allerdings der Kamerad in der Vorschriftenstelle nicht, da er dazu die Unterschrift des Spießes brauchte. Dazu sollte der Spieß aber selber herüberkommen, und die Vorschrift gegen Unterschrift empfangen. Daran konnte nicht einmal ein Telefonat zwischen Spieß und Vorschriftenstelle nichts ändern. Irgendwann wurde mir diese Diskussion zu bunt und ich zog es vor, eine schnelle und für alle Seiten machbare Lösung herbeizuführen. Deswegen entschied ich,

---

[10] Beinahe-Schimpfwort, denn Soldaten bezeichnen sich untereinander als Kameraden.

die Vorschrift selber auszuleihen, um diese dann gegen Materialausgabeliste weiterzugeben. Das wiederum passte den Kameraden in der Post- und Vorschriftenstelle nicht, so dass er und sein mittlerweile hinzu-
gekommener Vorgesetzter ziemlich deutlich versuchten, mir das Vorhaben auszureden. Aber da auch ich
ein ziemlicher Dickschädel war (und auch immer
noch bin), blieb das natürlich erfolglos.

Das Ende vom Lied war dann ziemlich zweischneidig:
die Kameraden der Post- und Vorschriftenstelle be-
schwerten sich bei Spieß und Kompaniechef über
mich, die mir allerdings beide lobend auf die Schulter
klopften. Ebenso wie der Kamerad der Drohnenbatterie, der mir dafür ein vorzügliches Frühstück ausgab.

Genauso spaßig war auch die Zusammenarbeit mit
unserem Sanitätsbereich. Bereits von Anfang an hatte
ich dem Kompanietruppführer bei der Erstellung und
Zusammenstellung von Lehrgangsunterlagen gehol-
fen. Prinzipiell war das eine einfache Sache: man
musste nur die Personalakte der Kompanie zusammenstellen, den Lehrgangsantrag drauflegen, die
Kommandierung dazu abheften und das Formular der
ärztlichen Untersuchung der Lehrgangstauglichkeit
beizufügen. Leider war genau dieses Dokument meistens am Schwierigsten zu bekommen - und es war
eigentlich grundsätzlich das letzte Dokument, das aufzutreiben war.

Oft genug musste man den Unterlagen im wahrsten
Sinne des Wortes hinterherlaufen. Nicht, weil die Untersuchungen nicht gemacht wurden, nein, es fehlte
einfach der Papierkram. Ich hatte zwar auch schon
gelegentlich Soldaten zu Augenärzten in der Stadt gefahren, weil unsere Sanis da einfach nicht zu in der

Lage waren. Trotzdem fehlte immer wieder das passende Formular und so kam es, dass ich zwei bis drei Mal pro Woche (und kurz vor Lehrgängen auch gerne mal öfter) bei den Sanis auf der Matte stand und nach den Unterlagen gefragt habe. Das ging eines Tages sogar so weit, dass der Spieß des Sanitätsbereiches mich vor die Tür setzen wollte, weil ich ein kleines bisschen zu sehr genervt habe.

Ups.

Da konnte aber mein genau in diesem Moment eintreffender Vorgesetzter schnelle Hilfe schaffen: er maulte nicht nur im gleichen Ton herum wie ich sondern auch mit genau den gleichen Worten.

Ein anderes Mal fehlte bei einem der Soldaten der Befund des Augenarztes. Von den Sanis wusste natürlich niemand, zu welchem der örtlichen Augenärzte der betroffene Soldat geschickt wurde. Dumm nur, dass ich das noch wusste, immerhin hatte ich ihn nach Dienstschluss "mal eben schnell" hin- und auch wieder zurückgefahren.

Nachdem ich die Telefonnummer ausfindig gemacht hatte und es gerade geschaffte hatte, jemanden mit entsprechender Ahnung ans Telefon zu bekommen, bekam ich eine Absage: der Bericht konnte leider nicht mal eben zu unserem Arzt gefaxt werden, weil man in der Augenarztpraxis kein Faxgerät hatte.

Irgendwann hatte ich dann die Augenärztin selber am Telefon. Sie war sogar bereit, den Bericht am Telefon mündlich durchzugeben, dürfe das aber nur einem anderen Arzt mitteilen. Schweigepflicht.

Zum Glück kam in diesem Moment der ärztliche Leiter des Sanitätsbereiches den Flur entlang. Kurzerhand sprach ich ihn an, erklärte in groben Zügen die Lage und bat ihn, den Bericht telefonisch entgegenzunehmen. Die anwesenden Sanis waren sprachlos, sie hatten es noch nicht erlebt, dass ein "fremder" Soldat den eigenen Chef einfach so auf dem Flur anspricht und um einen Gefallen bittet.

Der Oberfeldarzt sah dies zum Glück ziemlich locker und nahm den Befund telefonisch entgegen, zeichnete das Untersuchungsformular ab, grinste mich an und entschwand in Richtung seines Büros. Trotzdem machte dieser "Vorfall" noch Wochen später seine Runde und selbst der Kompanietruppführer fragte mich in einer ruhigen Minute: "Sag mal, hast du das wirklich gemacht?"

Spaß anderer Art hatte ich dann einige Wochen später. Schon am Morgen ging es mir nicht wirklich gut. Ich hatte gerade eine ziemlich dicke Erkältung hinter mir und war noch entsprechend angeschlagen. Dazu fingen meine Innereien plötzlich an, zu rebellieren und gegen halb 8 ließ ich mir mein Frühstück noch einmal durch den Kopf gehen - direkt gefolgt vom Abendessen des Vortages.

Als ich nun gerade über der Schüssel hing und mich fragte, welche Mahlzeit ich als nächstes wiedersehen würde, begegnete ich dummerweise dem Spieß. Der hörte zu Anfang nur die Geräusche des wiederkehrenden Frühstückes, fing mich dann vor der Kabine ab und schickte mich auf dem direkten Weg zum Arzt. Ich versuchte zwar erst noch, ihm das auszureden, sah dann aber ein, dass ich keine Chance dazu hatte. Ganz im Gegenteil, der Spieß rief sogar im Sanitätsbereich an um mich anzukündigen, und so wurde ich schon freudig vom Arzt erwartet.

Ein wenig zu freudig, denn ich wurde von der Anmeldung direkt an einer langen Schlange Rekruten vorbei und noch in Flecktarn direkt in das Arztzimmer gebracht. Das allerdings passte dem Ausbilder[11] der wartenden Rekruten nicht so wirklich, und er folgte mir auf dem Fuße und wutschnaubend ins Arztzimmer, wo ich gerade die Reste des Mittagessens vom Vortag fröhlich in der Gegend verteilte.

Es kam also, wie es kommen musste: der Ausbilder baute sich vor mir auf und fing an, mich aufs Übelste zu beschimpfen. Ich solle gefälligst warten, bis ich an der Reihe wäre, ich würde den falschen Anzug[12] tragen und ich solle mir nicht immer solche Sonderbehandlungen zukommen lassen und noch vieles mehr. Er wurde erst dann ruhiger und leiser, als er durch eine leise und ruhige Stimme hinter ihm aufgefordert wurde, das Arztzimmer schleunigst zu verlassen. Leider hatte der Ausbilder nicht damit gerechnet, dass die Ärztin schon länger hinter ihm stand.

Nachdem der Ausbilder - immer noch schäumend vor Wut aber deutlich leiser - verschwunden war, untersuchte die Ärztin mich kurz und entschied dann, dass ich mir möglicherweise von irgendwoher Salmonellen eingefangen hätte. Das war natürlich alles andere als schön und beinahe das Schlimmste aller möglichen Ergebnisse und es brachte mir einen stationären Aufenthalt im Sanitätsbereich ein. Dummerweise war ich mittlerweile zum Heimschläfer geworden, das heißt, ich fuhr am Abend nach Hause und am nächsten Morgen zum Dienstbeginn wieder in die Kaserne. Leider

---

[11] Lehrer und Vorgesetzter von Rekruten. Manche Ausbilder haben die Fähigkeit, innerhalb von Sekunden von "guter Laune" auf "kurz vor Amoklauf" umzuschalten. Zusätzlich sind Ausbilder auch noch ein nie versiegender Quell von Motivationsreden.

[12] Zu jeder Tätigkeit wird auf dem Dienstplan die Anzugform genannt. Ein abweichender oder nicht kompletter Anzug ist ein falscher Anzug.

hieß das auch, dass ich weder Wasch- noch Rasierzeug vorrätig hatte. Das wiederum war der Ärztin ziemlich egal, und so begab ich mich fluchend und maulend in das mir zugewiesene Bett. Ganz egal, wie schlimm es gewesen war, das Essen des letzten Tages in beide Richtungen zu schmecken - eine Nacht oder noch längere Zeit im Sanitätsbereich war das Letzte, das ich in dem Moment brauchte.

Es dauerte dann aber gar nicht lange, da stand auch schon eine Abordnung meiner Kompanie, bestehend aus Chef, Spieß und dem halben Geschäftszimmer bei mir am Krankenbett. Sie brachten nicht nur Genesungswünsche mit, sondern auch meinen Laptop. Endlich hatte ich etwas Unterhaltung und konnte so, schon wieder Tee trinkend und Zwieback kauend und Ballerspiele zockend, den restlichen Tag verbringen. Ab und zu steckte eine der Krankenschwestern kurz den Kopf ins Zimmer, um nach mir zu sehen oder einen kurzen Plausch zu halten. Insgesamt hatte ich so einen ziemlich ruhigen Tag, gefolgt von einer noch viel ruhigeren Nacht.

Am nächsten Morgen ließ man mich netterweise ausschlafen, denn während die Patienten eigentlich um 7 Uhr durch die Krankenschwester geweckt wurden, bekam ich nur im Halbschlaf mit, dass jemand den Kopf zur Tür hereinstreckte und dann wieder verschwand. Als ich gegen halb 9 dann meinerseits den Kopf aus der Tür herausstreckte, wurde ich quasi von der Ärztin überrascht, die "nur mal eben nach dem Rechten sehen" wollte. Als sie sah, dass ich schon wieder auf den Beinen war entschwand sie wieder und ich wurde kurz darauf formlos entlassen, um den normalen Tagesdienst wieder anzutreten. Allerdings unter der Auflage, es langsam angehen zu lassen.

Ich entschwand also auf meine Stube, um mich umzuziehen und mich etwas frisch zu machen, und ließ mich dann auf meinen Bürostuhl plumpsen, um die am Vortag liegen gebliebenen Sachen zu erledigen. Leider war das eine nicht wirklich kleine Menge, und so machte ich mich ans Werk, den Stapel etwas zu verkleinern. Gegen Nachmittag erschien dann ein bekanntes Gesicht in der Bürotür: eine der Krankenschwestern machte einen "Hausbesuch". Von ihr durfte ich mir dann erst Mal eine Standpauke anhören, weil ich ja ein schlechter Patient wäre, der gleich wieder anfängt zu arbeiten, wenn er sich auch nur halbwegs auf den Beinen halten kann

Grüne Autos

Ganz allgemein ist das Führen von Kraftfahrzeugen der Bundeswehr manchmal recht lustig. Manchmal auch nicht. Aber meistens doch, selbst die Fahrschule machte Spaß. Schon vier Wochen, nachdem ich meinen zivilen Führerschein hatte, wurde ich auf den passenden Lehrgang geschickt. Das heißt, ich habe mich selber geschickt, habe ich doch als Gehilfe des Kompanietruppführers die Unterlagen selber erstellt. Nur unterschreiben musste der Chef noch. In der ersten Unterrichtsstunde des einwöchigen Lehrganges B-Fo (Klasse B Fortgeschritten) wurde auch gleich in die Runde gefragt, wie lange wir denn unsere "Lappen" schon hätten. Dabei kam erstaunliches zu Tage - zwischen 10 Jahren und vier Wochen war alles dabei. Meiner war natürlich - und sehr zur Freude des Fahrlehrers - der frischeste. Der Lehrgang war eigentlich mehr oder weniger eine Auffrischung des "normalen" Führerscheines, ergänzt um die ein oder andere Ausbildungsfahrt, einige Rangierübungen und einige militärische "Spezialitäten" wie das Einweisen von Fahrzeugen in viel zu enge Stellplätze, das Fahren nach Einweiser-Signalen (rückwärts und mit eingeklappten Rückspiegeln) und was man noch so alles wissen muss, wenn man ein olivgrünes Auto fährt. Zum Glück ging das mit unserer Truppe ganz gut, so dass wir ein recht entspanntes Leben hatten und nach einer Woche Lehrgang wurden wir auf die Straße losgelassen.

Ich erinnere mich noch gut an "meine" Dienstwagen, der erste - noch in Delmenhorst - war der alte Spieß-Bully (wir erinnern uns, der Neue überstand seine erste Dienstwoche nicht), ein VW Bully T2 mit Dieselmotor und 4-Gang-Rennschaltung und dem liebevollen Namen "107er", nach seinem Kennzeichen. Außer den Standardsachen, die ein Auto so hat (Licht, Hupe, Heizung), hatte der 107er nichts - selbst Sitze gab es nur für Fahrer und Beifahrer. Dafür war viel Platz im Auto für Einkäufe, Gerät und Bierkisten (der Rekord lag bei etwas über 30 Stück - volle Kisten natürlich, dabei war der Wagen aber leicht überladen).Mit dem 107er bin ich so ziemlich überall durchgekommen - ob durch Stadt, Land oder Fluss, das Auto war einfach unkaputtbar.

Ob nun als fahrender Marketenderstand oder rollende Essensausgabe auf Übungen, Universaltransporter oder Verbindungsfahrzeug - der 107er war immer mit dabei und ich natürlich meistens auch. Legendär waren die Einkaufstouren für das Kompanieführungsfrühstück - so etwa alle zwei Wochen. Dabei ging es freitags morgens in einen der örtlichen Supermärkte, wo dann die Hackepetervorräte geplündert wurden. Teilweise wurden wir dann gefragt, ob wir in zwei Wochen wiederkommen oder ob wir nicht einen Tag vorher anrufen und bestellen können. Das kann ich irgendwie gar nicht verstehen, ist es denn so besonders, dass man(n) zwei Kilo Mett und nen Pfund Fleischsalat kauft?

Einige Zeit später bekam ich dann einen zweiten Wagen - den Chef-Golf, so genannt, weil er nur und wirklich nur durch den Chef eingesetzt wurde (gut, ab und zu durfte der Spieß auch mal). Wo der 107er ein Arbeitstier war, war der Chef-Golf eher eine Diva. Gelegentlich wollte er nicht so recht, besonders wenn es kalt war - aber wenn er einmal in Gang war, war er auch voll dabei. Eines schönen Tages mussten Chef und Spieß nach Hannover - irgendeine wichtige Veranstaltung des Regimentes bei einer Behörde. Ich war als Fahrer natürlich mit dabei und obwohl das Wetter toll war, war es klirrend kalt, noch gegen Mittag hatten wir nicht mehr als 5 Grad unter null. Der Chef-Golf stand natürlich im Schatten und war schon auf der Hinfahrt nicht wirklich warm geworden - und so war es kein Wunder, dass er beim ersten Startversuch nicht gleich ansprang. Beim zweiten Versuch hat es dann besser geklappt, nach dem dritten Vorglühen ließen sich der alten Dame die ersten Töne entlocken - was zu einem deutlich hörbaren Aufatmen bei Chef und Spieß führte. Leider lief der Motor nicht so richtig rund, immer mit kurzen, gleichmäßigen Aussetzern - aber wir rollten trotzdem los (wozu ist man schließlich im ADAC?). Dabei stellte sich heraus, dass der Motor auch nicht richtig Leistung brachte. Wir waren gerade (leicht rauchend und qualmend) zum Kasernentor heraus, da tat es einen Schlag - und endlich lief der Motor rund und ich hatte wieder die volle Leistung von unglaublichen 60 PS zur Verfügung - und der Chef ließ erleichtert verlauten: "Na wunderbar, nu läuft der vierte Pott auch endlich!" Ja, die alten Dieselmaschinen konnten notfalls sogar auf 3 Zylindern laufen.

Später bin ich dann auch öfter den "344er", auch "Augenarzt-Express" genannt, gefahren, einer der wenigen Neunsitzer der Kompanieführung. Obwohl ebenfalls ein Bully T2, hatte der 344er schon einen fünften Gang - allerdings noch als "Spar-Gang" für

Autobahnfahrten. Den Spitznamen "Augenarzt-Express" bekam der Wagen, als innerhalb einer Woche so um die 20 neu zuversetzte Soldaten zur Fahrschul-Voruntersuchung zum Augenarzt gebracht werden mussten. Da wir keinen Augenarzt in der Kaserne hatten, ging es jedes Mal zu einem zivilen Arzt in Delmenhorst - wenn es denn da Termine gab (meistens zwischen 17 und 18 Uhr, also deutlich nach Dienstschluss). Und jedes Mal war der 344er das Auto der Wahl, musste doch jedes Mal mehr als einer zum Arzt (wir erinnern uns, der 107er hat nur einen Beifahrerplatz und der Chef-Golf ist sowieso Tabu). Aber der 344er war auch regelmäßig mit auf Übungen - ob er das Verkehrssicherungskommando durch die Gegend kutschieret, Personal durch die Gegend fährt oder einfach nur mit rausgeht. Einzig längere Autobahnfahrten mochte die Karre nicht - mehr als einmal kochte der Kühler, wenn man längere Zeit mit 120 über die Bahn georgelt ist. Aber dafür war immer genug Wasser an Bord, wenn man mal Durst bekam.

Und ab und zu - wenn ich Glück hatte - bekam ich sogar ein ganz besonderes Fahrzeug: den Wolf. Der Wolf, die militärische Version eines Mercedes-Benz G-Modells, ist zwar recht lahmarschig, kommt aber dafür wirklich überall durch - und lange Beine hat er auch, dafür sorgen sagenhafte 70 Liter Tankinhalt. Dazu kommen noch manuell zuschaltbare Differentialsperren vorne und hinten, ein zuschaltbarer Allradantrieb und eine zuschaltbare Geländeuntersetzung. Natürlich alles manuell und ohne irgendwelche elektrischen und elektronischen Helferlein. Da ist das Fahren im Gelände noch echter Spaß und keine Spielerei und die Faszination dieses Fahrzeuges sollte mich für den Rest meiner Dienstzeit nicht mehr loslassen.

Bereits in Delmenhorst durfte ich dieses sagenhafte Gefährt gelegentlich bewegen. Da wir selber keine im Bestand hatten, mussten wir unsere Wölfe immer ausleihen. Dass dabei nicht immer alles heile blieb, ist ja klar. Eines Tages war ich mit einigen anderen auf dem hauseigenen Übungsplatz, der "Kleinen Senke" und fuhr den geliehenen Wolf für die Übung schon mal richtig schmutzig. Dabei ging es neben dem Panzerhügel auch noch mal über das Waschbrett, eine Reihe kleiner Bodenwellen, ungefähr einen Meter hoch. Während sich also neben uns der Unimog des Schirrmeistertrupps den Panzerhügel hochquälte, machte ich mich an das Waschbrett. Die ersten Wellen liefen gut und es wurde immer besser - bis ich an die vorletzte Welle kam. Es ging gut hoch, oben angekommen kippte der Wolf langsam nach vorne und ich erblickte Wasser. In dem Moment ging auch schon alles ganz schnell, die Motorhaube tauchte ein, das Wasser spülte bis an die Frontscheibe und in einer großen Welle schmadderigen Wassers tauchte der Wolf wieder auf und erklomm die letzte Anhöhe, kippte wieder nach vorne und versank aufs Neue im Wasser. Wieder spülte das Wasser bis an die Frontscheibe aber anstatt sich wieder aus der Riesenpfütze herauszumahlen knallte es und der Wolf stand. Zum Glück hatte ich wohl doch noch rechtzeitig die Kupplung getreten, der Motor lief noch und ganz langsam konnte ich den Wolf wieder aus dem Schlammtümpel herauslavieren. Passiert war zum Glück nicht viel, nur die Stoßstange hatte im Schlamm aufgesetzt und eine Schraube des Nummernschildes war durch Kennzeichen und Stoßstange durchgeschlagen und kullerte munter hin und her. Aber das ließ sich schnell reparieren und es hat auch außer meinen Mitfahrern niemand erfahren.

Ein anderes Mal sollte ich während einer Unteroffiziers-Fortbildung darstellen, wie ein Fahrzeug einen Checkpoint durchbricht und aufgehalten wird. Klingt auf den ersten Blick nach mächtigem Spaß - war es dann auch, denn wieder einmal bekam ich einen Wolf zur Verfügung gestellt. Dazu einen Beifahrer und Nulli als Leitenden. Nulli, der Waffen- und Gerätewart der Kompanie, mein Stubenkollege und Fahrer eines gnadenlos übermotorisierten Sportwagens, war einer der lustigsten und beklopptesten (in dem Fall ist das sogar positiv gemeint) Vorgesetzten, die man sich vorstellen kann. Hatte man eine verrückte Idee, egal wie verrückt sie war, die Chance stand gut, dass Nulli sie umsetzte - und so kam es, dass wir den Wolf ein kleines bisschen "gepimpt" haben: Das Planendach wurde abgenommen und der vordere Beifahrersitz wurde ganz nach vorne gekippt - um Platz für ein Maschinengewehr zu schaffen. Dieses wurde am Überrollkäfig befestigt, so dass es vom rechten Rücksitz aus bedient werden konnte. Nachdem diese Vorbereitungen abgeschlossen waren, gingen wir in unsere Startposition und warteten. Die ersten Zuschauer fanden sich ein und kurz darauf erschienen auch Chef (nach einer Knieverletzung frisch aus dem Sanitätsbereich zurück und noch im Sportanzug und auf Krücken), Spieß und Kompanietruppführer und die Vorführung begann. Über Funk bekam ich die Anweisung "Los, mit 40 im Zickzack auf die Sperre, wie besprochen!" und ich rollte an. Zum Glück hatte ich den Allradantrieb von Beginn an zugeschaltet, denn der Schotterweg ließ sich alles andere als gut befahren. Wild hin und her schleudernd schoss ich auf den Checkpoint zu, Schotter spritzte bei jeder Richtungsänderung weit auf und als wir an die Zuschauer herankamen, fing mein Beifahrer an, wie wild mit dem Maschinengewehr zu schießen. Spieß und Kompanietruppführer kannten uns ja und hatten bereits geahnt, dass wir etwas aushecken - sie blieben stehen und grinsten bloß. Die anderen Zuschauer hatten allerdings nicht mit einem MG gerechnet und sprangen erst einmal aus Reflex einige Meter zurück. Leider hat das bei unserem Chef nicht ganz so gut geklappt, war er doch durch die Krücken ein kleines bisschen gehandicapt. Trotzdem schaffte er es, sagenhafte drei Meter aus dem Stand in Richtung einer Deckung zu kommen. Dann fingen die Kontrollposten am Checkpoint an zu schießen und mein Beifahrer schrie auf und sackte zusammen aber kurz darauf war ich durch den Checkpoint hindurch und fuhr auf eine Schnellminensperre auf.

Getreu meiner Rolle nahm ich meine Nebelkerze, zog den Stift und wollte sie über die Motorhaube vor den Wolf werfen. Die Betonung liegt hier allerdings auf dem "wollte", denn irgendwie kam die Nebelkerze zurück. Irgendwie hatte sie den Weg über die Frontscheibe nicht geschafft, sondern war gegen die hochgeklappte Sonnenblende gekommen und fiel zurück in meine Hand, wo sie munter anfing Nebel zu verbreiten. Dabei wird eine Nebelkerze allerdings ziemlich heiß, so dass ich sie möglichst schnell wieder loswerden wollte. Also habe ich sie über die Frontscheibe gelegt und sie kullerte über die gesamte Motorhaube und hinterließ einen breiten, weißen Streifen. Aus meiner Sicht spielte sich all das in Zeitlupe ab, als ich aus dem Wolf ausstieg, mein Gewehr nahm und blind über meine Schulter feuernd in ein Wäldchen neben der Straße lief. Hier sollte ich durch die Soldaten des Checkpoints gestellt und durch eine Handgranate ausgeschaltet werden. Diese war fest an einem Baum befestigt, so dass ich nur hinlaufen und den Übungskörper auslösen musste. Wie immer kommt es aber auch hier anders, als man es plant: Ich lief zum Baum, löste die Übungshandgranate aus und stolperte. In dem Moment explodierte der kleine Sprengsatz, es knallte, ich schrie auf und fiel geradewegs auf das Gesicht.

Nach Übungsende klopften mir Chef, Spieß und Nulli mit dem Kommentar "Reife Schauspielleistung, so mit dem Gesicht zu bremsen traut sich nicht jeder" auf die Schultern - gut, lassen wir sie in dem Glauben.

Die Übung

Diese Übung hätte gut und gerne den Titel "Murphy's Gesetz: Was schiefgehen kann, wird auch schiefgehen!" tragen können. Ich war noch gar nicht lange in meiner Stammeinheit in Delmenhorst angekommen, da stand auch schon die erste Übung an. Passenderweise hatte es - wie es für den Herbst in der norddeutschen Tiefebene typisch ist - kurz zuvor begonnen, zu frieren und dementsprechend waren wir an diesem Montag früh höchst motiviert, als das Chaos begann.

Wie üblich trat die Kompanie um Punkt 7 Uhr an und die letzten Einteilungen, Hinweise und Änderungen wurden ausgegeben. Jedenfalls für die, die etwas damit anfangen konnten.

Da ich noch nicht wirklich lange dabei war und dies meine erste Übung nach der Grundausbildung war, klang vieles, das dort angesprochen wurde, wie böhmische Dörfer für mich. Aber das sollte sich bald ändern.

Gleich nach dem Antreten stolperte ich ins Geschäftszimmer, um meinen Aufgaben für den Tag nachzukommen, aber kurz bevor ich meinen sicheren Schreibtisch erreicht hatte, stülpte mir jemand von hinten eine Warnweste über den Kopf und drückte mir einen länglichen, runden Plastikgegenstand in die Hand. Als ich kurz darauf wieder freie Sicht auf meine Umgebung hatte, erkannte ich, dass ich eine Winkerkelle in der Hand hatte. Das konnte nur eines bedeuten: Verkehrssicherungskommando.

Das Verkehrssicherungskommando, auch scherzhaft "Winkermännchen" genannt, sorgt bei Kolonnenfahrten für einen reibungslosen Verkehrsfluss an kritischen Stellen. Meistens jedenfalls. Dabei wird in der Regel der übrige Verkehr an unübersichtlichen oder für den Kolonnenfluss kritischen Kreuzungen und Einmündungen zum Stillstand gebracht, damit die Kolonne ungehindert passieren kann.

Kolonnen, oder geschlossene Fahrzeugverbände, wie es im Gesetz heißt, sind im Straßenverkehr etwas Besonderes, denn sie zählen unabhängig von der Anzahl der beteiligten Fahrzeuge und unabhängig vom Abstand zwischen den Fahrzeugen als ein einziger Verkehrsteilnehmer. In der Praxis bedeutet das, wenn das erste Fahrzeug der Kolonne bei grün eine Kreuzung passiert, dann dürfen alle diesem geschlossenen Verband angehörigen Fahrzeuge die Kreuzung ebenfalls passieren. Dabei ist es dann auch egal, welche Farbe die Ampel zeigt. Dabei kommt es natürlich vor, dass die übrigen Verkehrsteilnehmer zwar grün haben, aber nicht in die Kreuzung einfahren können, weil alle paar Sekunden ein Militär-LKW oder Panzer über die Kreuzung hinwegrauscht. Die Verkehrssicherungskommandos sorgen hier dafür, dass die Kolonne diese Kreuzung auch ungehindert passieren kann. Das ist allerdings nicht immer einfach und auch nicht ohne Risiko für die beteiligten Soldaten, denn sie müssen schließlich verhindern, dass zum Beispiel Opa Müllerchen mit seinem Mercedes bei grüner Ampel einfach losfährt und laut "Ich habe aber Vorfahrt!" rufend unter dem nächsten Panzer verschwindet.

Gut, nicht jeder lässt sich von einem Flecktarn-Winkermännchen mit Warnweste und Leuchtkelle beeindrucken, so dass ich auch schon einigen Opas (egal, ob Müllerchen, Meierchen, Schmidtchen oder sonst wie) leicht auf die Motorhaube klopfen musste, um nicht unabsichtlich über den Haufen gefahren zu werden. Immerhin hat er ja grad Grün und damit auch die Vorfahrt.

Genau das gehörte nun also für diesen Tag auch zu meinen Aufgaben. Ich war zwar weder heldenhaft noch irgendwie selbstmordgefährdet, aber immerhin versprach der Tag einigermaßen lustig zu werden und so zog ich frohen Mutes aus der Kaserne, um Straßen zu sperren.

Weit kam ich allerdings nicht, denn ich war gleich als erster Posten an der Bundesstraße vor der Kaserne eingeteilt. Aber dieser Poste hatte einen nicht zu unterschätzenden Vorteil, wie ich später noch feststellen sollte. Ich stand nun also am Straßenrand, mit Warnweste, Leucht-Winkerkelle und wartete darauf, dass ich von meinem Postenchef ein Signal bekam. Dieser stand auf der anderen Seite der T-Kreuzung und wollte die andere Richtung sperren. Warum denn das, mag sich jetzt so mancher fragen - denn immerhin sollten unsere Fahrzeuge nur nach rechts abbiegen, so dass beide Spuren nicht hätten gesperrt werden müssen. Die Lösung ist aber ziemlich einfach: unsere Fahrzeuge würden einfach ziemlich zügig um die Ecke kommen, so dass sie möglicherweise die Fahrspur des Gegenverkehrs mitbenutzen würden.

Irgendwann kam dann auch das Signal vom Postenchef und ich stellte mich mittig auf die Fahrbahn. In diesem Moment geht einem so einiges durch den Kopf und man fühlt sich doch ganz schön stark in diesem Moment. Mittlerweile konnte ich auch die ersten Lichter unserer Trucks erkennen, die gleich mit anständigem Schwung um die Ecke kommen würden. Leider konnte der LKW-Fahrer, der die Bundesstraße in Richtung der Kaserneneinfahrt diese nicht sehen, und hatte deswegen auch keinen Grund, meine Anwesenheit mitten auf der Fahrspur auch nur ansatzweise gut zu finden oder überhaupt zu respektieren. Er blinkte schon aus einer Entfernung von über 100 Metern immer wieder auf und schoss mit seinem 40-Tonner knapp oberhalb der erlaubten 70 Sachen auf mich zu.

Als er näher kam und nicht erkennbar war, dass er irgendwann gedachte, abzubremsen, wurde es mir doch so langsam etwas mulmig. Der LKW kam weiter näher und näher und so langsam konnte man erkennen, dass er doch abbremste. Ein bisschen jedenfalls. Dann kam der LKW nickend zum Stehen, keinen halben Meter vor meiner Nase - und langsam ließ ich das letzte bisschen Luft aus meinen Lungen entweichen. Ich glaube, ich hatte einfach vergessen zu atmen.

Dann kamen auch schon unsere LKWs um die Ecke geschossen. Sie nutzten die volle Straßenbreite aus und auf einmal fühlte ich mich ziemlich klein, von LKWs umgeben und von Dieselabgasen eingenebelt. Kein schönes Gefühl, aber der Ausmarsch der Kolonne bis hierhin verlief dann ohne größere Probleme und kurz darauf konnte ich dank der Nähe zur Kaserne sogar noch meine Unterhose wechseln und meinen Kreislauf unter Zuhilfenahme einiger starker Kaffees wieder in die richtige Drehrichtung versetzen.

Leider blieb uns das anfängliche Glück auf dieser Übung nicht lange hold, denn noch vor der Autobahnauffahrt riss unsere Kolonne aus irgendeinem Grund ab und der Spießbully, ein brandneuer VW T4, wurde letztes Fahrzeug. Der Fahrer (in diesem Fall ohne den Spieß unterwegs) bemerkte dieses zwar noch rechtzeitig und schaltete seine Warnblinkanlage ein, aber bei der Auffahrt auf die Autobahn schien ein anderer LKW dieses Zeichen nicht oder nicht richtig zu deuten und fuhr ungebremst von hinten auf den Bully auf. Dabei war der LKW so schnell, dass er den Bully ohne weiteres auf den vor ihm fahrenden LKW draufschob. Das Ergebnis war ein leichter Blechschaden am Anhänger des vorderen LKWs (nur eine Staukiste hauchte ihr Leben aus und verteilte ihren Inhalt über die Autobahn), ein mittelschwerer Schaden am auffahrenden LKW und ein Totalschaden am Spießbully. Verletzt wurde zum Glück niemand, aber der Bully, erklärtes Lieblingsspielzeug vom Spieß, war einen guten Meter kürzer und dabei ziemlich zerknittert. Zerknittert war natürlich auch das Ego vom Spieß, was sich für den Rest der Übung in seiner Laune niederschlug. Glücklicherweise war aber die Ladung des Spießbullys, Marketenderwaren wie Getränkedosen und Schokoriegel, unbeschädigt geblieben und konnte auf einem anderen Fahrzeug die Reise zum Übungsplatz vollenden.

Nachdem ich nun also in der Kaserne meinen Kreislauf wieder in die richtige Richtung geschickt hatte und Warnweste und Winker-Leuchtkelle gegen Koppeltragegestell und den Chef-Golf inklusive dem Chef eingetauscht hatte, ging es wieder los, diesmal mit Kurs auf den Übungsplatz.
Wir waren gerade auf dem Weg, die Kolonne einzuholen, als das Telefon vom Chef klingelte. Am anderen

Ende der mobilen Ackerschnacker -Verbindung[13] war der Kolonnenführer der zweiten Marscheinheit - und er überbrachte keine guten Nachrichten. Noch bevor das Gespräch beendet war, bekam ich die Anweisung, zu wenden und zwar zügigst[14] Fahrtrichtung zu einem Ort, nur wenige Minuten entfernt, aufzunehmen. Dort würde der Kran im Straßengraben liegen.

Soso, da hatte es ausgerechnet den Kran erwischt. Der Kran, übrigens unser einziger, war nicht nur das schwerste Fahrzeug in den beiden Marscheinheiten, es war auch noch das einzige Fahrzeug, das für technische Hilfeleistung ausgerüstet war. Deswegen war es auch als Bergemittel eingeteilt und fuhr zusammen mit dem Werkstattwagen des Schirrmeisters ganz hinten, so dass diese beiden Fahrzeuge Unfallhilfe leisten sollten und havarierte LKWs abschleppen konnten.

Leider ist der Kran nicht nur ein ziemlich schweres Fahrzeug, er ist auch einiges breiter als der normale LKW. Diese Tatsache, zusammen mit der gutmütigen und defensiven Fahrweise des Kraftfahrers, sorgte dafür, dass der Fahrer mitsamt Kran auf einer ziemlich schmalen Landstraße einem entgegenkommenden Kleinwagen etwas Platz lassen wollte und so mit den rechten Rädern von der Straßendecke rutschte. Die Böschung war an dieser Stelle noch nicht oder nicht mehr durchgefroren, so dass sie das Gewicht des Kranes nicht tragen konnte. So passierte es, dass der Klügere nachgab und der Kran binnen Sekunden auf der rechten Seite bis zur Achse eingesackt war und nun umzukippen drohte.

---

[13] Ackerschnacker = FF OB/ZB, Feldfernsprecher, Ortsbatterie/Zentralbatteriebetrieb, auch Feldtelefon genannt. Der mobile Ackerschnacker ist ein Mobiltelefon
[14] Das macht man äußerst selten und nur, wenn es nicht anders geht.

Dass dies nicht passierte, war nur der schnellen und besonnenen Reaktion des Fahrers zu verdanken, der kurzerhand die Stützen auf der einsackenden Seite ausfuhr, bevor der Kran komplett umkippen konnte.

Der Chef versuchte zwar noch während der Anfahrt, aus der Kaserne einen Bergepanzer zu organisieren, aber dieses Gesuch wurde verständlicherweise abgelehnt, denn der Bergepanzer hätte auf eigener Kette eine Fahrstrecke von gut 50 Kilometern gehabt, bis er bei uns gewesen wäre. Da der Chef nach der Besichtigung des Schadens und der Sicherungsmaßnahmen aber wieder weitermusste, hieß es für Kranbesatzung und Schirrmeistertrupp "Klappspaten frei" und nach etwas über einer Stunde hatte der Kran dann wieder festen Boden unter den Rädern.

Keine Sekunde zu früh, denn in diesem Moment kam auch schon der nächste Ausfall: bei einem der wenigen und wertvollen (weil geländegängigen) Iveco-Allrad-LKW unserer Kompanie war das Gasgestänge gebrochen und war mit Bordmitteln nicht zu flicken. Damit konnte der Kran dann auch gleich seiner Bestimmung als Berge- und Abschleppfahrzeug nachkommen.

Am Nachmittag zogen wir dann problem- und unfallfrei in den uns zugewiesenen Übungsräumen unter und fingen an zu üben. Neben der üblichen Waffenausbildung wie das Zerlegen und Zusammensetzen mit und ohne Handschuhe, mit und ohne Augenbinde oder mit auf dem Rücken abgelegten Baugruppen stand auch die Posten- und Streifenausbildung auf dem Programm. Dabei war unter anderem unser Versorgungsunteroffizier, Stabsunteroffizier Nulli, als Feindkommando bei der Streifenausbildung eingeteilt.

Er sollte - augenscheinlich der deutschen Sprache nicht wirklich mächtig - mit der Waffe winkend auf unsere Streife zukommen. Diese sollte ihn wiederum gewaltfrei dazu bringen, sich entwaffnen und durchsuchen zu lassen. Das hat bei fast allen Streifen auch ziemlich gut geklappt, aber irgendwie hat gerade die Streife, der ich zugeteilt war, wohl das Augenmerk der Leitenden und des Chefs auf sich gezogen.

Ich war als Streifenführer eingeteilt, mein Streifensoldat war einer unserer Sanitäter. Normalerweise im Sanitätsbereich des Standortes eingesetzt, waren die Sanis eher selten aber gern gesehene Gäste auf unseren Übungen. Besonders, wenn es um die Ausbildung ging. Als ich bemerkte, dass er nur mit einer P1[15] ausgerüstet war, schlug ich vor, dass er die Führung übernehmen sollte und ich mit dem Gewehr als Streifensoldat sichern würde, aber unsere Vorgesetzten entschieden anders.

Wir gingen also mehr oder weniger entspannt unseren Streifenweg und folgten einer Straße, als sich Stabsunteroffizier Nulli ungefähr einhundert Meter vor uns durch die Büsche schlug. Er sah uns auf der Straße und begrüßte uns, wild mit seiner Maschinenpistole fuchtelnd und den Worten "Ich habe meine Socken gewaschen weiß!"

Unser Sani ging wie vorher abgesprochen im Straßengraben in Deckung und sicherte mich mit seiner Pistole, während ich unseren "Unbekannten" dazu brachte, seine Waffe abzulegen und weiter auf uns zuzukommen. Als nächstes sollte er sich zwecks Durchsuchung

---

[15] Die Pistole Walther P1, die militärische Version der Walther P38, wurde ab den 1930er Jahren bis 2004 gebaut und ist zum Teil noch im Einsatz bei der Bundeswehr. Das Nachfolgemodell, mit dem der größte Teil der Bundeswehr mittlerweile ausgerüstet ist, ist die Walther P8

mit dem Bauch auf den Boden legen und Arme und Beine zu den Seiten ausstrecken. Dummerweise war der Boden vom Morgentau noch ziemlich nass, so dass Stabsunteroffizier Nulli sich entschied, neben der Straße in den Liegestütz zu gehen.

Ich spurtete nun auf den scheinbar Liegenden zu und wollte mich schnell und elegant in die zur Durchsuchung notwendige Position über ihn begeben. Eine Position, die unser Ausbilder mit den Worten "Knie ins Kreuz und Fußspitze zwischen die Beine. Dann zuckt der nicht - und wenn, dann nur einmal!" beschrieb. Diese Anweisung befolgte ich selbstverständlich wortgetreu, wobei ich Nulli mit einer Hand auf der Schulter und dem Knie im Kreuz - einen erstaunlich weiten Weg aus dem Liegestütz - hinunter auf den Boden und damit direkt auf die etwas zu hoch positionierte Kappe meines Stiefels drückte.

Das Jaulen des unglücklicherweise empfindlich getroffenen Stabsunteroffiziers schnitt durch die morgendliche Ruhe im Wald wie ein heißes Messer die Butter, nur um kurz darauf in hervorgepresste Flüche und Verwünschungen unterzugehen. Ich ließ mich dadurch aber nicht von der Durchsuchung abhalten, die kurz darauf auch gleich mehrere an ziemlich fantasievoll ausgewählten Verstecken platzierte Messer zum Vorschein brachte.

Der Chef, durch den Urschrei des Durchsuchten auf den Plan gerufen, kommentierte das ganze Geschehen grinsend mit den Worten "Na na, Herr Nobelix, ich brauche den Stabsunteroffizier doch noch!"

Gegen Abend gesellten sich dann weitere Truppenteile zu uns: die Fallschirmjäger aus einer nahegelegenen

Kaserne erschienen mitsamt schwerem Kampfgepäck zu Fuß und im lockeren Trab.

Sie begannen, ihren Kompaniegefechtsstand an einer der gut erreichbaren Stellen in der Nähe unseres Gefechtsstandes einzurichten. Leider befanden sich genau an dieser Stelle auch die von uns gebuchten und für uns bereitgestellten Chemietoiletten. Eine Gelegenheit, die sich die Fallschirmjäger selbstverständlich nicht entgehen ließen und so wurden wir bald und ziemlich effektiv daran gehindert, die kleinen blauen Häuschen zu nutzen.

Verhandlungen jeglicher Art scheiterten, und das, obwohl unser Spieß seine aus dem zerstörten Bully geretteten Marketenderwaren mit ziemlich schmerzhaften Zugeständnissen, was den Preis anging, auf den Markt schmiss.

Gegen 4 Uhr morgens erschien unser Chef dann in der LKW-Kabine, die unseren Kompaniegefechtsstand darstellte. Er griff sein Koppeltragegestell, grinste mich an, und meinte, er müsste mal. Vor dem Container sammelte sich kurz darauf ein kleiner, aber schwer bewaffneter Trupp ebenso grinsender Soldaten. Neben ausreichend Munition füllten sie ihre Koppeltragegestelle mit einer größeren Menge Handgranaten vom Typ "laut und lustig[16]" und schon zog die Gruppe hinaus in die Dunkelheit und bald war bis auf das Blubbern der Kaffeemaschine nichts mehr zu hören.

Irgendwann waren dann in einiger Entfernung deutliche Kampfgeräusche zu hören, und als diese nach etwa einer Stunde wieder verebbten, dauerte es nicht mehr lange, bis unser Chef - sichtlich erleichtert - mit

---

[16] Für die Insider: es waren Übungshandgranaten vom Typ DM-12

seinem Trupp wieder am Container auftauchte. Die Kameraden scharten sich um die Kaffeemaschine und beglückwünschten sich gegenseitig, denn sie hatten weder viel Munition noch eine einzige Übungshandgranate wieder mit zurückgebracht.

Den Gesprächen konnte ich entnehmen, dass sie festgestellt hatten, dass die Übungshandgranaten genau durch den Abluftschacht des Fäkalientanks der Chemietoiletten passten, wenn man den kleinen Regendeckel darüber abnimmt. Mit diesem Wissen war es dann ein Leichtes, die Chemietoiletten einfach frei zu sprengen. Und während der in der Kabine befindliche Fallschirmjäger, überrascht durch den Schwall Chemie von unten, kurzerhand ruhiggestellt wurde, konnte unser Chef in Ruhe seinen Geschäften nachgehen.

Einige Zeit später - wir waren gerade dabei, unser Frühstück zu uns zu nehmen - erschien der Spieß der Fallschirmjägerkompanie und bat um eine Unterredung mit unserem Chef. Dabei sah er alles andere als glücklich aus, seine Uniform hatte einen leichten Blaustich angenommen und er verströmte einen betörenden Geruch nach Chemie.

Der Rest des Morgens bestand dann darin, die Fahrzeuge wieder zu enttarnen und die Marschbereitschaft wieder herzustellen. Das gelang aber nur bei fast allen Fahrzeugen problemlos, denn während die manchmal etwas zickigen LKWs sofort anspringen, weigerte sich der Bully unserer Sanitäter standhaft, auch nur einen kleinen Huster von sich zu geben. Zum Glück konnte unser Schirrmeister nach einem kurzen Blick in die Eingeweide des Bullys feststellen, wieso er nicht so wollte, wie er sollte: die Batterie war bis auf die letzten Elektronen leergelutscht. Kein Wunder, hatten unsere Sanis doch die ganze Nacht die Standheizung laufen gelassen.

Nachdem wir den Bully dann aus der kleinen Senke, in der er abgestellt war, herausgeschleppt hatten, konnten wir ihn auch ohne größere Probleme anschleppen.

Die Flüche des Schirrmeisters waren dabei allerdings so markig, dass sie selbst dem Spieß eine gesunde, rote Färbung ins Gesicht zauberten.

Zum Glück war das dann auch die letzte Panne dieser Übung und wir kamen beinahe unfallfrei wieder in die Kaserne zurück. Beinahe? Ja, genau, beinahe, denn auf dem Rückweg standen plötzlich Rehe auf der Landstraße. Direkt vor dem Chef-Golf und damit auch direkt vor mir. Ich stieg bei einer Geschwindigkeit jenseits der 100 km/h-Marke kurz und knackig auf die Bremse (ohne ABS, versteht sich), lenkte den Wagen elegant am Wildgulasch-Rohstoff vorbei und wandelte dann die verbleibende Geschwindigkeit mit Hilfe der Bremse in Wärme um.

Ein kurzer Check der Fahrzeugfront ergab, dass ich tatsächlich um Haaresbreite an den plötzlich auftauchenden Hindernissen vorbeigekommen bin und wir leider weder Rehrücken noch Wildgulasch mit nach Hause bringen konnten.

Lehrvorführung und Gefechtsschießen

Nachdem die letzte Übung doch relativ katastrophal gelaufen war, wurde die einige Monate später folgende Lehrvorführung der Führungsakademie der Bundeswehr zu einer ausgewachsenen Marschübung ausgedehnt.

Eigentlich ist die Lehrvorführung keine richtige Übung, sondern sie besteht aus verschiedenen Schauplätzen, an denen nicht nur die Leistungsfähigkeit der Bundeswehr sondern auch gewisse taktische Grundsätze und Vorgehensweise gezeigt werden. Neben der immer wieder interessanten Luftverlastung von Nachschub, einer Kolonnenfahrt im Gelände und diversen anderen Szenen, sollte auch ein Instandsetzungspunkt im rückwärtigen Gefechtsraum dargestellt werden. Da diese Aufgaben in der Regel von der Instandsetzungstruppe durchgeführt werden, lag es natürlich Nahe, dass unserem Bataillon diese ehrenvolle Aufgabe zufällt. Und in diesem Jahr traf es unsere Kompanie.

Wir verlegten also mit Mann, Maus und Gerödel an einem sonnigen Montag an den uns zugewiesenen Instandsetzungspunkt - oder vielmehr dahin, wo er entstehen sollte. Um ein Übungshaus herum waren mehrere Schuppen aufgestellt worden, so dass eine Art Dorfplatz mit nur einer Zufahrt entstand. Der eigentliche Gefechtsstand wurde im Übungshaus errichtet, so dass Kompaniechef, Spieß und die Zugführer trockenen Boden und ein Dach über dem Kopf hatten. In die umliegenden Schuppen zogen dann Teile der

Instandsetzungszüge ein und richteten dort ihre Werkstätten ein. Kurz darauf kamen auch schon die zusätzlichen Fahrzeuge an. Diese Fahrzeuge, zwei Panzer vom Typ "Leopard 2", eine Panzerhaubitze 2000, ein LKW 15 to GL "Multi" und ein M113 MTW, sollten im Laufe der Vorführung mit Gefechtsschäden zu uns gebracht werden und dann entweder gefechtsmäßig Instandgesetzt werden oder zur weiteren Instandsetzung abtransportiert werden.

Dabei wurde allerdings die Panzerhaubitze auf dem "Dorfplatz" nur abgestellt und konnte mangels Fahrer nicht an den vorgesehenen Platz gebracht werden. Schnell hatten wir auch für dieses Problem eine Lösungsmöglichkeit gefunden. Dabei musste allerdings nur der Chef kurz abgelenkt werden, denn er durfte nicht wissen, dass ein für dieses Fahrzeug nicht qualifizierter Fahrer[17] dieses Ungetüm bewegte. Aber danke der tatkräftigen Mithilfe der Zugführer und des Spießes war das kein größeres Problem.

Meine Aufgaben während dieser Übung waren durchaus vielfältig. Ich sollte den Spießbully zwischen Delmenhorst und dem Truppenübungsplatz in Garlstedt hin und her bewegen. Morgens ging es mit Waffen, Ausrüstung und Marketenderwaren zum Übungsplatz und abends wieder zurück. Zwischendurch sollte ich für den Verkauf der mitgebrachten Schokoriegel und Kaltgetränke sorgen und so ganz nebenbei auch noch den Fahrer eines beschädigten Wolfes spielen. Ich war über diese Aufgaben gar nicht böse, denn immerhin bedeuteten sie, dass ich im eigenen Bett schlafen konnte.

---

[17] Der Fahrer hatte zwar die Fahrerlaubnis für Kettenfahrzeuge, war aber auf der Panzerhaubitze 2000 nicht eingewiesen.

Das erste Problem ereilte mich aber gleich am frühen Montag: im gesamten Standort waren keine Schokoriegel und Getränkedosen mehr aufzutreiben, so dass ich auf dem Weg erst einmal einkaufen musste. Zum Glück gab es damals schon Supermärkte, die bereits um 7 Uhr öffneten und verkehrsgünstig an der Schnellstraße lagen. Das nächste Problem war, dass ich neben meiner persönlichen Waffe auch noch die Wachmunition, Funkgeräte, Vorschriften und eine Kiste Nebelkerzen transportierte. Aber wozu gab es den Beifahrer?

Ich parkte also direkt vor dem Eingang auf einem der Parkplätze, die für Eltern mit Kindern ausgezeichnet waren, stellte meinen Beifahrer als Wache vor das Fahrzeug und ging einkaufen. Das Personal des Supermarktes machte zwar am Montag noch sparsame Gesichter, als ich bewaffnet und aufgerödelt mit einem Einkaufswagen den Markt betrat, aber sie gewöhnten sich sehr schnell daran, als sie bemerkten, dass ich kartonweise Schokoriegel, Getränke in Dosen und Kaugummipackungen abtransportierte. Die ganze Woche lang, jeden Morgen.

Danach ging es direkt weiter, über Schnellstraße und Autobahn zum Übungsplatz, wo ich den ersten Teil der Waren beinahe sofort wieder verkaufen konnte. Das Motto damals lautete "alles für ne Mark", und ab dem zweiten Tag kurbelten gekühlte Getränke dank der Thermokisten und Kühlakkus meiner Eltern den Absatz deutlich an.

Während der ersten Tage wurde die Reihenfolge der Showszenen festgelegt und eingeübt. Den Anfang machte einer der Leopard-Panzer, der nur mit einer Kette aber dafür mit einer am Heck befestigten Nebelkerze vom zweiten Panzer auf den Hof geschleppt wurde. Nachdem sich Rauch und abschleppender Panzer wieder verzogen hatten, stürzten sich mehrere Trupps, wild Werkzeuge schwingend auf das Ungetüm, nur um unter viel Krach und lauten Flüchen bald wieder davon abzulassen. "Instandsetzung nicht möglich, Abtransport vorbereiten" lauteten Diagnose und Anweisung in diesem Fall.

Als nächstes kam ein Unimog mit zerschossenem Kühler vorgefahren. Die dafür nötigen Effekte wurden durch eine etwas verlegte Scheibenwaschanlage ermöglicht und auch hier stürzten sich direkt nach der Ankunft mehrere Instandsetzer auf das Fahrzeug. Ich sollte während dieser Zeit an meinem zum Transport verladenen Wolf stehen und mich "laut ärgern".

So lautete die originale Anweisung vom Chef, denn der Multi sollte mit "planmäßiger Verspätung" als nächstes auf den Hof rollen, mich und den auf Wechselpritsche verladenen Wolf aufnehmen und dann wieder entschwinden.

Danach sollte der beschädigte Panzer durch einen passenden Transporter abgeholt werden, der MTW sollte dringend benötigte Ersatzteile anliefern und dann sollte der mittlerweile mit einer Verlustkühlung ausgestattete Unimog aus eigener Kraft wieder vom Hof rollen. Soweit der Plan.

Leider haben solche Pläne nicht allzu lange Bestand, auch bei uns schlug Murphy's Gesetz ziemlich schnell zu und wir mussten uns auf Improvisation verlegen. Als erstes fiel der MTW aus - und das noch bevor der erste Probedurchlauf überhaupt begonnen hatte. Wir bereiteten uns gerade auf diesen ersten Probedurchgang vor und die Besatzung des MTW empfing noch letzte Anweisungen und ein Lob für die vorbildliche Fahrzeugtarnung, dann befahl der Chef "Alles auf Anfang" und begab sich in "Oma Else"-Manier[18] in das Obergeschoss des Übungshauses. Von dort wollte er den ganzen Ablauf überwachen und steuern.

Der MTW rasselte also vom Hof und entschwand im nahen Wald aus unserer Sicht. Eine ganze Zeit lang war nur das Brüllen des Motors und das Quietschen und Rasseln der Ketten zu hören und wir warteten auf das Startsignal. Plötzlich dröhnte ein lautes Donnern durch den lauen Sommermorgen. Ein Schwarm Vögel stieg von der Wiese auf der anderen Seite der Zufahrt auf und langsam wurde eine schwarze Rauchwolke sichtbar. Der Spieß schaltete als Erster, griff sich zwei Sanitäter, zog diese in seinen Bully und wollte gerade losfahren, als zwei rußgeschwärzte Gestalten auf dem Dorfplatz auftauchten: die Besatzung des MTW. Unglücklicherweise hatte der der Motor des MTW kurz nach dem Verlassen des Dorfplatzes seinen letzten Lebensfunken ausgehaucht und dabei aus lauter Frust einen der Zylinder ausgestoßen. Als dieser durch Zylinderkopf, Motorabdeckung und Dach hindurchgebrochen war, fühlte er sich zum ersten Mal in seinem Leben wirklich frei und flog vor Freude direkt in den Wald hinein. Dabei sorgte der Ausreißer leider dafür, dass der Rest des Motors nicht mehr weiterlaufen wollte und den frisch und vorbildlich getarnten Panzer in einen Haufen nutzlos herumstehenden, aber immer noch vorbildlich getarnten Schrott verwandelte. Dumm gefahren.

---

[18] Oma Else sitzt grundsätzlich am offenen Fenster und hat die Ellenbogen aufs Fensterbrett gestützt.

Die dadurch entstandene Pause im Ablauf sollte dann durch eine Showeinlage der besonderen Art überbrückt werden. Am einen Ende des Instandsetzungspunktes lagerten leere Ölfässer, von denen eines aber nun genau am gegenüberliegenden Ende des Instandsetzungspunktes gebraucht wurde. Aber auch dieses Problem konnte durch einen unserer Mannschaftsdienstgrade gelöst wurden, denn ausgerechnet der einzige Bodybuilder in unserer Kompanie würde dieses Fass quer über den Dorfplatz tragen. In der Vorführung wurde diese eindrucksvolle Vorführung entsprechend mit spontanem Szenenapplaus honoriert.

Die restliche Vorführung verlief dann doch eher ereignislos, so dass wir entspannt dem Übungsende entgegensehen konnten. Natürlich wurden die gute Laune und das schöne Wetter durch einige merkwürdige Momente ergänzt. Einer, der dabei besonders hervorstach, war der Morgen, als mich die Nachtwache anrief. Ich war schon auf dem Weg zum Übungsplatz, wurde aber bei der Abfahrt für ein paar Minuten aufgehalten. Die Nachtwache bat darum, dass ich mich beeilen möge und doch bitte von Unterwegs schon einmal die Polizei vom Tor des Übungsplatzes mitbringen möge. Der Streifenwagen würde dort warten, da die Besatzung auf dem Übungsplatz ortsunkundig wäre.
Dieser Anruf sorgte nicht nur dafür, dass ich dem Bully die letzten, schon keuchenden Pferdchen entlockte, sondern auch einen neuen Rekord für die Fahrt zum Übungsplatz aufstellte. Als wir dann mitsamt der unterwegs eingesammelten Polizei am Übungshaus eintrafen, erwarteten uns nicht nur unsere Nachtwache sondern auch zwei ziemlich unglücklich aussehende

Zivilisten. Diese wurden, so habe ich kurz darauf erfahren, von unserer Wache beim Pilze sammeln unter dem geparkten Panzertransporter erwischt.

Prinzipiell ist das Sammeln von Pilzen auf Truppenübungsplätzen kein Problem, besonders, wenn diese für die Öffentlichkeit freigegeben sind. Das gilt allerdings immer mit der Einschränkung "wenn kein Übungsbetrieb stattfindet". Da dies aber an allen Zufahrten und Zugängen deutlich erkennbar ausgeschildert war und an allen Toren ein Posten stand, sollte diese Einschränkung nicht zu übersehen sein.

Es sei denn, man ist Hardcore-Pilzsammler und übersieht diese Schilder absichtlich. Es wird ja schon nichts passieren.

Leider hat unsere Wache das ein wenig anders gesehen, so dass die beiden Pilzsammler, gerade als sie ein größeres Feld essbarer Pilze unter einem Panzertransporter vom Typ "Elefant" abernten wollten, in die Mündungen der Gewehre der Nachtwache geschaut haben. Da ein Messer - auch ein Pilzmesser - durchaus auch als Waffe eingesetzt werden kann, wurden die Beiden entsprechend wie bewaffnete Personen behandelt. Eigenschutz geht vor.

Die beiden Polizisten nahmen - natürlich schwer begeistert - die Personalien der beiden Pilzsammler auf und eskortierten sie zum nächsten Tor. Das war zwar nicht unbedingt das Tor, durch das sie den Übungsplatz betreten und an dem sie ihr Auto abgestellt hatten, aber es war auch nicht das davon am weitesten entfernte Tor.

Und 5 Kilometer kann man auch morgens vor dem Frühstück noch ganz gut gehen.

Für den folgenden Tag war als Übungsabschluss ein kleines Grillfest geplant. Der Spieß hatte zusammen mit den Zugführen die Kompaniekasse auf den Kopf gestellt, und schickte mich nun los, um Grillmaterial zu besorgen. Ein Grill war schnell aufgetrieben, stand er doch schon seit Tagen im Übungshaus und sowohl Kohle als auch Anzünder waren ausreichend vorhanden und so fehlten nur noch die wichtigsten Utensilien: Würste, Fleisch und Kartoffelsalat.

Ich schwang mich also in den Bully und machte kurzerhand den nächsten Schlachter ausfindig, um die fehlenden Sachen zu Besorgen. In der Nähe gab es zum Glück einen Schlachter, der zu dieser Zeit auch geöffnet hatte und als ich nach einer kurzen Wartezeit nach meinen Wünschen gefragt wurde, tat ich diese mit den Worten "Hallo, ich hätte gerne 150 Nackensteaks, 150 Bratwürste und 25 Kilo Kartoffelsalat."

In der darauf folgenden Stille hätte man nicht nur eine Stecknadelfallen hören können sondern auch die Landung einer durchschnittlich weichen Daunenfeder auf einer Fliese wäre mit den Einschlag einer Granate vergleichbar gewesen. Mit leichtem Zögern kam kurz darauf die Frage "Jetzt gleich...?"

Zum Glück war es kein Problem, die gewünschten Waren so bereitzustellen, dass ich sie am nächsten Nachmittag abholen konnte und der Grillabend ein voller Erfolg wurde.

Den nächsten Vormittag verbrachten wir dann mit dem Abrüsten unseres Instandsetzungspunktes und dem Verladen der mitgebrachten Sachen auf unsere Fahrzeuge und als das geschafft war, machten wir uns auf den Weg zurück in unseren Standort. Dieses Mal sollten wir, unter Vermeidung der Autobahnen, quer durch das Land fahren. Ich tauschte den Fahrersitz des Spießbullys gegen den mittleren Platz in einem der LKW, um auch noch ein wenig Spaß zu haben. So meinte es jedenfalls der Spieß, als er seinen Wagen wieder übernahm. Und Spaß sollte ich noch mehr als ausreichend haben.

Bereits im Vorfeld der Rückfahrt hatten wir "Päckchen"-Nummern zugewiesen bekommen. Diese entsprachen zwar der Nummer des jeweiligen Fährpaketes - einer Zusammenstellung von Fahrzeugen, um die maximale Traglast der eingesetzten Fähre optimal ausnutzen zu können - aber nicht immer der jeweiligen Position in der Kolonne. Deswegen bezogen wir schon auf den letzten Kilometern vor dem Fähranleger links und rechts der Straße Stellung und warteten, von den Einweisern abgeholt zu werden. Der LKW, auf dem ich mitfuhr, war gleich für das erste Fährpaket eingeteilt und so mussten wir nicht lange warten, um zum Anleger vorziehen zu können. Doch während wir noch auf dem Weg dahin waren, wurden wir von einem älteren Mercedes mit einem noch viel älteren Fahrer ziemlich rasant und mit quietschenden Reifen überholt.

Das nächste Mal, dass wir den Mercedes mitsamt Fahrer sahen, war, als er gerade versuchte, sich einen Weg auf die Fähre zu bahnen. Sowohl Zufahrt als auch Anleger waren aber mittlerweile durch eine größere Anzahl von LKW geringfügig blockiert und als der Mercedesfahrer einen unserer Einweiser beinahe über den Haufen fuhr, schaltete sich unser Chef ein.

Unser damaliger Kompaniechef war ziemlich genau das, was man sich unter einem sanften Riesen vorstellt. Bei einer Körpergröße von etwas über 2,10 Metern und entsprechend massiger Statur war er nicht nur immer bestens zu erkennen, er war auch durch nichts aus der Ruhe zu bringen und schaffte es so immer wieder, stressige Situationen zu entschärfen. Dieses Mal hatte er allerdings sichtliche Mühe, selber ruhig zu bleiben.

Er sah, was gerade passiert war und ging auf den Mercedes und seinen Fahrer zu, aber kaum, dass sich der beinahe angefahrene Einweiser von seinem Schrecken erholt hatte, sprang der Mercedesfahrer wie von einer Feder abgeschossen aus seinem Auto und fing an, den Einweiser aufs Übelste zu beschimpfen.

Unser Chef stellte sich nun zwischen den wild gewordenen Mercedesfahrer und den Einweiser und als der Mercedesfahrer Luft holen musste, um mit seiner Schimpftirade fortzufahren, legte unser Chef ihm seine Sichtweise der Situation dar. Dem hatte der Mercedesfahrer zum Glück nicht viel entgegenzusetzen. Trotzdem haben wir den Mercedes mitsamt Fahrer dann auf der ersten Fähre noch irgendwo unterbringen können. Eigentlich verwunderlich, dass er nicht länger warten musste, denn das war das erste (und einzige) Mal, dass ich erlebt habe, wie der Chef seine Stimme erheben musste - und dabei über das Donnern von mehreren LKW-Motoren mehr als deutlich zu verstehen war.

Der Rest der Rückfahrt verlief dann ohne weitere Komplikationen.

Gut, unser Verkehrssicherungskommando hatte mehr als einmal seinen Spaß an den größeren Ampelkreuzungen, aber das war schon fast normal.

Zwischendurch hatten wir natürlich auch immer wieder Ausbildungstage und konnten dabei unter anderem den in der Kaserne vorhandenen Schießsimulator nutzen. Hier sorgte ich eines Tages für eine recht komische Einlage, denn gerade als die Klappfallscheiben immer näher an uns aufzutauchen schienen und ich mächtig viel (simulierte) Munition durch das Maschinengewehr gejagt hatte, erhielt ich den Zuruf "Störung im Maschinengewehr, Nobelix, was macht man nach 150 Schuss?" Ich antwortete relativ flapsig "weiterschießen, der Feind kommt" und die erste Runde Gelächter rollte durch den Simulator.

Als ich kurz darauf den Tipp bekam "Dein Rohr ist heiß!" und diesen mit "Mein Rohr ist immer heiß!" beantwortete, war es auch um die Beherrschung des Simulator-Personals geschehen und es blieb kein Auge trocken.

Natürlich habe ich sofort einen Rohrwechsel am Maschinengewehr durchgeführt aber das heiße Rohr sollte immer da auftauchen, wo ich mit einem Maschinengewehr auftauchte.

Einige Wochen später erwartete uns dann schon die nächste Übung. Dieses Mal sollte es allerdings eine rein militärische sein - und dazu mit Pauken und Trompeten: mehrere Tausend Schuss Munition für Gewehre und Maschinengewehre waren genehmigt worden und man hatte sogar eine Ladung Panzerfäuste für uns aufgetrieben.

Der erste Zwischenfall auf dem Weg zum Truppenübungsplatz Bergen ließ allerdings nicht lange auf sich warten und sorgte für einige Heiterkeit unterwegs: Einer der Beifahrer, der Gefreite Schulze-Schmidt, hatte während der Fahrt seine Feldmütze auf der Winkerkelle des LKW gestülpt und spielte aus reiner Langeweile damit herum. Als er an der nächsten Kreuzung mit der Winkerkelle ein Signal weitergeben musste, hatte er die Mütze aber schon vergessen. Er öffnete das Fenster, hielt die Winkerkelle mitsamt Feldmütze hinaus und kaum, dass der Fahrtwind unter die Feldmütze gefasst hatte, merkte Gefreiter Schulze-Schmidt, dass da etwas nicht stimmte.

Die Mütze ließ sich diese Chance natürlich nicht entgehen, löste sich mit Schwung von der Winkerkelle und ward nicht mehr gesehen. Da Soldaten außerhalb von Gebäuden aber niemals ohne Kopfbedeckung unterwegs sind und das Barett schlecht zu einer Übung passt, trug der Gefreite Schulze-Schmidt bei schönstem Juliwetter und 35 Grad im Schatten seinen Gefechtshelm. So lange, bis sich ein Kamerad erbarmte und dem Gefreiten leihweise eine Ersatzmütze überließ.

Dass dieser Kamerad der Kompaniechef war, trug natürlich nicht unerheblich zum Spott bei und ich möchte nicht wissen, wie viele Biere diese Mütze gekostet hat.

Der weitere Verlauf des Tages war dann eher von drückender Hitze als von lustigen oder spannenden Aktionen gekennzeichnet, aber als ich am Maschinengewehrstand an der Reihe war, wurde es wieder einmal kurios: Schon während ich auf meine Munition wartete, wurde ich von einem Oberleutnant der Reserve beiseite genommen. Er hätte gehört, ich würde sehr zielgenau mit dem Maschinengewehr schießen können und ob ich ihm verraten würde, wie ich das anstellen würde oder ob es da einen Geheimtipp geben würde.

Ich konnte allerdings auch nicht mehr als "fest in die Schulter einziehen, ruhig zielen und sauber abziehen" sagen, empfahl dem Oberleutnant aber noch, darauf zu achten, dass er die Hacken fest an den Boden drückt. Gebracht hat ihm das allerdings nichts, denn der Rückstoß des Maschinengewehrs schob ihn satte 20 Zentimeter nach hinten. Damit war jeglicher Versuch, etwas zu treffen, ziemlich vergeblich.

Nachdem ich mir dieses Schauspiel angesehen hatte, machte ich mich - innerlich leicht grinsend - auf den Weg zur Munitionsausgabe. Dort erhielt ich ein Maschinengewehr und einen Kasten mit gegurteter Munition, aber als ich die beiden miteinander verbinden wollte, rutschte ich ab und der ganze Munitionsgurt rauschte auf den Boden. Kaum, dass ich reagiert hatte, hatte der Leitende den Gurt schon in der Hand, fädelte ihn in das MG ein und legte mir den Rest des Gurtes in großen Schlingen zwei Mal um den Hals - sehr zur Erheiterung der wartenden Aufsichten. Dann legte ich Gehörschutz an, setzte den Helm auf und machte mich auf den Weg zur Schießbahn. Dort sollte ich dann auf Kommando das MG in Stellung bringen, fertigladen und das Feuer auf die auftauchenden Klappfallscheiben[19] eröffnen. Als ich ankam, wurde ich von "meiner" Aufsicht empfangen und in die Stellung verfrachtet.

Ich war noch gar nicht ganz am Boden, da spürte ich ein leichtes Treten gegen meine Hacken und ich vernahm die Frage, warum "zur Hölle nochmal" ich noch nicht schießen würde. Sekundenbruchteile später tauchten vor mir sechs Scheiben nebeneinander auf und die Aufsicht kreischte "Feuer frei!", nur um direkt

---

[19] Zielscheiben, die ausgeklappt werden können und bei einem Treffer umfallen.

darauf von einem langen Feuerstoß übertönt zu werden. Grinsend schoss ich so lange, bis keiner der Pappkameraden mehr zu sehen war. Dabei ging der größte Teil des Gurtes drauf und als die nächsten Scheiben auftauchten, dauerte es nicht lange, bis mir die Munition ausging. Kaum, dass die letzte Kugel den Lauf verlassen hatte, merkte ich, wie sich ein anderes Geräusch in das Knattern des Maschinengewehres gemischt hatte. Etwas, dass sich anhörte und anfühlte, als würde jemand auf meinem Helm herumtrommeln. Es waren die Signalflaggen meiner Aufsicht, die in schneller Folge abwechselnd auf meinen Helm gedroschen wurden. Gleichzeitig hörte ich Worte wie "Feuer einstellen, Sicherheit!" und ich legte das Maschinengewehr vorschriftsmäßig mit offenem Verschluss ab. Ich drehte mich um und wollte gerade fragen, wieso das Schießen unterbrochen wurde, als ich aus dem Augenwinkel eine Bewegung im Zielbereich sah.

Als ich genauer hinsah, bemerkte ich vier Feuerpatschen mitsamt den dazugehörigen Soldaten des Löschkommandos, die dort herumliefen und langsam dämmerte mir, was passiert war: Die Munition, die ich gerade verschossen hatte, hatte nicht nur die Scheiben zu Fall gebracht, sondern auch die umliegenden Büsche und Sträucher in Brand gesetzt. Kein Wunder, war der Gurt doch abwechselnd mit drei Schuss Leuchtspur und zwei Schuss Teilmantel bestückt.

Zusammen mit dem "heißen Rohr" aus dem Schießsimulator sorgte der kleine Brand natürlich für einen gewissen Ruf in der Kaserne und irgendwann hörte ich beim Essen unter den Rekruten der Ausbildungskompanie im Standort ein etwas zu lautes Tuscheln: "He, das da drüben ist der HG Nobelix. Dem sein

Rohr ist so heiß, da fängt sogar die Heide an zu brennen!"

Nachdem das Feuer gelöscht war, ohne größere Schäden anzurichten, ging es für mich weiter zur nächsten Schießbahn: zur Panzerfaust. Da die Panzerfaust nur für Rechtsschützen ausgelegt ist, hatte ich als Linksschütze nicht nur mit der Bedienung meine wahre Freude, nein, ich sah beim Zielen auch schlichtweg nichts. Schon dumm, wenn man sein linkes Auge nicht schließen kann, ohne das rechte Auge mit zu schließen. Aber ich wäre nicht ich, wenn ich da nicht eine Idee gehabt hätte.

Insgesamt sollten pro Person zwei Schüsse abgegeben werden: einer mit ABC-Maske und einer ohne diese. Der Schuss mit ABC-Maske war für mich das kleinere Problem. Ich klebte kurzerhand Panzerband auf das linke Augenglas der Maske und traf zum Erstaunen aller Anwesenden sogar.

Etwas problematischer wurde es dann beim Schießen ohne Maske, aber auch hier tat das Panzerband ein wahres Wunder. Es hält ja bekanntlich auf beinahe allen Materialien, also auch auf der Haut (allerdings habe ich das Auge vorher mit einem Taschentuch abgedeckt).Trotzdem war ich an diesem Tag die Attraktion auf dem Schießstand, so dass ich nicht nur mehrmals ausführlich erklären musste, wieso ich mein eines Auge abgedeckt habe und wie ich das genau gemacht habe, nein, ich durfte später auch nochmals beweise, dass man auch so etwas treffen kann.

Die kürzeste Übung der Welt

Unsere nächste Übung war zwar deutlich kürzer, aber dafür nicht weniger lustig. Geplant war eigentlich ein Spektakel allererster Güte: ein langer KFZ-Marsch mit allen vorhandenen LKW, Zwischenstationen mit kurzweiligem Zeitvertreib wie Reifen wechseln oder Gleitschutzketten aufziehen und ein voll durchgeplanter Aufenthalt auf dem beinahe schon legendären Truppenübungsplatz Putlos.

Der Truppenübungsplatz Putlos, direkt an der schönen Ostsee gelegen, ist einer der wenigen Übungsplätze in Deutschland, auf dem Flugabwehrschießen mit scharfer Munition und auf fliegende Ziele durchgeführt werden darf. Deshalb war dieser Platz besonders bei den Einheiten, die mit dem Flakpanzer Gepard ausgestattet waren, sehr beliebt. Hier konnten diese nämlich mit ihren beiden 35mm-Schnellfeuerkanonen einmal so richtig zeigen, was sie können.
Aber auch andere Einheiten nutzten diesen Übungsplatz, nicht zuletzt auch dank Einrichtungen wie der Panzer-Überroll-Bahn. Hier konnten sich kleinere Trupps in einem maßgeschneiderten Graben von einem Panzer "überfahren" lassen und so das zielgenaue Anbringen von Haftladungen üben. Auch für uns war solch eine Überroll-Übung geplant, aber leider kam wieder einmal alles ganz anders, als geplant.

An einem winterlichen Sonntagnachmittag sollte unsere Kompanie, aufgeteilt in zwei LKW-Kolonnen, sich auf den Weg zur Ostsee machen. Unbehindert durch andere LKW, hatten wir die Autobahn beinahe allein für uns und sogar im Großraum Hamburg hielt sich der Verkehr deutlich in Grenzen. Ich war mit dem Kompaniechef in seinem Golf schon vorgefahren, dicht gefolgt von Spieß und Kompanietruppführer in ihrem Bully.

Als wir nach unbehinderter und zügiger Fahrt am Kasernentor ankamen, erlebten wir aber schon gleich die erste Überraschung: die Wache wollte uns nicht in die Kaserne lassen. Das galt natürlich auch für die beiden Kolonnen, die mittlerweile auch schon mehr als die Hälfte des Weges zurückgelegt hatten.

Warum die Kaserne für uns erst gesperrt blieb, erfuhren wir kurz darauf: schon am Freitag vor Dienstschluss war ein Fernschreiben an alle Kasernen gegangen, in dem auf Grund der akuten Seuchengefahr durch Schweinepest, Rinderwahn und Geflügelgrippe alle geplanten Übungsvorhaben und nicht unbedingt notwendigen KFZ-Märsche untersagt wurden. Leider lag dieses Fernschreiben noch am Sonntag beim diensthabenden Offizier der Kaserne und wurde weder an die Einheiten im Standort noch an die Wache weitergegeben, so dass wir uns völlig ohne Probleme aus der Kaserne losfahren konnten.

In Putlos dagegen wurde das Fernschreiben allerdings schon am Freitag bekanntgegeben, so dass die dortigen Standortverwalter davon ausgegangen sind, dass wir nicht mehr erscheinen würden. Das bedeutete allerdings, es waren weder Unterkünfte noch Verpflegung bereitgestellt.

Unglücklicherweise konnten wir aber auf Grund der gesetzlich vorgeschriebenen Lenk- und Ruhezeiten nicht am selben Tag zurückfahren, also mussten wir irgendwo Unterschlupf suchen. Zum Glück konnte niemand der geballten Kraft von Kompaniechef, Spieß und Kompanietruppführer etwas entgegensetzen, so dass wir nicht nur binnen kurzer Zeit einen Unterkunftsblock beziehen konnten, sondern sogar noch Essenspakete verteilt werden konnten.

Trotzdem ging es am frühen Montag wieder zurück nach Delmenhorst, so dass wir auf eine Gesamt-Übungszeit von unter 24 Stunden kamen. Dummerweise hat das weder für Zusatzurlaub noch für Übungs-Tagegeld gereicht, einzig die LKW wurden so mal ein wenig bewegt und mussten - wie sollte es auch anders sein - für den Rest der Woche gewaschen werden. Trotzdem hatte der Chef während der Rückfahrt schon wieder gute Laune, er holte seinen Laptop aus der Tasche, und begann "Tomb Raider" zu spielen.

Büroarbeit

Obwohl die Übungen immer eine ziemlich kurzweilige und oft lustige Angelegenheit waren, bestand das Leben in Delmenhorst doch zum größten Teil aus der guten, alten Büroarbeit. Das bedeutete in der Regel, um halb sieben das Geschäftszimmer aufzuschließen, Krankmeldungen entgegenzunehmen, Urlaubsanträge zu verteilen und entgegenzunehmen. Dann folgte um Punkt sieben Uhr das Antreten der gesamten Kompanie, gefolgt vom Kaffeeplausch der Zugführer im Unteroffiziersraum[20].Danach begann der "normale" Tagesdienst, also Telefon bewachen, Unterlagen abarbeiten, Post holen und verteilen und alles, was noch so dazugehörte.

Die erste Unterbrechung gab es dann um halb zehn, denn da begann die NATO-Pause. Diese Pause, obwohl in keinem Dienstplan in Deutschland verzeichnet, ist eine der sichersten Tagesplanungs-punkte.
Egal, bei welcher Einheit man zwischen halb zehn und zehn Uhr anruft, man wird niemanden als Telefon bekommen. Alle sitzen bei Kaffee und Brötchen zusammen und denken an alles andere als den Dienst. Bei uns gab es in dieser Zeit bevorzugt Mettbaguettes aus dem Mannschaftsheim. Schon gleich nach dem Antreten wurden die Bestellungen entgegengenommen und das Geld dafür eingesammelt. Diese Bestellung wurde dann telefonisch zum Mannschafts-

---

[20] Aufenthaltsraum der Unteroffiziere, ein ausgebauter Dachboden mit Sitzgruppe, Esstisch und einer kleinen Theke.

heim durchgegeben, wo dann um kurz vor halb zehn die Leckereien nur noch durch einen reitenden, laufenden oder fahrenden Boten eingesammelt werden mussten.

Die Mannschaftsdienstgrade vom Geschäftszimmer verbrachten diese Zeit in der Regel zusammen mit Chef und Spieß im Unteroffiziersraum, denn bei Kaffee und Fernsehprogramm schmeckten die Baguettes und Brötchen einfach noch einmal so gut.

Um zehn Uhr rief dann Chef oder Spieß wieder zum Dienst, denn dann musste der erste Postgang gemacht werden. Dabei wurde die eingegangene Post bei der Poststelle des Bataillons abgeholt und in der Kompanie verteilt. Gelegentlich waren sogar bunte und parfümierte Liebesbriefe dabei, die dann unter großem Hallo von den Postholern der einzelnen Züge abgeholt wurden und an die Adressaten verteilt wurden.

Natürlich gab es auch andere Aufgaben, die mich zum Teil in andere Einheiten führten, Eines schönen Tages, ich war noch recht neu in der Kompanie, wurde ich vom Spieß zur Ausbildungskompanie geschickt und sollte Unterlagen zum dortigen Spieß bringen. Der Haken an der Geschichte war: in der Ausbildungskompanie wird sehr genau auf die korrekte Form des Anzuges geachtet. Genau deswegen erwischte es mich dort auch, denn ich war noch gar nicht ganz im Gebäude, die Arme voller Akten und das Barett vorschriftsmäßig auf dem Kopf, als hinter mir eine Stimme erdröhnte: "Schütze, was bilden Sie sich ein? Im Gebäude wird keine Kopfbedeckung getragen, oder ist da etwa ein Loch im Dach über ihnen?"

Na toll, das war so ziemlich das Schlimmste, was passieren konnte und meine Alternativen waren entsprechend beschränkt. Was tat ich also? Ich drehte mich um, gab dem Stabsunteroffizier den ganzen Aktenstapel mit den Worten "Hier, halten Sie das mal bitte kurz" in die Hand, nahm das Barett ab und steckte es in die Tasche. Dann nahm ich den Aktenstapel wieder an mich und entschwand mit einem freundlichen Lächeln und einem "Dankeschön" ins Geschäftszimmer. Dort stand bereits der Spieß der Ausbildungskompanie und grinste mich an. Zum Glück waren seine ersten Worte "Ohne Meldung" - denn mit dem Aktenstapel zu grüßen, wäre ziemlich interessant geworden.

Nachdem ich die Akten abgeliefert hatte, machte ich mich so schnell wie möglich wieder auf den Rückweg und kam keine Sekunde zu früh. Mein Spieß stand am offenen Fenster, den Telefonhörer in der Hand und lachte herzhaft. Das Nächste, was ich im Vorbeigehen hören konnte, waren die Worte "Er kommt grad zurück".

Der Spieß bestellte mich natürlich sofort breit grinsend in sein Büro. Dort eröffnete er mir, was ich schon längst vermutet hatte: der Ausbilder, den ich kurz als Aktenablage genutzt hatte, hatte sich natürlich gleich bei seinem Spieß über mich beschwert. Der hatte das Schauspiel allerdings aus der ersten Reihe mitverfolgen können und konnte so nichts anderes, als herzhaft zu lachen, meinen Spieß anzurufen und das die ganze Geschichte auszuplaudern. So hatte ich mir ziemlich schnell einen gewissen Ruf erarbeitet - nicht unbedingt ein gutes Zeichen, aber das hat mich weder gestört noch sich irgendwie nachteilig ausgewirkt.

Nach dem Postgang und sonstigen Erledigungen war dann meistens auch schon Mittag. Also ab in die Kantine und schauen, was es zu Essen gibt. In der Regel war das Essen dort gar nicht mal so schlechte, wie es immer alle behauptet haben - aber wer will sich schon die Blöße geben und behaupten, dass man das Kantinenessen mag. Und überhaupt, der Soldat, der nicht mehr über das Essen meckert, ist entweder ernsthaft krank oder schon tot (und niemand hat es gemerkt).Nach dem Essen war normalerweise noch genug Zeit für einen kleinen Abstecher ins Mannschaftsheim. Hier gab es alles, was das Herz begehrte, vom Schokoriegel über kalte und heiße Getränke bis zum Jägerschnitzel und Bier nach Feierabend. Geführt wurde das Mannschaftsheim von Schmierbauch, seiner Frau (die zwar recht hübsch aussah, aber - so munkelte man jedenfalls - regelmäßig Prügel vom Schmierbauch bezog) und von Oma.

Letztere war so etwas wie die gute Seele der Kaserne. Schon lange musste sie am Tor keinen Ausweis mehr zeigen, denn jeder kannte und mochte sie. Und jeder konnte sie auf den Arm nehmen - und zwar mit herrlicher Regelmäßigkeit.

Gegen Ende der 90er wurden Mobiltelefone recht weit verbreitet und so saßen wir mit unseren Handys. Damals noch ein Nokia 5110, zum Telefonieren, SMS schreiben und Snake spielen in einer der, vom Tresen nicht einsehbaren, Ecken. Der Abend war schon etwas fortgeschrittener und wir hatten schon das ein oder andere Bier vernichtet, als wir auf die Idee kamen, Oma auf den Arm zu nehmen. Also nahmen wir ein Handy und riefen im Mannschaftsheim an. Oma ging auch sofort ans Telefon und wir baten sie, den Hauptgefreiten Butte ans Telefon zu rufen. Oma roch natürlich Lunte und weigerte sich anfangs, aber nach einigem guten Zureden stellte sie sich dann doch genau auf die andere Seite der Mauer, hinter der wir saßen, holte tief Luft und rief laut und deutlich "HaaaaGeeeeeButteeee, Teeelefooooooon".

Schallendes Gelächter empfing sie und seit diesem Tag rief sie niemanden mehr als Telefon und sie war doch arg verstimmt. Obwohl die schlechte Laune auch bald wieder verflog, was aber auch an den regelmäßigen Trinkgeldern gelegen haben könnte.

Die Zeit zwischen Mittagessen und Dienstschluss verflog meistens auch recht schnell, so dass die, die nicht nach Dienstschluss nach Hause fuhren, gegen 17 Uhr die Uniform gegen private Kleidung tauschen konnten und sich einen ruhigen Nachmittag in der Kaserne machten. Mit Computerspielen, Fernsehen und diversen Sportmöglichkeiten wurde es auch nicht langweilig - und wenn einem die Zeit doch einmal zu lang vorkam, bot sich immer noch ein Abstecher in die Stadt an. Gerade abends begaben sich große Teile der in der Kaserne anwesenden (aber dienstfreien) Soldaten zum Feiern. Ob nun in einer nahen Großraumdiskothek oder in einer der kleineren Spelunken in Delmenhorst, auch hier war für ausreichend Abwechslung gesorgt. Eine der berüchtigteren Spelunken am Ort war das "Vogelnest"[21]. Ich bin selber nie dort gewesen, aber lange nach dem Ende meiner Dienstzeit wurde mir zugetragen, dass eben diese Spelunke ein passendes Ende genommen hat.

---

[21] das natürlich nicht so heißt, aber der wirkliche Name war nicht besser.

Ein paar Soldaten vom Stammpersonal der Ausbildungskompanie hatten sich an einem schönen Sommerabend auf eine Hopfen-Gersten-Kaltschale in das Vogelnest abgemeldet. Leider eckten sie bei einigen dort anwesenden Gästen an und wurden nicht nur leicht angepöbelt, sondern beschimpft und angegriffen. Die Kameraden taten angesichts der deutlichen Übermacht das einzig Richtige und nahmen erst die Beine und dann den Autoschlüssel[22] in die Hand und zogen sich in die Kaserne zurück. Dort stießen sie auf eine Gruppe von abenteuerlustigen Rekruten und Ausbildern, denen sie ihr Leid klagten. Unter ihnen waren auch zwei LKW-Fahrer, die nicht nur die Schlüssel für ihre LKW noch in der Tasche hatten, sondern auch noch einen gültigen Fahrauftrag und kurz darauf saß die gemischte Gruppe auf die beiden LKW auf.

Nach kurzer Fahrt erreichte der zusammengewürfelte Stoßtrupp dann wieder das Vogelnest und begegnete dort wieder den streitlustigen Bierkonsumenten - allerdings dieses Mal zahlenmäßig deutlich besser aufgestellt. Kurzum: das Vogelnest wurde nach allen Regeln der Kunst zerlegt und die dort anwesenden Stressmacher anständig vermöbelt.

Leider wurde während dieser tumultartigen Szenen nicht nur die Polizei sondern auch die Feldjäger auf das wilde Treiben aufmerksam gemacht und während die Streitenden getrennt wurden (die Stressmacher lagen drinnen, die Soldaten standen draußen), wurde der Eigentümer des Vogelnestes vor die Tür gebeten. Dort wurde ihm eine angemessene Entschädigung,

---

[22] gut, das wiederum ist vielleicht nicht so richtig gewesen

gesammelt aus den Taschen aller Beteiligten (drinnen und draußen) angeboten. Ebenso wurde ihm der Wiederaufbau durch die Fachkräfte in Uniform angeboten, was der Wirt natürlich dankend annahm. Bereits am nächsten Morgen fuhren wieder zwei LKW vor und am Abend erstrahlte die Kneipe wieder im frischen Glanz und konnte den Betrieb wieder aufnehmen.

Trotzdem wurde sie nie wieder so, wie früher und wenn ich richtig informiert bin, war das Vogelnest kurz darauf für immer geschlossen.

Wachen wachen

Selbst in heutigen Beinahe-Friedenszeiten werden Kasernen bewacht. Oftmals von Sicherheitsfirmen, aber auch immer noch und immer wieder von der Bundeswehr selber. Dabei wird eine Wachmannschaft jeweils für 24 Stunden eingesetzt.

Bevor ein Soldat allerdings das erste Mal als Wache eingesetzt werden kann, muss er die sogenannte Sicherungs- und Wachausbildung absolvieren, ein einwöchiger Lehrgang, der in der Regel gleich nach der Grundausbildung in der Stammeinheit durchgeführt wird. Dabei stehen Lektionen in Objektschutz, Fahrzeug- und Personenkontrolle, rechtliche Grundlagen und das Schießen mit Handwaffen auf dem Lehrplan.

Meine Wachausbildung fand eine gute Woche nach meiner Versetzung nach Delmenhorst statt - und es war meine erste Begegnung mit Hauptfeldwebel Otti, Zugführer, Spießvertreter und notorischer Choleriker. Ich hatte dabei von Anfang an nicht unbedingt einen guten Start, denn ich hatte als Einziger der neu zuversetzten Soldaten in der Grundausbildung keinen Kontakt mit dem Maschinengewehr gehabt. Deswegen bekam ich gleich am ersten Tag der Ausbildung die Dienstvorschrift und hatte zwei Tage Zeit, einen Aufsatz über die Funktionsweise der Waffe abzugeben. Da ich von Natur aus neugierig bin, war das eher ein kleines Problem und ich erfüllte diese Zusatzaufgabe ohne Beanstandungen, genauso wie den Rest dieser Ausbildungswoche. Einzig mit dem großen Stuben- und Revierreinigen am Freitagmittag haben wir uns ein kleines bisschen länger aufgehalten. Aber das war eigentlich immer so, wenn Hauptfeldwebel Otti das Stuben- und Revierreinigen beaufsichtigt hat.

Nach der Wachausbildung folgte dann auch recht bald meine erste Wache - und viele weitere darauf, aber diese erste Wache sollte mir und anderen noch lange im Gedächtnis bleiben.
Unsere Einheit bewachte zu der Zeit im Wechsel mit anderen Einheiten aus dem näheren Umkreis ein altes Munitionslager. Abgelegen, zur Aufgabe vorbereitet und bis auf ein paar Paletten völlig leer, lagen die Bunker damals am Rande eines kleinen Waldgebietes. Da die Örtlichkeit nun wirklich mitten im Nichts[23] war, waren sowohl der Funk- als auch der Handyempfang mehr als nur unterdurchschnittlich - ein kleines Detail, das sich aber später noch als entscheidend herausstellen sollte. Dazu gab es noch einige Geschichten und Anekdoten, die sich um diesen Standort rankten.
Am Tag meiner ersten Wache rüsteten wir uns also aus, stiegen in unseren Bully und fuhren los. Erst über Bundesstraßen, dann über Kreisstraßen und irgendwann hatten die Straßen nicht einmal mehr Namen und fühlten sich eher wie ein Waldweg an. Irgendwo im Nirgendwo tauchte plötzlich ein Zaun mit einem Tor vor uns auf und einige bekannte Gesichter erschienen. Wir waren also am Ziel.
Nach einer kurzen Übergabe gingen die Ersten von uns dann auf Streife und für alle anderen begann das Warten und Ruhen. Meine erste Streife begann irgendwann, als es schon lange dunkel geworden war. Ich ging mit meinem Streifenführer zwischen den

---

[23] Nicht einmal der Pizzaservice hat dort hingefunden - und das will schon etwas heißen!

Bunkern auf dem festgelegten Weg dahin, zwischendurch kamen immer wieder kurze Strecken am Zaun entlang und dann ging es weiter zwischen den Bunkern hindurch. An einer der Zaunstrecken bemerkte ich hinter dem Zaun eine Bewegung und hörte ein leises Rascheln. Unerfahren wie wir waren, forderten wir denjenigen, der sich augenscheinlich dort versteckte, auf, sich zu erkennen zu geben. Da keine Reaktion folgte, wiederholten wir unseren Anruf, aber selbst auf das Geräusch unserer Gewehre beim Durchladen reagierte niemand und im trüben Schein der dienstlich gelieferten Taschenlampe war nichts zu entdecken. Erst, als ich die Signalpistole mit Gefechtsfeldbeleuchtung[24] geladen hatte und gerade abfeuern wollte, war ein neues Geräusch zu hören. Es klang wie ein langgezogenes "Muuuuuuuuuh" und im selben Moment fielen uns beiden gewaltige Steine vom Herzen.

Der Rest der Nacht war dann eher ereignislos, allerdings haben wir im Nachhinein noch erfahren, dass an diesem Standort schon ein wachhabender Offizier bei der Überprüfung der Streifensoldaten aus dem Baum geschossen wurde, an dem er hochgeklettert war. Aber das ist eine andere Geschichte.

Die Wachdienste in Delmenhorst waren im Allgemeinen zwar ziemlich ereignislos, aber dafür eigentlich immer lustig. Zusammen mit den anderen Diensthabenden der Kaserne wurde meistens Pizza bestellt und auf der Streife schaute man gelegentlich bei den Kompanien herein und konnte ein oder zwei Worte reden. Gelegentlich hatte man aber auch ganz speziel-

---

[24] Eine weiße Fallschirm-Leuchtkugel, die den näheren Bereich für einige Sekunden taghell erleuchtet.

le Kameraden mit im Wachteam und es wurde nichts mit entspanntem Dienst. Komischerweise hatte ich diese Wachen immer mit dem gleichen Wachhabenden - mit Stabsunteroffizier Nulli.

Bei einem dieser Dienste hörte ich, gleich nach unserer Übernahme, noch im Wachlokal aus dem hinteren Bereich die Worte "Haha, Alter, isch bin Rambo ey! Voll krass, kugg mal."

Dabei fuchtelten die beiden dort sitzenden Wachsoldaten wild und rambomäßig mit ihren Waffen herum und grinsten durch den leeren Aufenthaltsraum. Die anderen Wachsoldaten waren in der Zwischenzeit im Ruheraum in Deckung gegangen.

Nach einem kurzen Blick zum Wachhabenden, der mit einem "Kümmere dich halt drum"-Blick erwidert wurde, blieb mir nichts anderes übrig, als die beiden "Rambos" mit den Worten "Gewehr G3 zerlegen, Schlagbolzen frei" dazu aufzufordern, ihre Waffen zu zerlegen. Ein Blick zur Uhr beschleunigte das ganze Schauspiel noch ein wenig, und kurz darauf hielten mir beide grinsend ihren Schlagbolzen vor die Nase. Das Grinsen fiel ihnen allerdings ziemlich schnell aus dem Gesicht, als ich die Schlagbolzen ebenso grinsend griff und sie in einer meiner Taschen verstaute.

Immerhin wollte ich die Streife mit den Beiden überleben - und selbst, wenn mir nichts passiert wäre, wäre doch ein nicht unbeträchtlicher Schreib- und Erklärungsmarathon auf mich zugekommen, wenn sich ein Schuss gelöst hätte. Das, was halt passiert, wenn man permanent an Sicherung und Abzug herumspielt wie die Beiden.

Leider sind die beiden Spezialisten am Tag nach der Wache direkt zu ihrem Zugführer gegangen, der wiederum direkt zum Chef gegangen ist, welcher wiederum sowohl den Wachhabenden, die beiden Spezialisten und mich einbestellt hat. Im Laufe des Gespräches hat sich dann allerdings herausgestellt, dass es keine allzu gute Idee gewesen ist, petzen zu gehen. Jedenfalls für die beiden Spezialisten.

Ein anderer Dienst mit Nulli begann schon turbulent. Eigentlich war einer der Neckermann-Stabsunteroffiziere der Kompanie, gerade aus der Grundausbildung zuversetzt[25], als stellvertretender Wachhabender eingeteilt. Während der Vorbereitungen stellte sich aber heraus, das dieser laut der Vorschriften gar nicht als stellvertretender Wachhabender hätte Dienst tun dürfen und schlichtweg auch über keine Erfahrung verfügte. Das sollte nämlich seine erste Wache sein.
Deswegen wurde ich als Hauptgefreiter, eigentlich als Reserve vorgesehen, kurzerhand zum stellvertretenden Wachhabenden gemacht, während der Stabsunteroffizier als Wachsoldat eingesetzt wurde Einer der eigentlichen Wachsoldaten erfreute sich der von mir übernommenen Rufbereitschaft. Dummerweise meinte auch der Stabsunteroffizier, er müsse am nächsten Tag zu seinem Zugführer gehen und sich beschweren.
Wieder einmal wurde die große Befehlskette aktiviert und alle Beteiligten saßen kurz darauf wieder beim Chef. Natürlich mit den gleichen Ergebnis wie beim letzten Mal.

Allerdings war dies nicht der einzige Zwischenfall in dieser Nacht. Ich hatte mich, gerade, nachdem der Wachhabende mich abgelöst hatte, in einer der Zellen

---

[25] Wird schon als Stabsunteroffizier eingestellt und hat seinen Dienstgrad quasi "aus dem ‚Neckermann'-Katalog".

zum Ruhen hingelegt, als ich auch schon wieder ziemlich unsanft geweckt wurde. Nulli stand direkt vor mir und rief "Nobelix, wach auf. Die Bullen sind da und wollen mit dir sprechen!"

Naja, solch eine Einladung lässt man sich nicht zwei Mal sagen und so bin ich dann, nur mit T-Shirt, Hose und offenen Stiefeln bekleidet, vorne im Wachlokal aufgetaucht. Die beiden Polizisten schauten dann doch recht erstaunt drein, als ich ohne weitere Grüße oder Höflichkeiten nach dem Anliegen gefragt habe. Anscheinend war während meiner Schicht ein Kamerad mit einem Privatwagen "leicht" alkoholisiert aus der Kaserne gefahren, ohne dass wir davon etwas gemerkt haben. Die beiden Polizisten meinten nun, wir als Wache wären dafür verantwortlich, die ausfahrenden PKW-Fahrer entsprechend zu kontrollieren - und insbesondere ich wäre nun Schuld, dass das nicht passiert sei. Dabei wurden sie mit der Zeit immer lauter und deutlicher, so dass ich irgendwann in einem ruhigen Moment zurück in meine Zelle ging, um die Feldbluse überzuziehen und das Koppeltragegestell mitsamt Dienstwaffe wieder anzulegen. Im gleichen Moment kamen zufällig auch zwei Wachsoldaten von ihrer Streife zurück. Dabei hatten sie noch ihre Gewehre in der Hand, was die Polizisten dazu veranlasste, etwas hektisch nach ihren eigenen Waffen zu greifen, was wiederum Nulli und mich dazu brachte, selber die Pistolentaschen zu öffnen und die Hand auf unsere Waffen zu legen.

Nach einem kurzen Moment des Durchatmens war ich der Erste, der sowohl Sprache als auch die passenden Gesetzesstellen wiederfand und ich klärte die Polizisten kurz über ihre Situation, unsere Aufgaben und unsere Zuständigkeiten auf. Die darauffolgende Bitte, doch jetzt zügig vom Gelände der Kaserne zu verschwinden, wenn sie nicht die Nacht in unserer Zelle verbringen möchten, hatte auch recht durchschlagenden Erfolg. Sie drohten zwar, sie wüssten unsere Namen und würden den Vorfall dem Standortkommandanten vorbringen und die Staatsanwaltschaft würde sich auch auf uns freuen, aber ich habe nie wieder von diesem kleinen Zwischenfall gehört.

Manchmal gab es aber auch andere Fälle, nämlich die, die auch wirklich Wellen schlugen. Darunter fielen so klitzekleine Fehler, wie den Standortkommandanten, den Kommandeur des bei uns beheimateten Regiments und die Bataillonskommandeure nicht zu erkennen und sie bei der Einfahrt zu kontrollieren. Sehr beliebt war auch, die Dienstfahrzeuge bei der Ausfahrt nicht zu kontrollieren oder die Fahrzeuge der Kommandeure, gut zu erkennen am Stander am Kotflügel, bei der Ausfahrt zu kontrollieren. Das Schlimmste aller möglichen Vergehen war es allerdings, bei der Flaggenparade die Flaggen falschherum zu hissen oder im Dreck landen zu lassen. Genau das ist einem guten Freund von mir passiert. Naja, nicht direkt passiert, denn er war der Fahrer der Wache und als solcher nicht bei der Flaggenparade dabei. Aber er konnte das Geschehen ziemlich gut beobachten.
Der Kraftfahrer der Wache hatte im Grunde genommen einen ziemlich lässigen Job, zumindest in Delmenhorst. Man saß so lange herum, bis die Dienste eines Fahrers benötigt wurden. Nachts war es dann etwas stressiger, da die Streifen zum Teil mit dem Fahrzeug stattfanden, aber selbst da war für genug Ruhezeit gesorgt. Und der Fahrer brauchte nicht an der Flaggenparade teilnehmen und konnte im Wachlo-

kal verbleiben, um gegebenenfalls als Telefon zu gehen.

An diesem trüben Herbstmorgen lag ziemlich dichter Nebel über der Kaserne. Der Morgenansturm von ankommenden Soldaten war abgearbeitet, das hintere Tor war schon wieder geschlossen und alles machte sich bereit für die Flaggenparade. Dabei sorgte der dichte Nebel für eine gewisse Nachlässigkeit, denn das Büro des Standortkommandanten erlaubte zwar die Sicht auf das Tor und damit auf die Flaggenparade, aber bei Nebel waren nur die oberen Spitzen der Flaggenmasten zu erkennen.

Nun sorgte die Nachlässigkeit dafür, dass beim Hochziehen der Nationalflagge der Soldat, der das hintere Ende vom Boden fernhalten sollte, von einem leichten Windstoß überrascht wurde. Der Windstoß sorgte dafür, dass die Flagge dem Soldaten aus der Hand fiel und einige Sekunden auf dem Boden lag. Der Kamerad an der Leine reagierte zwar schnell, aber nicht schnell genug und so kam es, dass die Flagge für einige Sekunden auf dem Boden lag. Dummerweise riss in diesem Moment durch den Windstoß der Nebel kurz auf, so dass der Standortkommandant alles mit ansehen konnte.

Sekunden später klingelte das Telefon und mein Freund, der ja als Fahrer im Wachlokal geblieben war, nahm ab und meldete sich. Den genauen Wortlaut des Standortkommandanten konnte er zwar nicht wiedergeben, allerdings hielt er das Gespräch kurz und bündig und verabschiedete sich mit den Worten "Ich kann jetzt nicht, es ist Flaggenparade". Dann legte der den Hörer wieder auf. Das ließ der Standortkommandant natürlich nicht auf sich beruhen, und rief Sekunden später wieder an - mit dem gleichen Erfolg. Das ging dann so lange, bis der Wachhabende ans Telefon gehen konnte, weil die Flaggenparade mittlerweile beendet war - und so konnte sich gleich der Zuständige die passenden Kommentare abholen.

Andere Fälle haben auch Wellen geschlagen, manche allerdings anders, als man denkt. Eine davon schlug zu, als ich wieder einmal stellvertretender Wachhabender war. An diesem Abend hatte einer unserer Züge seine Zugfeier geplant. Eine ziemlich stattliche Zugfeier, mit Grillabend, Musik und ausreichend Getränken aller Art. Stattfinden sollte das Ganze im T-Bereich, dem technischen Bereich der Kaserne. Hier hatte unser Zug einige Fahrzeughallen und Instandsetzungsbereiche, also ein idealer Bereich, um eine Feier dieser Art unterzubringen.

Ich trat am Morgen meine Wache an, wieder einmal mit den üblichen Verdächtigen: Nulli war mein Wachhabender, die Wachsoldaten kannte ich gut und auch unser Fahrer war einer der älteren aus unserer Truppe - also beste Voraussetzungen für eine entspannte Wache, selbst bei der anstehenden Zugfeier. Wenn wir denn davon gewusst hätten. Irgendwie war die Feier nämlich an uns vorbeigegangen, was am Ende dazu führte, dass sich folgendes abspielte: Am beinahe späten Abend wurde mir im Wachlokal etwas langweilig, so dass ich - natürlich in Absprache mit dem Wachhabenden - beschloss, die Streife auf einer ihrer Runden zu begleiten. Ich saß auf der Runde durch die Kaserne vorne neben dem Fahrer im Bully, die Streifensoldaten saßen auf der mittleren Bank. Bei den noch recht angenehmen Temperaturen ließen wir nicht nur die Seitenfenster auf der Fahrer- und Beifahrerseite geöffnet, sondern auch die Schiebetür und so rollten wir langsam in die beginnende Nacht hinein. Unser Weg führte uns unter anderem durch den technischen Bereich, relativ nah an die Fahrzeughallen des feiernden Zuges heran und obwohl Fenster und Türen des Bully offen waren, war von einer Feier weder etwas zu sehen noch etwas zu hören. Deswegen überraschte es uns doch ein wenig, als die mittlerweile abgesessene Streife eine unbekannte Zivilperson im technischen Bereich meldete.

Egal, zu welcher Uhrzeit, egal an welchem Tag, in dieser Kaserne gab es die Anweisung, dass Zivilpersonen (außer einer Handvoll Angestellter der Standortverwaltung) im technischen Bereich nichts zu suchen haben. Und nach eben dieser Anweisung handelten wir, als wir von zwei Seiten gleichzeitig um die Fahrzeughalle kamen. Die Streife kam von links, Fahrer und ich kamen mit dem Bully von rechts. Wir ließen den Motor aufheulen, schalteten die Scheinwerfer ein, hielten kurz vor der Person und begrüßten sie mit den Waffen im Anschlag und den Worten "Halt, stehenbleiben, Wache! Nehmen sie die Hände hoch!"

Das sind zwar nicht gerade die Worte, die man am späten Abend gerne hört, aber in der Regel führen sie zu einer sofortigen Reaktion. So auch in diesem Fall, denn die Zivilperson - weiblich, wie wir in diesem Moment erkennen konnten - nahm sofort die Hände hoch und schaute ziemlich verdattert aus der Wäsche. Auf die Frage, wer sie sei und was sie dort mache, antwortete sie mit den Worten "...aber ich rauch hier doch bloß..." Da sie weder einen Besucherausweis noch andere Dokumente bei sich hatte, gab es dann für sie eine Freifahrt zur Wache, um dort auf die Polizei zu warten.

Wir hatten die Frau gerade in eine der freien Zellen verfrachtet und hatten den Entschluss gefasst, nicht sofort die Polizei zu rufen, sondern erst einmal selber bei den Diensthabenden herumzufragen, als unser Telefon klingelte. Der Anrufer war der Zugführer des feiernden Zuges. Er war auf der Suche nach seiner Frau, die - wie er sagte - "nur mal eben eine rauchen" wollte. Und in diesem Moment kam mir die Situation ein wenig komisch vor. Wir hatten zwar nach Ausweis oder Besucherausweis gefragt, aber die hatte die Frau ja beide nicht bei sich. Nach einem Namen hatten wir nicht gefragt, das sollte ja die Polizei übernehmen und auch sonst hatten wir nicht nachgefragt, wie sie dorthin gekommen war.

Nachdem wir von unserem Zugführer eine kurze Beschreibung seiner Frau bekommen hatten, wussten wir, wo sie sich aufhielt: in unserer Zelle Nummer 2. Nachdem wir dann noch einmal mit der Frau gesprochen hatten, gab es dann eine Freifahrt wieder zurück zur Zugfeier. Unter großem Gelächter und Hallo wurden der Fahrer, ein Streifensoldat und ich dort in Empfang genommen und nach einer kurzen Erklärung, einem alkoholfreien Getränk und der Bitte, doch auch zum Rauchen die Papiere mitzunehmen, war die Frau wieder entlassen und unser Zugführer, seine Frau und ich doch recht erleichtert.

Am nächsten Morgen gab es dann die Manöverkritik beim Chef. Dieses Mal kamen wir von Anfang an gut dabei weg, denn wir hatten ja nur unseren Job gemacht und uns an die Vorschriften gehalten.

Aus Delmenhorst in die weite Welt

So lustig es in Delmenhorst auch immer wieder war, irgendwann wurde es mir doch ein wenig zu eintönig und Abwechslung war für mich auf lange Sicht nicht zu erkennen. Zwar rissen sich der Spieß und der Kompanietruppführer gelegentlich und versuchten mich, entsprechend zu locken, aber wirklich interessant waren beide Angebote nicht. Und das, obwohl der Spieß mir sogar ein eigenes Büro anbot. Dafür war der Dienst mit dem Kompanietruppführer deutlich entspannter und ich kam besser mit ihm zurecht. Zwischendurch ging dann ein Teil der Kompanie noch einmal in einen KFOR-Einsatz. Eigentlich war ich für diesen Einsatz auch vorgesehen, aber mangels der LKW-Fahrerlaubnis und fehlender Lehrgangsplätze wurde ich wieder ausgeplant. Dafür bot sich mir eines Tages eine einmalige Gelegenheit.

Morgens beim Antreten verkündete der Chef nicht nur die aktuelle Lage und die Entwicklungen, sondern wedelte auch mit einem Zettel herum. Dabei erklärte es, dass diejenigen, die sich für freie Stellen im Ausland interessieren, sich zwecks Bewerbung beim Spieß melden mögen. Diese Gelegenheit konnte ich mir nicht entgehen lassen und so stiefelte ich direkt nach dem Antreten zum Spieß ins Büro. Der fiel zwar bei meinem Versetzungswunsch aus allen Wolken, aber er rückte nach kurzem Grummeln die Unterlagen heraus und schickte mich dann wieder an meinen Schreibtisch zurück. Wieder im Büro angekommen, machte ich mich auch gleich ans Ausfüllen der Unterlagen und konnte mich eine Stunde später wieder beim Spieß melden. Und dann begann das große Warten.

Das Leben ging natürlich weiter und langsam aber sicher vergaß ich, dass ich mich für eine andere Stelle beworben hatte. Bis ich eines Tages beim Antreten vom Spieß aufgefordert wurde, mich beim Chef-Vertreter zu melden. Dem kam ich sofort nach, hatte aber ein komisches Gefühl im Bauch. Immerhin hatte ich mit dem Chef-Vertreter bis jetzt eher Stress gehabt. Doch als ich das Büro betrat, war die Atmosphäre alles andere als unangenehm, ja beinahe herzlich. Der Hauptmann eröffnete mir, dass meine Bewerbung angenommen worden sei und ich kurzfristig versetzt werden würde. Wohin genau, konnte er mir auch nicht sagen, nur dass es bald losgehen würde. Und dann begann die große Rennerei: Impfungen auffrischen, neue Impfungen bekommen, Unterlagen zusammensuchen, Beurteilungen zusammenstellen - all die Arbeiten, die normalerweise vom Geschäftszimmer gemacht wurden, konnte ich selber machen. Das war ziemlich praktisch, besonders, wenn es um die Arzttermine ging.
Zwischendurch konnte ich noch mehr als ausgiebig Urlaub machen, denn vor der Versetzung sollte ich meinen Resturlaub weitestgehend aufbrauchen. Leider war dafür nur noch drei Wochen Zeit, so dass ich es gerade schaffte, die Urlaubstage vom vorigen Jahr aufzubrauchen und so mit den kompletten 24 Tagen Urlaub für das aktuelle Jahr versetzt wurde. Und dann ging es auch schon los, erst auf einem Freitag ins be-

schauliche Hemer im Sauerland und dann am Montag direkt zum ersten Lehrgang nach Köln.

Wirklich erstaunlich war allerdings die Beurteilung, die ich vom Chef-Vertreter bekam und die mir durch Zufall in die Hände fiel. Obwohl ich mehr als einmal mit ihm ziemlich heftig aneinandergeraten war, schrieb er mir eine erstklassige Beurteilung - und so, wie ich ihn einschätze, war das nicht, um mich wegzuloben.

Kölner Begegnungen

Direkt nach meiner Versetzung von Delmenhorst nach Hemer wurde ich zu einem Lehrgang nach Köln abkommandiert. Dabei machte ich keinen Zwischenstopp in meiner neuen Einheit, sondern sollte mich an meinem ersten Tag direkt beim Lehrgang in Köln melden und so wurde die Metropole am Rhein für die nächsten drei Monate meines Wirkens.

Der Kölner Dom, Kölsch, der Rhein und Narretei sollte so für wenige Wochen mein Zuhause werden. Ich war zwar "nur" dorthin kommandiert, aber das immerhin nicht ganz kurz.

Die Lehrgänge selber waren eher eine Art bezahlter Urlaub. In der Regel fand nur am Vormittag Unterricht statt, während die restliche Zeit mit Sport, Selbstlernzeit, Hausaufgaben und Nichtstun angefüllt war. Während des dreimonatigen Sprachenlehrganges nahm letzteres so sehr Überhand, dass wir Netzwerkkabel von Stube zu Stube zogen, um uns mit wilden Ballerspielen die Zeit zu vertreiben. Der Spieß war zwar angesichts des "Netzwerkes" von Kabeln, die auf einmal dort aufgetaucht sind, ein wenig überrascht, hatte dann aber sehr zu unserer Überraschung nichts dagegen.

Mein Einstand in Köln war auch beinahe wieder etwas Besonderes. Die Lehrgänge wurden am ersten Tag in Leistungsgruppen eingeteilt, die jeweils in den Profilen "Hörverständnis", "Mündlicher Ausdruck", "Leseverständnis" und "Schriftlicher Ausdruck" geprüft wurden. Dabei gab es leistungsbezogene Einstufungen von 1 (rudimentäre Grundkenntnisse) bis 4 (beinahe muttersprachliche Kenntnisse), nach denen die Kurse gebildet wurden. Ich war eigentlich für einen Kurs mit dem Profil 1110 vorgesehen, aber dieser Plan wurde schon am ersten Tag verworfen.

Direkt nach der Anreise wurde nämlich ein kurzer Fragebogen ausgefüllt und dann ein Englischtest durchgeführt. Besonders erstaunte Gesichter erntete ich bei der Antwort auf die Frage, wie lange ich denn schon mit der englischen Sprache in Berührung sei. Zur damaligen Zeit waren das glatte 9 Jahre, die meiste Zeit davon in der Schule. Damit wäre ich im geplanten Lehrgang ziemlich unterfordert gewesen und aus diesem Grund wurde ich kurzerhand in den Kurs mit dem Profil 3332 gesteckt.

Immerhin war der Unterricht da ziemlich interessant, obwohl es für mich stellenweise durchaus etwas schneller hätte gehen können.

Die anderen Lehrgangsteilnehmer waren - wie in solchen Fällen üblich - ein wilder, zusammengewürfelter Haufen aus Mannschaften und Unteroffizieren aller Dienstgrade. Leider führten sich gerade die älteren Unteroffiziersdienstgrade eher wie ein zusätzlicher Spieß auf, was manchmal ganz schön anstrengend wurde. Besonders, wenn man drei oder vier davon im Kurs hatte.

Ich hatte mir im Laufe der Pubertät sowohl eine Allergie als auch ein daraus resultierendes Asthma eingefangen und war deswegen zwar nicht direkt vom Sport befreit, aber es war bis dahin nie ein Problem, wenn ich eine kurze Pause einlegte um meinen Inhalator zu benutzen. Naja, fast nie, denn an diesem Tag war es ziemlich warm und die Luft stand. Besonders schlimm war es auf dem Sportplatz, der in einer Art Senke lag. Dort lief man teilweise durch echte Warmluftwolken durch, und das war für mich tödlich.

Während einer der Runde auf der Laufbahn kam ich voll in eine solche Wolke hinein und bekam prompt keine Luft mehr. Dass ich dabei nicht mehr in der Lage war, das Lauftempo zu halten, erschließt sich eigentlich jedem und von alleine, sollte man meinen. Leider sah das einer der Oberfeldwebel aus meiner Klasse nicht so, denn er schloss zu mir auf und meinte, er könnte mich durch anschreien zu mehr Leistung motivieren. Geklappt hat das natürlich nicht wirklich und nachdem ich meinen Inhalator endlich aus meiner Hosentasche gepfriemelt und angesetzt hatte, entfloh meinen Lippen ein "Fass mir doch an meine aromatischen Käsefüße", gefolgt von einer ziemlich unflätigen Bezeichnung. Ups.

Der Herr Oberfeldwebel war darauf so geschockt, dass er gleich mit entsprechenden Sprüchen und Drohungen weitermachte, und während ich so langsam wieder zu Atem kam, ließ ich ihn nicht nur links liegen sondern auf der Bahn stehen, um mir eine kalte Dusche zu genehmigen.

In der Zeit wurde anscheinend meine körperliche Unzulänglichkeit an den Oberfeldwebel herangetragen, so dass er sich kurz darauf bei mir entschuldigte. Sowas kann ja mal vorkommen, vor allem, wenn man schon zwei Monate im gleichen Klassenzimmer gesessen hat.

An manchen Tagen sparten wir uns das stupide Rundenlaufen aber auch und verlegten uns auf allseits bekannte und beliebte Ballspiele - und manchmal auch auf weniger bekannte. Hier machte ich dann auch zum ersten Mal mit einem Football Bekanntschaft. Dieses aufgepumpte Ei darf - wie man es dem Namen nicht unbedingt entnehmen kann - nicht nur mit dem Fuß oder Kopf bewegt werden, es darf von den Feldspielern auch in die Hand genommen werden. Das wiederum führt allerdings zu einem geringfügig härteren Körpereinsatz, der zwar von den Profis mit entsprechender Erfahrung und Körperschutz ausgeglichen werden kann, aber bei unbedarften Neulingen in diesem Sport schon mal zu der einen oder anderen Blessur führen kann. Leider passierte dieses auch bei einem Mitspieler, er trat - völlig ohne Gegnereinwirkung - in ein Maulwurfsloch. Es knallte und mit einem Schrei ging der Kamerad zu Boden und hielt sich das Knie. An eine Fortsetzung des Spiels war erst einmal nicht zu denken und nachdem der Kamerad aus den nahen Sanitätsbereich wieder zurück war, war nicht nur der Nachmittag sondern auch der Rest des Lehrganges für ihn gelaufen. Diagnose: Kreuzbandriss.

Trotzdem gab es doch deutlich mehr lustige und entspannte Situationen als Stress. Selbst meine Begegnungen mit den Kölner "Ureinwohnern" verliefen eher amüsant als böse. Eine dieser Begegnungen hatte ich auf dem Weg zum Einkaufen.
Ausnahmsweise war ich einmal nicht mit meinem Auto unterwegs, sondern nutzte die Tatsache, dass die öffentlichen Verkehrsmitteln in Form einer Straßenbahn quasi direkt vor dem Kasernentor hielt. Also ging es nach Dienstschluss - noch in Uniform - direkt zur Haltstelle und drei Stationen weiter bis zum Supermarkt. So war jedenfalls der Plan.

Leider halten Pläne bekanntlicherweise nur bis zum ersten Feinkontakt und das war dieses Mal, als ich gerade in der Straßenbahn stand. Ich war gerade dabei, mir ein Ticket aus dem Automaten zu ziehen, als ich ein Zupfen an meiner Jacke spürte. Gleichzeitig vernahm ich eine recht junge Stimme, die mich freundlich dazu aufforderte, gefälligst aus dem Weg zu gehen. Nicht mehr ganz so freundlich fand ich, dass diese Aufforderung mit einer abfälligen Bezeichnung für den hinteren Körperausgang endete, aber es gab schlimmeres.

Ich drehte mich zur Stimme um und sah mich einem etwa 8 Jahre alten Kind gegenüber. Es ging mir gerade einmal bis zum Bauchnabel, hatte aber eine große Klappe für drei von der Sorte - und sprach noch nicht einmal wirklich akzentfrei. Damit meine ich jetzt keinen kölschen Dialekt...

Meine genau so freundlich hervorgebrachte Erwiderung, dass, wenn er nicht in Kürze meine Jacke losließe, ich ihn durch den Boden der Bahn in das Schotterbett der Gleise befördern würde, empfand der Knabe allerdings nur noch als weitere Herausforderung und antwortete, dass er mich gerne mit seinen Brüdern bekanntmachen würde.

Kurz und gut, wir verabredeten und kurz darauf für in einer Stunde am Kasernentor und ich ließ durchblicken, dass ich meine Kameraden mitbringen würde, wenn seine Brüder ihn begleiten würden. Das ließ den kleinen Mann mit der überdurchschnittlich großen Klappe nicht nur verstummen sondern auch die Flucht ergreifen, an der nächsten Haltestelle nahm er die Beine in die Hand und man konnte fast der Ruf nach seiner Mutter hören.

Die beiden älteren Damen, die beinahe Logenplätze bei dieser Kurzvorstellung komödiantischer Fähigkeiten hatten, haben am Ende nicht besonders Dezent applaudiert, aber die Zugabe musste ich dann leider absagen.

Dass weder der Junge noch seine Brüder vor dem Kasernentor erschienen, war wirklich nicht anders zu erwarten. Oder?

Die weiteren Lehrgänge in Köln waren genauso spaßig und mindestens so interessant, kurz nach dem Sprachenlehrgang folgte der vierwöchige Stabsdienstlehrgang. Dabei wurde nicht nur auf die Dienstgrade und Gebräuche anderer Streitkräfte eingegangen, sondern auch ein kurzer, aber lustiger Grundkurs in Etikette und Benehmen abgehalten. Auch das waren vier gut investierte Wochen.

Das absolute Highlight der Lehrgänge war dann aber der folgende EDV-Kurs. Mit den üblichen Verdächtigen aus Sprach- und Stabsdienstlehrgang noch einmal für zwei Wochen auf einen Haufen gesteckt, saßen wir wie üblich vormittags im Unterrichtsraum. Dabei war der Unterricht selber für mich schon beinahe ein wenig langweilig und ich konnte teilweise dem Dozenten im Bereich Tabellenkalkulation noch den einen oder anderen Tipp geben. Ich hatte mich in den letzten 10 Jahren nämlich nicht nur intensiv mit Computern befasst, sondern auch mit der Anwendersoftware.

Besonders spaßig war dann auch der Teil, in dem wir Präsentationen mit dem entsprechenden Programm der Marke Kleinstweich[26] erstellen sollten. Komi-

---

[26] kleinst = micro; weich = soft

scherweise hatte jeder, der in meiner Nähe saß, plötzlich Animationen in der Präsentation - unter anderem auch Animationen, von denen der Dozent nicht einmal wusste, wie sie funktionieren. Und obwohl es einen leichten Punktabzug für mich gab, weil ich meine große Klappe nicht immer halten konnte, absolvierte ich den Kurs als Lehrgangsbester mit einer glatten 1.

Sauerländer Naturgesetze

Dass man Naturgesetze nicht umgehen kann, sollte eigentlich jedem klar sein. So etwas wird in der Regel auch schon im Physikunterricht in der 5. Klasse unterrichtet. Manchmal schafft man es dennoch - wenn auch nur kurzfristig.

Während meiner lehrgangsfreien Zeit war ich im Sauerland bei meiner eigentlichen Stammeinheit. Diese hatte allerdings nicht mit meiner Anwesenheit gerechnet und so hatten bis auf einige Diensttuer[27] alle anderen Soldaten dieser Einheit sich in den Urlaub verabschiedet. Dummerweise gab es deswegen in dem Gebäude auch keine Unterkunft für mich, also wurde ich mehr oder weniger zwangsweise in einer der benachbarten Einheiten ausgeliehen. Und so wurde ich zum Panzermann.

Das sollte ich zwar nur kurz bleiben und ich hatte auch selber nur kurz die Gelegenheit, mir solch ein Monstergefährt from Hell einmal näher anzusehen - aber immerhin lang genug um mitzubekommen, dass Oberfähnriche ihren eigenen Gesetzen folgen. Die können natürlich auch von den Naturgesetzen abweichen.

Ich sollte nun an eine der benachbarten Einheiten ausgeliehen werden. Das Problem dabei war nun aber, dass keiner genau wusste, in welcher Funktion ich wo gebraucht werden könnte. Aber dann tauchte einer

---

[27] Die Soldaten, die in der allgemeinen Urlaubszeit Wach-, GvD, UvD und andere Dienste leisten.

meiner Lehrgangskameraden auf und meinte, dass er jemanden kenne, der das Problem lösen könne. So saß ich kurz darauf in einem Spießbüro und hielt einen Becher Kaffee in der Hand. Im Geschäftszimmer wäre zwar nichts zu tun und dafür wären auch genug Soldaten da, eröffnete mir der Spieß, aber der Chef seiner Kompanie wäre doch hellauf begeistert, wenn er seinen eigenen Adjutanten bekäme. Selbst, wenn es nur ein paar Wochen wären.

So wurde ich eingegliedert und war ab diesem Tag "zbV KpChef" - zur besonderen Verwendung für den Kompaniechef. Auf Dauer wäre so etwas ganz sicher keine Lösung für mich gewesen, aber für die Wochen bis zum nächsten Lehrgang war das immer noch besser, als nur herumzusitzen. Auch wenn das für mich bedeuten würde, ziemlich wenig Freizeit zu haben aber dafür umso mehr unterwegs zu sein und ganz sicher keine Langeweile zu haben. Dass ich dazu noch einen eigenen Dienstwagen - den Chef-Wolf - bekam, machte die Sache nicht weniger spannend. Außerdem brachte die Stelle doch eine gewisse Macht mit sich, konnte man doch sagen "Der Chef möchte gerne...".In der Zeit, in der ich nicht gebraucht wurde, konnte ich mich selber beschäftigen, solange ich erreichbar war und so entschied ich, erst einmal eine Einweisungs- und Orientierungsrunde auf dem Übungsplatz der Kaserne brauchte. Ganz besonders, weil meine neue Kompanie eine Ausbildungseinheit war und gerade neue Rekruten angekommen waren. Da ich auch noch neu am Standort war, hatten sowohl Chef als auch Spieß nichts dagegen, dass ich den Wolf mit zwei ortskundigen Kameraden bestückte und wir uns erst einmal aus dem Staub machten.

Irgendwann zwischen NATO-Pausen-Mettbaguette[28] und Mittagspause machten wir eine kleine Raucherpause. Die beiden Hauptgefreiten, die ich mir ausgeliehen hatte, dampften munter vor sich hin und wir waren am Quatschen, als mit deutlich erkennbarem Motorengebrüll ein Leo heranbrauste.

Der Kampfpanzer Leopard 2, mit dem die Kompanien des Standortes ausgestattet waren, ist ein wahres Monster: knapp 8 Meter lang (ohne Kanone), über 3,70 Meter breit, mehr als 60 Tonnen schwer und mit einer furchterregenden 120mm-Glattrohrkanone und zwei Maschinengewehren bewaffnet, kann diese rollende Festung durch seinen 12-Zylinder-Dieselmotormit etwa 1.500 PS auf knapp 70 km/h beschleunigt werden. Dabei sind die Bremsen des Leopard 2 so gut, dass sie das Fahrzeug innerhalb kürzester Strecke von 70 km/h bis zum Stillstand abbremsen können. Wenn der Boden mitspielt.

Der Leo 2, der nun in unserem Blickfeld auftauchte, nutzte gerade seine gesamte Motorleistung aus. Eine gigantische Staubwolke aufwirbelnd, schoss der Panzer über den Übungsplatz. Der Fahrer schaute gerade so weit wie nötig aus seiner Luke heraus, aber der Kommandant, ein Oberfähnrich, stand schneidig in der offenen Turmluke. Ein wahres Bild für die Götter, beinahe wie aus einem Werbeprospekt, wurde uns in diesem Moment geboten.

Nach einigen Runden mit Höchstgeschwindigkeit meinte der Herr Oberfähnrich anscheinend, dass es mit der Herumkurverei jetzt genug wäre und er nun gerne anhalten würde.

---

[28] Ja, auch hier gab es sowas.

Es gibt - entsprechend den beiden Arten, einen Panzer anzuhalten - zwei Befehle, dieses zu tun. Der Erste lautet "Panzer anhalten", dabei nimmt der Fahrer erst Gas weg und betätigt dann relativ sanft die Bremse um den Panzer verkehrsgerecht und eher gemächlich den Panzer zum Stillstand zu bringen. Die zweite Variante ist da schon deutlich brutaler, denn bei dem Befehl "Panzer Halt!" tritt der Fahrer einfach mit voller Kraft auf die Bremse. Unglücklicherweise nutzte der Oberfähnrich genau diesen Befehl, was nicht unbedingt sinnvoll ist, wenn man in der offenen Turmluke steht.

Der Fahrer tat das, was man ihm befohlen hatte: er bremste. Der Panzer folgte diesem Befehl ebenfalls prompt und reduzierte seine Geschwindigkeit innerhalb von Sekunden auf null. Dabei neigte er sich vorne elegant gen Boden, erhob das breite und schwere Hinterteil gut zwei Meter in die Lüfte und stand nach einem Bremsweg von wenigen Fahrzeuglängen.

Alles weitere erledigte dann die Physik: Oberfähnriche sind - auch wenn sie es selber niemals zugeben würden - von Natur aus träge. Das heißt, wenn er einmal in Bewegung ist, ist es nicht so einfach, die Richtung zu ändern oder anzuhalten, denn ein bewegter Körper möchte sich eigentlich viel lieber in seiner ursprünglichen Bewegungsrichtung weiterbewegen. Wenn sich aber nun sein Gefährt (in diesem Fall der Panzer) sich nicht einfach so weiterbewegen kann oder will, gibt es nur zwei Möglichkeiten. Entweder wird der Oberfähnrich vom Fahrzeug oder seinen Bestandteilen wie dem Sicherheitsgurt an der Bewegung gehindert - was im Normalfall zu mindestens einer großen Beule führt - oder die Beiden trennen sich. So wie diesem Fall.

Träge, wie er nun einmal war, trennte sich der Oberfähnrich vom Panzer - und das auf dem einzig möglichen Weg: dem Luftweg.

Allerdings hat die Natur den Oberfähnrichen leider keine Flügel mitgegeben und so können sie auch nicht wirklich fliegen. Dazu kam noch ein weiteres Problem: die Schwerkraft. Sie sorgt mit einer beinahe konstanten Beschleunigung von 9,81 m/s^2 dafür, dass alle Objekte nach "unten", also zum Erdmittelpunkt und der sich darüber befindlichen Erdoberfläche bewegen. Die einzige Ausnahme wäre, wenn der Oberfähnrich die erste Fluchtgeschwindigkeit erreicht hätte. Da dazu aber die Geschwindigkeit des Panzers bei weitem nicht ausreichte, näherte sich der Oberfähnrich nach seinem unfreiwilligen Ausstieg aus dem Panzer wieder stetig dem Boden und verschwand schließlich in einem herumstehenden Busch.

In diesem Moment herrschte beinahe völlige Stille. Kein Vogelgezwitscher war zu hören, kein Stöhnen und kein Schrei des Oberfähnrichs und selbst das leise Grollen des Panzermotors im Leerlauf wurde beinahe in den Hintergrund gedrängt. Eigentlich fehlte nur noch das Zirpen von Grillen, um die Szene perfekt zu machen. Plötzlich raschelte es in dem Busch, in dem der Oberfähnrich gerade verschwunden war, dann sah man eine Bewegung und schließlich entsprang dem mächtig wackelnden Gebüsch der verschwundene Oberfähnrich.

Naja, er sprang nicht wirklich, eher kroch er. Offensichtlich unverletzt, in den Farben Schwarz (Stiefel und Barett), Grünbraun gefleckt (Flecktarn-

Panzerkombi) und Rot (Kopf), rappelte er sich auf, befreite sich von den letzten Ästen und sah sich um. Dann entdeckte er uns und seine Gesichtsfarbe wechselte mehrmals zwischen rot und weiß und nach einigen Sekunden erklomm er den Turm seines Panzers, verschwand in selbigem und knallte die Luke über sich zu.

Später erfuhr ich von einem befreundeten Sanitäter, dass der Oberfähnrich tatsächlich außer einigen Prellungen, oberflächlichen Schürfwunden und Kratzern keine ernsthaften Verletzungen davongetragen hatte. Einzig sein Ego hatte anscheinend einen gewaltigen Knacks erhalten und seine Geldbörse wurde um einiges leichter - denn auf wundersame Art und Weise mussten die, die dieses Schauspiel mit eigenen Augen gesehen hatten, eine ganze Woche ihr abendliches Dienstabschlussbier im Mannschaftsheim nicht bezahlen.

Wirklich beeindruckt hat mich allerdings, dass er sowohl während seines Fluges als auch nach der Landung im Busch absolut keinen Laut von sich gegeben hat. Kein Schrei, kein Grunzen, kein Stöhnen, absolut nichts.

Die Sanitätsausbildung

Die Grundausbildung bei der Bundeswehr war für die eingezogenen Rekruten etwas Besonderes. Für sie war es - wie knapp zwei Jahre zuvor auch für mich - ein komplett neuer Beginn. Alle waren auf einmal auf dem gleichen Stand, egal, welche Bildung, Ausbildung oder Vorgeschichte sie hatten. Alle haben quasi bei null angefangen.

Für die Ausbilder war das schon etwas anders. Alle zwei Monate kamen neue Leute in die Einheit. Neue Menschen, auf die man sich einstellen muss. Neue Gesichter, neue Namen, neue Geschichten, aber auch neue Probleme, neue Ängste und neue Sorgen, kurzum alle zwei Monate gab es nicht nur eine neue Herausforderung sondern so um die 40, denn als Ausbilder ist man nicht nur derjenige, der die Rekruten schleift, quält und stresst. Man baut sie wieder auf, man hört sich ihre Sorgen, Probleme, Nöte und Ängste an und versucht, die bestmögliche Unterstützung zu geben, so dass die Rekruten diese überwinden können. Aber trotzdem war es alle zwei Monate das Gleiche: Rekruten kamen, wurden ausgebildet und gingen wieder.

Allerdings gab es auch Ausnahmen, denn kurz bevor ich zur Panzerkompanie ausgeliehen wurde, waren die ersten Frauen, die dort ausgebildet wurden, in die Kaserne eingerückt. Dabei kam es gerade zu Beginn des ersten Ausbildungsdurchganges zu ganz alltäglichen Problemen: Unterkünfte mussten in einem gesonderten Gebäude bereitgestellt werden, Wasch- und Duschräume wurden abschließbar und so ganz allgemein wussten viele nicht so richtig, was sie davon halten sollten.

Nicht, dass es die ersten Frauen überhaupt in der Bundeswehr waren - denn dabei hätte es noch viel mehr Probleme gegeben - aber es waren mit die ersten Frauen in Kampfeinheiten.

Und obwohl eigentlich alle einigermaßen skeptisch waren, habe ich selten so motivierte und bissige Soldaten gesehen, wie in dieser Grundausbildung - egal, ob es nun beim Sport, im Gelände oder im Unterrichtsraum war. Sicher, zu Anfang gab es auch Beschwerden über eingerissene oder abgebrochene Fingernägel und innerhalb der ersten zwei Wochen haben es sich einige auch noch einmal anders überlegt, aber die, die dabeigeblieben sind, haben einen ziemlich guten Eindruck gemacht.

Einer der interessanten Aspekte des Dienstes in einer Ausbildungskompanie war die Abwechslung. Man bekam Sachen mit, die man seit der eigenen Grundausbildung nicht mehr gesehen oder gehört hat und so erlebte ich so manchen Ausbildungsabschnitt und Ausbildungstag völlig neu und aus einer ganz neuen Perspektive.

Einer dieser Ausbildungsabschnitte war "Hören und Sehen bei Nacht". Das Ziel dieser Ausbildung ist, zu erkennen, wie sich die eigenen Sinne in der Nacht verändern, wie Licht und Ton in solch ungewohnter Umgebung[29] wirken und wie man sich in der Dunkelheit verhält (und wie nicht) und so ganz nebenbei gibt

---

[29] Die Nacht im Wald hört sich halt anders an, als die Nacht in der Disco.

es auch noch den einen oder anderen sinnvollen Tipp, wie man seine Sinne ein bisschen Trainieren kann und sich schneller an die Dunkelheit gewöhnt.

Die Durchführung der Ausbildung sieht dann in der Regel etwas anders aus. Die Rekruten sind fürchterlich aufgeregt, alles andere als entspannt und sowieso weder still noch behutsam unterwegs. Prinzipiell ist das gar nicht schlimm, denn als Ausbilder hört man so die Rekruten schon aus 10 Kilometern ankommen. Gegen den Wind, versteht sich. So wird man wenigstens bei seiner kleinen Erholungs- und Zigarettenpause nicht gestört.

Wenn dann alle eingetroffen sind, nehmen die Rekruten Aufstellung und werden in die zu erfüllenden Aufgaben eingewiesen. In diesem Fall ging es mit dem Thema "Hören bei Nacht" los - die einfachen Dinge zuerst. Irgendwo brüllt ein LKW-Motor auf und Richtung und Entfernung der Geräuschquelle müssen geschätzt werden. Dann kommt ein Panzer oder ein Maschinengewehr rattert los. Relativ deutliche Geräusche also.

Die nächste Stufe war dann schon deutlich schwieriger: ein leise sprechender Trupp nähert sich von vorne und eine Waffe wurde in recht kurzer Entfernung einmal laut und einmal leiser fertiggeladen. Auch hier sollten Entfernung und Richtung und dieses Mal auch die Quelle dieser Geräusche geschätzt werden. Als das dann erledigt war, folgte die große Krönung: Die Rekruten wurden angewiesen, ganz genau hinzuhören, ob sich etwas nähern würde und kurz darauf schlich sich ein Spähpanzer vom Typ "Luchs" von hinten unter Ausnutzung von Tarnlicht und einer asphaltierten Straße an die Rekruten heran. Erst huschte er beinahe geräuschlos noch an den mittlerweile verstohlen grinsenden Ausbildern vorbei, drehte in einiger Entfernung und kam noch einmal zurück. Dieses Mal stellte der Fahrer den Luchs direkt hinter die immer noch nichts ahnenden Rekruten, schaltete alles an Licht an, was es gab und löste kurz, aber knackig die Bordmaschinenkanone aus.

Das Ergebnis war mehrere wechselbedürftige Hosen bei den Rekruten, ein ziemlich offensichtliches Grinsen bei den Ausbildern und ein lautes Auflachen von Chef und Spieß, die zur Dienstaufsicht mitgekommen waren.

Einige Minuten später, nachdem die Nachtsicht bei den Rekruten zurückgekehrt war[30], begann der nächste Teil der Ausbildung: Sehen bei Nacht. Auch hier ging es wieder recht einfach los und wurde dann schwieriger. Zu Anfang wurden als Erstes offensichtliche und ungedeckte Bewegungen mit "Flakbeleuchtung", also mit maximal möglicher Beleuchtung unter Ausnutzung von Fahrzeugbeleuchtung, Taschenlampen und weiterer Beleuchtung durchgeführt. Die nächste Schwierigkeitssteigerung war dann ein Feuerzeug, das in 50 Metern Entfernung angezündet wurde, dann war eine mit dem Feuerzeug angesteckte Kippe zu sehen und dann folgte das Gleiche noch einmal mit abgeschirmter Feuerzeugflamme und mit einer Zigarette in der hohlen Hand oder in einer Getränkedose.

Auch beim Thema "Sehen bei Nacht" gab es dann eine weitere Demonstration, wie man sich in der Nacht verhalten sollte und wie nicht. In diesem Fall wurden mit einer Signalpistole Leuchtkugeln in ver-

---

[30] Damit ist gemeint, dass sich die Augen wieder an die Dunkelheit angepasst hatten.

schiedenen Farben und Ausführungen abgeschossen. Die Leuchtkugeln sehen ähnlich aus, wie eine einfache Silvesterrakete ohne große Explosionseffekte, sind aber heller. Viel heller. So hell, dass die Rekruten gewarnt wurden, direkt in das Licht zu schauen.

Los ging es mit Einstern-Leuchtkugeln in den Farben rot, weiß, gelb und grün, gefolgt von den gleichen Farben in Mehrsternausführung. Vor jeder Leuchtkugel wurden die Rekruten gewarnt, jedes Mal hieß es "Schauen Sie NICHT direkt in das Licht" - was hier auch noch recht gut funktioniert hat.

Danach folgte dann eine Demonstration der sogenannten Gefechtsfeldbeleuchtung. Diese hatte ich ja schon bei meiner Wache auf dem Gelände der Munitionsbunker zum Einsatz bringen wollen. Hier zeigte sich dann auch wieder einmal sehr deutlich, warum.

Die Gefechtsfeldbeleuchtung ist sozusagen die Mutter aller Leuchtkugeln. Sie steigt nicht nur etwas höher auf, als die normalen Leuchtsignale, sie brennt auch deutlich länger und heller. Zusätzlich ist die Gefechtsfeldbeleuchtung mit einem kleinen Fallschirm ausgestattet, der die Leuchtkugel beim Absinken bremst. Sie ist also von der Bauart mit einer Seenot-Signalrakete vergleichbar, nur dass die Gefechtsfeldbeleuchtung weißgelb leuchtet und die Seenotsignale rot.

Dummerweise verleitet die lange Leuchtdauer die meisten Rekruten[31] dazu, einfach mal nach oben zu schauen - was bei der Leuchtstärke zu spontaner Nachtblindheit führt. In diesem Fall sogar bei sagenhaften 100 Prozent der Rekruten. Trotz der wiederhol-

---

[31] Ich war da nicht ausgenommen, auch ich habe beim ersten Mal nach oben gesehen.

ten Ermahnung, nicht in das Licht zu schauen, haben wirklich alle eben dieses getan. Wie dumm.
Nicht zuletzt deswegen hatten einige Gruppen auch leichte Mühe, zeitig zurück in die Kaserne zu finden.

Ein anderer denkwürdiger Ausbildungsabschnitt war die Sanitätshelfer-Ausbildung. Das ist im Grunde genommen nichts weiter als ein etwas aufgemotzter Ersthelfer-Kurs, wie man ihn von seinem Führerschein noch kennt, ergänzt durch einen etwas verstärkten praktischen Anteil und der Darstellung von militärspezifischen Verletzungen. Der praktische Anteil bestand aus der Anwendung des Rautek-Griffes, anderweitigem Bewegen und Transportieren von Verletzten[32] und dem Anlegen von Verbänden zur Stillung von mehr oder weniger starken Blutungen an verschiedenen Körperteilen. Manchmal meinen es die Ausbilder auch ganz besonders gut und üben ein wenig auftragsbezogener. So auch in diesem Fall.

Die Gruppen hatten den theoretischen Ausbildungsteil am Morgen schon beendet, waren soeben mit der Mittagspause fertig und bewegten sich zu den eingeteilten Stationen für den praktischen Teil der Ausbildung. Eine dieser Stationen war direkt vor und hinter dem Gebäude eingerichtet, in dem sich unser Geschäftszimmer befand. Wir hatten bereits vor dem Mittagessen die Vorbereitungen verfolgen können und hatten für den Rest des Tages eine Art Logenplatz.
Einer der Hilfsausbilder wurde mit einem künstlichen Armstumpf ausgestattet. Dieser wurde einfach wie ein Handschuh über Hand und Unterarm gezogen und

---

[32] Scherzhaft auch "Retten und Bergen von Deppen und Zwergen" genannt...

stellte ziemlich realistisch eine Amputationsverletzung dar. Durch eine kleine Handpumpe konnte der Darsteller dazu noch Kunstblut durch einen kleinen Schlauch aus dem Armstumpf herausspritzen lassen. Zusammen mit etwas Schminke und weiterem Kunstblut sah das doch ziemlich realistisch aus. Die abgetrennte Hand wurde durch einen mit Wasser gefüllten und zugeknoteten Handschuh dargestellt, der auch großzügig mit Kunstblut übergossen wurde. Zusätzlich war noch ein kleiner Stapel Übungshandgranaten bereitgestellt worden um das Startsignal für den Beginn der Aktion einer jeden Gruppe zu signalisieren. Für jede Gruppe war ein Sprengkörper verfügbar und bei allen lief diese Station folgendermaßen ab:

Die Gruppen trafen vor dem Kompaniegebäude ein, traten an und erhielten ein kurzes Briefing mit dem groben Inhalt "Passieren kann immer etwas, egal wann und wo". Kurz darauf knallte es dann und der Ausbilder hat die Gruppe mit den Worten "Was war das denn? Los, nachsehen!" um das Gebäude herumgescheucht. Von dort kam ihnen schon der "Verletzte" laut schreiend entgegen und hat sein Filmblut munter und möglichst filmreif in der Gegend verteilt. Dass dabei die als erstes eintreffenden Helfer fast immer etwas abbekommen haben, war zwar keine Absicht[33], verstärkte aber den nach kurzer Zeit Schockeffekt deutlich.

Die erste Gruppe hatte es am Schlimmsten erwischt. Drei Rekruten liefen nebeneinander um das Gebäude herum und bekamen eine breite Blutspur auf die Uniform gespritzt. Alle drei wurden bleich und zwei von ihnen verabschiedeten sich direkt in das nahe Ge-

---

[33] So hat der Darsteller es jedenfalls gesagt. Sein Grinsen relativierte die Aussage aber irgendwie leicht.

büsch, um ein Wiedersehen mit ihrem Mittagessen zu feiern. Der dritte Rekrut fiel einfach nach vorn.

Die nachfolgenden Rekruten begaben sich aus Sympathie gleich mit in das Gebüsch um sich ebenfalls noch einmal an ihrem Mittagessen zu erfreuen und während der "Verletzte" den umgefallenen Kameraden in die stabile Seitenlage brachte, kümmerte sich der Ausbilder die sich übergebenden restlichen Rekruten.

Der Spieß kümmerte sich derweil um seine Geschäftszimmersoldaten, die beinahe Tränen lachend am Fenster standen. Das allerdings lange nicht so rührend, wie die Kameraden draußen. Komisch, ich weiß gar nicht, warum.

Mit dem Auto durch das Sauerland

Später in meiner Zeit im Sauerland bin ich mehr oder weniger dauernd mit einem Wolf[34] in der Gegend unterwegs gewesen. Auch dabei kam es immer mal wieder zu recht ungewöhnlichen und teilweise amüsanten Szenen. Ich denke da nur zu gerne an ein einsames Spaziergänger-Paar im Wald.

Da meine Einheit ja gerade neue Rekruten zur Grundausbildung erhalten hatte, waren wir oft auf dem an die Kaserne angrenzenden Übungsplatz unterwegs. Die längeren Märsche führten allerdings auch außerhalb des Übungsgeländes durch Wald und Wiesen und solch eine Marschstrecke wollte der Kompaniechef zusammen mit zwei Zugführern nun erkunden.

Wir schwangen uns nun also in das Auto und fuhren los. So weit, bis wir im Wald an eine geschlossene Schranke kamen. Diese Schranken sind dazu da, um die Benutzung der Waldwege durch Unbefugte zu verhindern. Eigentlich war auch mit den zuständigen Förstern abgesprochen, dass diese Schranken offen sein sollten, aber das hatte wohl wieder einmal nicht geklappt.

Nach einer kurzen Beratung stand fest: wir müssen unbedingt in dieses Waldstück hinein und dazu an der geschlossenen Schranke vorbei. Aber wozu hat man denn einen geländegängigen Wagen? Wir sind also kurzerhand an der Schranke vorbeigefahren. Daran

---

[34] LKW 0,5 to GL "Wolf", ein Mercedes G250 Geländewagen

konnten uns auch die unzähligen Baumstümpfe, die dort im Boden wir eine natürliche Sperre wirkten, nicht hindern. Auch wenn ich zu Anfang nicht gedacht hätte, dass wir das unfallfrei schaffen, es hat am Ende dank der tatkräftigen Mithilfe aller Beifahrer geklappt. Das oben erwähnte Pärchen hat wohl auch nicht mit gerechnet, denn ihnen stand die Überraschung überdeutlich ins Gesicht geschrieben und sie rührten sich angesichts des auf sie zufahrenden Geländewagens keinen Millimeter. Je näher wir den beiden kamen, desto überraschter sahen sie aus und als sie endlich zur Seite gingen, standen wir beinahe schon.

Manchmal gibt es aber auch angenehmere Überraschungen, wenngleich auch nicht für jeden. Eines Nachmittags kam der Feldwebel vom Wochendienst zu mir, nahm mich ein wenig beiseite und fragte mich, ob ich am Nachmittag nach Dienstschluss schon etwas vorhätte. Das hatte ich natürlich nicht und so bekam ich nicht nur eine kleine Zusatzaufgabe für den Nachmittag, sondern auch gleich das Briefing dazu. Nach Dienstschluss und unter größtmöglicher Geheimhaltung - nur Spieß und Chef waren informiert - sollte ich mit dem Feldwebel und dem Chef-Wolf einen kleinen Ausflug machen. Einer der Soldaten, die zur Grundausbildung eingezogen waren, war wieder einmal abgängig. Das war natürlich nicht zum ersten Mal passiert, aber dieser Rekrut war außergewöhnlich widerspenstig. Seine Akte war für die kurze Dienstzeit schon erstaunlich dick und angefüllt mit Beschwerden, Tadeln und Meldungen über Befehlsverweigerung und eigenmächtige Abwesenheit. Aus einer sicheren Quelle wussten wir aber, dass er sich bei seiner Großmutter verstecken sollte - in einem der Nachbardörfer, nur weniger Kilometer von der Kaserne entfernt.

Normalerweise wird bei eigenmächtiger Abwesenheit das Feldjägerdienstkommando verständigt, die den eigenmächtig abwesenden Soldaten dann zur Fahndung ausschreiben lassen, einen Aufenthaltsort ermitteln und ihn zur Truppe zurückführen - wo ihn dann in der Regel erst eine freundliche Zelle und dann ein weniger freundlicher Disziplinarvorgesetzter erwartet. Manchmal haben die Kompanien diese Rückführung zur Truppe auch in Eigenregie durchgeführt, besonders dann, wenn der eigenmächtig abwesende Soldat in der unmittelbaren Nähe der Kaserne "untergetaucht" ist, dort Verwandte hat und möglicherweise die Kompanie einen Hinweis zum Aufenthaltsort erhält. Trotzdem waren solche Aufträge nicht sonderlich beliebt, denn sie waren weder angenehm ist, noch machten sie sonderlich Spaß.

So traf ich mich nach Dienstschluss mit dem FvW auf dem Geschäftszimmer, um bei einem Kaffee eine letzte Besprechung abzuhalten und einen Blick auf die Straßenkarte zu werfen. Kurz darauf fuhren wir los und landeten nach nicht langer Fahrstrecke in einem absolut urigen Dorf im Sauerland. Schnell hatten wir die Adresse der Oma ausgemacht und fuhren mit unserem Dienstwagen ziemlich frech direkt auf den Hof. Als der Feldwebel vom Wochendienst noch auf dem Weg zur Türklingel war, bemerkte ich eine Bewegung hinter einem der Fenster in der ersten Etage. Gleichzeitig öffnete die Oma die Haustür und wir wussten nicht, wie uns geschah.

Die Oma, die nicht nur gefühlte Hundert Jahre alt war, sondern auch noch wie eine richtige Oma aussah, stand nur mit einem pinken, halb offenen Morgenmantel und farblich dazu passenden Plüsch-Hausschuhen vor uns.

Nur um Missverständnissen vorzubeugen: es war wirklich nur der Morgenmantel und die Hausschuhe, mit denen die Oma bekleidet war. Ein Anblick, der nicht mehr wirklich nett anzusehen war. Trotzdem wurden wir freundlich mit den Worten "Ah, die Herren in Uniform - ich habe schon auf Sie gewartet." begrüßt.

Der Ablenkungsplan der Oma ging natürlich nicht so ganz auf und nach einem kurzen Wortwechsel stand dann auch der abgängige Enkel vor uns. Nach einem weiteren kurzen und heftigen Wortwechsel kam dieser dann auch freiwillig mit uns mit, offenbar ziemlich überrascht, dass das "Ablenkungsmanöver" der Oma nicht so funktioniert hat, wie geplant.

Wäre er nicht so neugierig gewesen und hätte nicht durch das Fenster zum Hof geschaut, hätte das aber durchaus klappen können, denn wir wären nicht nur unverrichteter Dinge sondern auch ziemlich geschockt in Anbetracht solcher "Offenheit" wieder von dannen gezogen.

Ebenso überrascht aber dafür lange nicht so gut gelaunt war ich bei einem etwas anderen Zusammenstoß mit Zivilisten. Unsere drei Ausbildungszüge waren schon früh am Morgen auf den nahegelegenen Truppenübungsplatz aufgebrochen, denn auf dem Dienstplan stand eine 24-stündige Übung.

Am Vormittag habe ich unseren Kompaniechef dann zur Dienstaufsicht auf den Übungsplatz gefahren und während er zu Fuß in das bewaldete Tal aufbrach, parkte ich den Wolf oben auf einem der zahlreichen Hügel an - naja, eigentlich in - einer Buschgruppe und tarnte das Fahrzeug.

Bereits einige Tage zuvor hatte ich aus mehreren Quellen den Tipp bekommen, dass die einzelnen Züge sich auf Initiative der Zugführer gerne gegenseitig belauern, angreifen und gefangen nehmen. Nicht nur deswegen hatte ich mir in der Waffenkammer eine Maschinenpistole, zwei mit Übungsmunition geladene Magazine und ein passender Manöverpatronengerät geben lassen, sondern auch weil einige Gruppenführer nicht einmal davor zurückschreckten, den eigenen Chef (und seinen Fahrer) gefangen zu nehmen.

Kurz nachdem der Chef also im Tal verschwunden war, das Geknatter der Waffen verstummte und kurzzeitig sogar wieder Vogelgezwitscher zu hören war, tauchten SIE bei mir auf. SIE, das waren zwei Frauen, mittelalt, mittelgroß und mittelblond aber dafür auf umso größeren Pferden - und SIE wollten unbedingt in die Richtung unseres Zuges und des mittlerweile wieder zu hörenden Geknatters der Gewehre.

Nun weiß sogar ich als Laie, dass Pferde Fluchttiere sind und vielstimmiges Knallen und vereinzelte Explosionen nicht das ist, was Pferde gerne mögen, also habe ich versucht, SIE davon zu überzeugen, dass der Weg durch das Tal und an unserer Gruppe vorbei doch eher suboptimal für Ihre Gesundheit und die der Pferde ist.

Erfolgreich war ich da eher weniger, denn SIE wollten unbedingt in das Tal. SIE würden ja nur zum Schlammteich wollen, was ja bis jetzt nie ein Problem gewesen wäre und überhaupt wieso würde ich mich erdreisten, SIE hier mit diesem Ton anzusprechen.

Gut, prinzipiell rede ich ja gerne mit netten und gutaussehenden Damen, selbst, wenn sie in der Überzahl sind, aber so langsam wurde mir die ganze Situation einfach zu blöd. Ich versuchte noch einmal auf freundliche Art, SIE von der Gefahr ihres Unterfangens zu überzeugen, aber SIE wollten nicht so richtig hören. Kurzum, ich musste ein wenig deutlicher werden und stellte die beiden Damen nun vor die Wahl: bestünden SIE darauf, den Weg durch das Tal - aus dem mittlerweile deutlicher Gefechtslärm schallte - zu reiten, würde ich sie festnehmen und an die Polizei übergeben oder sie entschieden sich dafür, dem Stress aus dem Weg zu gehen und den Weg um das Tal herum zu nehmen.

Die Situation wurde also langsam ungemütlich, besonders als die SIE langsam vor sich hin eskalierten. Ich durfte mir die eine oder andere Beleidigung anhören und schließlich fingen SIE an, mich mit ihren Pferden abzudrängen. In dem Moment war das Maß für als zwei beinahe zwei Meter große Pferde langsam auf mich zukamen.

Auf einmal war ich allerdings wohl doch glaubwürdig geworden, denn noch bevor ich die Schulterstütze komplett ausgeklappt hatte und die Maschinenpistole fertiggeladen hatte, entschieden SIE sich, doch den anderen Weg zu nehmen.

Kaum war diese Situation endgültig entschärft, kam auch schon der Chef aus dem Tal wieder heraus. Die Dienstaufsicht schien zu seiner Zufriedenheit gewesen zu sein, denn er sah recht entspannt aus. Aber noch bevor er den halben Weg vom Wald zum Wolf zurückgelegt hatte, sah ich mehrere Bewegungen hinter ihm am Waldrand. Offensichtlich hatte sich einer der Züge doch noch entschlossen, einen Versuch zu starten unseren Chef gefangen zu nehmen.

Dabei hatten sich die Rekruten ein wenig zu nah an den Waldrand bewegt, so dass ich mehr oder weniger aus dem Augenwinkel einige Gestalten sehen konnte, die sich an der Baumgrenze verteilten. Noch während ich meine Maschinenpistole in Anschlag brachte und den Chef zu einer etwas zügigeren Bewegungsweise aufforderte - natürlich freundlich - stürmte eine Gruppe aus dem Wald heraus. Sie wurde - sehr zu meiner Überraschung - von einer anderen Gruppe flankierend unter Feuer genommen und auf einmal entbrannte am Waldrand ein wildes Getümmel. Die hervorgepreschte Gruppe warf sich schleunigst in Deckung und versuchte, wieder in den Wald zurück zu kommen, während ich dem Chef ein leichtes Deckungsfeuer von der Hügelkuppe gab.

Als er oben angekommen war, war auch das Getümmel im Wald wieder verstummt und der Chef wunderte sich, wieso ich nicht nur eine Maschinenpistole sondern auch die passende Munition dabei hatte - und auch eingesetzt habe.

Auf der Rückfahrt wollte der Chef dann noch einige Orte für den bevorstehenden Nachtmarsch erkunden und so machten wir auf dem Rückweg einen kleinen Umweg über die naheliegenden Bundesstraßen. Dummerweise hatte der Wolf im Laufe der vorigen Tage und Wochen ein wenig gelitten, besonders an den Scharnieren der Beifahrertür.

Normalerweise sind die Türscharniere so eingestellt, dass das Türschloss ohne Probleme in den Riegel am Fahrzeugrahmen einschnappt. Bei diesem Fahrzeug waren sie allerdings so ausgeleiert, dass die Tür nicht nur ein wenig schräg hing, sondern dass das Schloss ungefähr einen Zentimeter zu tief hing und so nicht mehr einschnappte. Ein Besuch in der Instandsetzung brachte leider keine neuen Scharniere, sondern nur eine Biege-Korrektur mit einem Wagenheber, die aber nicht unbedingt erfolgreich verlief.

An diesem Tag hielt die Tür aber trotzdem so ziemlich alles aus, was ich ihr zumutete: zügige Fahrten durch mittleres Gelände, scharfes Bremsen und schnelles Abbiegen inklusive. Nur als ich von der Bundesstraße aus Tempo 70 stark bremsen musste und gleichzeitig mit beinahe quietschenden Reifen abbiegen musste, gab das Türschloss nach.

Dummerweise hatte sich der Chef gemütlich mit dem Ellenbogen an der Tür abgestützt, so dass er beim Linksabbiegen nach vorne rechts kippte. Zum Glück hatte der Chef den Sicherheitsgurt angelegt, denn so konnte er zwar die Straße aus der Nähe betrachten, aber nicht aus dem Wolf fallen und ich konnte ihn an der Jacke wieder in den Wagen hinein ziehen.

Das Donnerwetter, das sich über mich ergoss als wir wieder in der Kaserne waren, kann sich ja sicher jeder vorstellen. Zu meinem Glück hatte ich aber immer wieder auf die mangelnde Reparatur der Tür hinge-wiesen, so dass sich das nächste Donnerwetter erst telefonisch und dann persönlich über den Instandsetzern entlud. So laut, dass ich durch die geschlossene Bürotür jedes einzelne Wort verstehen konnte.

Zwei Tage später hatte ich neue Scharniere in der Tür.

Der Flitzer-Blitzer

Geschwindigkeitsbegrenzungen gibt es ja bekanntlich viele in unseren Landen. Damit diese auch eingehalten werden, werden von Zeit zu Zeit entsprechende Kontrollen durchgeführt. Dabei gibt es sowohl fest montierte Geräte als auch mobile Kontrollen mit diversen Systemen: mit Foto, ohne Foto, mit Radar, Laser oder sonst wie. Eines aber ist ihnen immer gleich: wird man erwischt, wird es teuer.

Das wird auch der Grund sein, warum Geschwindigkeitskontrollen nicht unbedingt beliebt sind. Allerdings sind einige von ihnen auch nicht wirklich gefürchtet, denn nach einiger Zeit weiß man relativ genau, wo sich ein Starenkasten befindet und selbst mobile Kontrollstellen werden über das Radio bekanntgegeben. Manchmal wird man aber auch von Kollegen, Freunden oder Bekannten per Handy informiert. So lief das natürlich auch bei der Bundeswehr, gerade neue Kraftfahrer im Standort werden recht schnell in die bekannten Standorte von Blitzern, mögliche Einsatzorte der mobilen Kontrollstellen und in andere ungünstige Ecken eingewiesen. Aber manchmal übersehen selbst die alten Hasen einen fest installierten und lange bekannten Blitzer.

So geschehen auch an einem schönen Sommermorgen im genau so schönen Sauerland. Der Versorger unserer Kompanie war wieder einmal im Großraum des Standortes unterwegs um "dezentral" zu beschaffen. Das heißt auf Deutsch nichts anderes als dass er unterwegs ist um die Sachen, die auf dem Dienstweg nicht zu beschaffen sind, im nächsten Baumarkt, Supermarkt oder Fachhandel einzukaufen. Dazu zählte zum Beispiel auch alles, was für das nächste Grillfest benötigt wurde und über die Truppenküche nicht bereitgestellt werden konnte.

Da unser Versorger gerne selber fuhr, aber nicht so gerne trug, hatte er sein Helferlein eingeladen, mit ihm zu kommen. Nicht, dass sein Helferlein auch nur den kleinsten Hauch einer Chance hatte, solch eine Einladung auszuschlagen. Die Aufgaben des Helferleins waren dabei aber auf das Schleppen, Einladen und Ausladen beschränkt und selbst das klingt schlimmer als es war. So kam es, dass das Helferlein des Versorgers während der Fahrt bequem im Auto sitzen konnte und die Tageszeitung mit den vier Buchstaben - die ja für ihre qualitativ hoch-wertige und seriöse Berichterstattung bekannt und entsprechend beliebt war - schmökern und die Vorzüge der Frau von heute bestaunen konnte.

Nun sah unser Helferlein aber während der Fahrt eher zufällig aus dem Fenster und erschrak: diese Ecke kannte er doch, hier würde gleich der einzige Starenkasten im näheren Umkreis auf der rechten Straßenseite hinter einem Busch auftauchen. Einem Busch wie dem, der da soeben ziemlich schnell näher kam. Gleichzeitig bemerkte das Helferlein, dass der Versorger hinter dem Steuer ganz in seine eigenen Gedanken versunken war und nicht bemerkte, dass der nicht wirklich agile Geländewagen zügig und somit deutlich über der erlaubten Höchstgeschwindigkeit über die kurvige Straße bewegte.

136

Der besagte und bekannte Busch kam näher und näher und da der Versorger am Steuer immer noch in seinen Gedanken vermutlich irgendwo am Strand lag, blieb den Helferlein nichts anderes übrig, als etwas zu tun. Dummerweise war das Einzige, das ihm in diesem Moment einfiel, sich heldenhaft mit ausgebreiteten Armen, die Zeitung ausgeklappt in fest in beiden Händen, zwischen Windschutzscheibe und Fahrer zu werfen.

Und dann blitzte es auch schon.

Das Foto hätte ich selber nur zu gerne gesehen, aber es wurde von der Poststelle unter größtmöglicher Geheimhaltung erst an den Kommandeur und von dort an den Kompaniechef weitergegeben. Dieser hielt das Foto zwar unter Verschluss, aber nicht seine Einstellung zu der Spontan-Tarnung - diese konnte man wieder einmal deutlich durch die geschlossene Bürotür hören. Sogar noch zwei Büros entfernt.

Prinzipiell war der Gedanke mit der Fahrertarnung gar nicht mal so schlecht, denn man kann den Fahrer des Fahrzeuges nicht identifizieren, wenn man statt Fahrer und Beifahrer nur die Dame der Woche erkennen kann - aber das funktioniert so nicht bei Dienstfahrzeugen der Bundeswehr. Hier lassen sich über den Fahrbefehl ganz hervorragend die Fahrer zu einer bestimmten Zeit ermitteln.

Der Apfelbaum

Apfelbäume gibt es in Deutschland ja ziemlich viele. Besonders im Alten Land, das für seine riesigen Apfelbaum-"Plantagen" bekannt ist oder in Hessen, wo die Menschen lustige und lustig machende Sachen wie Äppelwoi aus den Früchten dieses Baumes machen. Allerdings gibt es neben Granny Smith und Cox Haumichblau auch noch eine andere Art Apfelbaum, den kaum jemand kennt.
Irgendwo in Iserlohn versteckt, findet man ihn in einem Keller. Richtig, es geht um eine Disko, auch Zappelbunker, Abschlepphalle oder sonst wie genannt.

Der Iserlohner Apfelbaum hatte so einige Besonderheiten. Eine davon war, dass an beinahe jedem Öffnungsabend ein illustres Publikum aus den örtlichen Kasernen anwesend war. Es gab Abende, an denen man neben diversen Zug- und Gruppenführern sogar den Kompaniechef, Spieß und einmal sogar den Bataillonskommandeur dort entdeckte. Eigentlich waren die Abende im Apfelbaum auch ziemlich lustig, denn es gab gute Musik, wenig Stress mit den örtlichen Checkern, aber dafür umso mehr Spaß mit der anwesenden Damenwelt.
Besonders lustig war es immer donnerstags, denn an diesem Tag stieg dort die Eine-Mark-Party, eine Art Vorläufer der zwischenzeitlich sehr anrüchigen Flatrate-Sauf-Abende. Aber hier gab es kein "all you can

drink", sondern man bezahlte für jedes offene Getränk[35]. eine Mark.

Beim Betreten des Apfelbaumes erhielt man am Eingang eine Stempelkarte und abgerechnet wurde dann beim Verlassen der Feierstätte. Die Karten wurden dann von den Servicekräften je nach Anzahl der Getränke abgeknipst - ein ziemlich geschicktes Prinzip, denn man sparte sich das endlose Herumhantieren mit Kleingeld und konnte trotzdem (je nach Alkoholpegel) relativ gut erkennen, wie viel man denn beim Antritt des Heimweges zu bezahlen hatte.
Mehr als einmal habe ich bei guter Stimmung und an langen Abenden die mit maximal 50 DM belastbaren Karten voll gehabt und einige Kameraden hatten am Ende sogar eine zweite Karte voll.

Eines Donnerstags, ich hatte gerade zugesagt, am nächsten Morgen am Schwimmen im örtlichen Freibad teilzunehmen, kamen die üblichen Verdächtigen bei mir in der Stube an und ich wurde in zivile Kleidung gesteckt und kurzerhand zum Feiern mitgenommen. Proteste blieben angesichts der massiven Partylaune ziemlich erfolglos und so fügte ich mich in mein Schicksal.
Gegen Mitternacht trafen dann die ersten der illustren Gäste, quasi die Prominenz unserer Kaserne, ein. Mein Spieß stellte mir breit grinsend ein Getränk vor die Nase, der Chef hatte es sich am Tresen bequem gemacht und direkt neben einer der Boxen stand einer unserer Zugführer und beobachtete die auf den Boxen tanzenden Damen von unten. Natürlich sollte genau

---

[35] Offene Getränke sind die Getränke, die in Gläsern serviert werden.

dieser Zugführer das morgige Schwimmen leiten und er hatte mich gesehen und erkannt - da würde also keine Ausrede gelten und so nahm die wilde Feierei ihren Lauf und als ich dann im Taxi saß, wusste ich zwar nicht mehr, wo ich war und wie spät es war, aber am Horizont war schon der heraufziehende Tag erkennbar und ich wusste, dass ich bald einen Kater der übelsten Sorte haben würde.

Genau diese Vorahnung traf auch prompt ein und nach gefühlten 20 Minuten Schlaf brüllte der Unteroffizier vom Dienst seinen Weckruf in meine Stube. So kann man auch Spaß haben, ohne feiern zu gehen.

Leider brachten weder eine kalte Dusche noch ein ausgiebiges Frühstück - bestehend aus einer Scheibe trockenen Toastes, einer Kopfschmerztablette und mehrerer Becher starken Kaffees - den Blutgehalt in meinem Alkoholkreislauf wieder in erträgliche Bahnen und so schwankte ich beim Antreten vor dem Kompaniegebäude immer noch bedrohlich vor und zurück.

Als die fortgesetzte Kaffeezufuhr kurz darauf die 1-Liter-Marke erreichte, konnte ich sogar wieder halbwegs geradeaus gucken. Nur lautere Geräusche waren immer noch ziemlich unangenehm, aber erträglich. Dummerweise konnte sich der Zugführer noch ziemlich gut an den vorigen Abend erinnern, als er seine Leute für das anstehende Schwimmen einsammelte und in den Bus verfrachtete. Wohl deswegen fragte mich geradezu herausfordernd, warum ich denn noch nicht im Sportzeug mit gepacktem Schwimmzeug bereit stehen würde, schließlich würde der Bus schon mit laufendem Motor warten. Angesichts dieser freundlichen Einladung blieb mir gar nichts anderes übrig, als mich in den befohlenen Sportanzug zu werfen, Badeschlappen, Badehose und Handtuch zu greifen und mir einen bequemen Platz nahe der Vorderachse des Busses zu suchen.

Angesichts meines frischen und jugendlichen Aussehens wurde ich von den Rekruten dann auch passend und fröhlich mit den Worten "Na Herr Hauptgefreiter, gestern Abend auch feiern gewesen?" begrüßt. Das hatte ich jedenfalls verdient.

Am Freibad angekommen, empfing uns nicht nur ein ziemlich schattiger Wind, sondern auch ein wahrhaft kühles Nass. Mit anderen Worten: die Wassertemperatur betrug gerade einmal knapp unter 20 Grad, die Lufttemperatur lag noch einige Grade darunter. Nach einer obligatorischen eiskalten Dusche ging es dann auf den Startblock und auf das Signal hin ins Wasser. 200 Meter sollten schwimmend zurückgelegt werden, am besten sogar noch unter den 6 Minuten, die zum Erreichen der Leistung für das Sportabzeichen vorgesehen waren. Leider habe ich nach dem wahrscheinlich bildschönen Startsprung nicht wirklich daran gedacht, mich so langsam mit den passenden Schwimmbewegungen vorwärts zu bewegen. Umso schlimmer war es, dass ich diesen Fehler erst bemerkt hatte, als mein Bauch die untere Begrenzung des Schwimmbeckens berührte. Einige Sekunden später bemerkte ich dann aber die Fehler, und fing an, zu schwimmen. Gerade noch rechtzeitig, denn ich habe die Zeitbegrenzung gerade so noch einmal einhalten können.

Allerdings ging es mir nach dem olympiareifen Schlussspurt nicht so wirklich gut und so habe ich mich mit den Worten "Melde mich mit Kopfschmerzen, Schwindelgefühl und Übelkeit, Herr Leutnant!"

wieder am Bus eingefunden. Immerhin war ich jetzt hellwach - und ich habe nie wieder für Schwimmtermine zugesagt, wenn am Abend vorher heftige Feiern anstanden.

Krieg

Mitten in meinem zweiten Lehrgang veränderte sich für mich die Welt - und das auf die Schlimmste aller möglichen Arten. Es war ein Tag, wie jeder andere auch. Wie so oft fragte ich mich morgens beim Klingeln des Weckers, ob ich nicht doch noch eine halbe Stunde liegen bleiben sollte oder mich vielleicht doch zum Frühstück in die Kantine begebe. Wie so oft kam ich dann doch zu dem Entschluss, eine halbe Stunde Ruhe dem Frühstück vorzuziehen. Bis zum zweiten Frühstück in der NATO-Pause würde ich es noch aushalten.

Der Unterricht war an diesem Tag wie immer unspektakulär. Die Klassenclowns machten ihre Späße, wir lachten darüber und sogar unser Lehrer hat zeitweise mitgelacht. Nach dem Mittagessen wollten wir wie üblich im Mannschaftsheim die Unterlagen des Tages noch einmal durchgehen. Dieses Selbststudium war bei uns relativ schnell üblich geworden, obwohl wir am Ende dann doch einen großen Teil der Zeit für Computerspiele und Sport nutzten, anstatt uns den Übungsaufgaben zu widmen.
Ich erinnere mich noch, dass ich mit meiner Literflasche Trinkjoghurt und einigen Müsliriegeln im an einem der Tische im Mannschaftsheim saß und auf die letzten Kameraden unserer kleinen Übungsgruppe wartete. Wir regten uns gemeinsam über das an diesem Tag wirklich sehr schlechte Essen auf und die Stimmung stieg weiter an, als wir die Gesichter des

Küchenpersonals sahen, als ein Hörsaal geschlossen die noch vollen Teller wieder abgab. Es gab Erbsensuppe - ein Gericht, bei dem man nicht viel falsch machen kann, außer die Erbsen nicht richtig durchzukochen. Dummerweise war genau das an diesem Tag passiert. Trotzdem freuten wir uns auf den Nachmittag und auf das geplante Fußballspiel gegen einen anderen Hörsaal.

Plötzlich flog die Tür auf und ein Unteroffizier betrat das Mannschaftsheim. In der Hand hielt eine abgewetzte Aktentasche, auf dem Kopf noch das Barett. Er sah sich kurz im Raum um, sein Blick blieb auf dem Fernsehgerät haften und es war plötzlich so ruhig, dass man eine Stecknadel auf den Boden hätte fallen hören können. Dann sagte er "Mach den Fernseher an, wir haben Krieg."
Trotz der ungläubigen Blicke schaltete dann jemand den Fernseher ein und als er flimmernd zum Leben erwachte, sahen wir, dass die Tagesschau eine Sondersendung brachte - zu einer völlig ungewöhnlichen Zeit. Wie betäubt starrten wir auf die Bilder, die uns gezeigt wurden. Bilder der Verwüstung. Fliehende und verletzte Menschen hasteten durch das Bild. Eine riesige Rauchsäule stand über einer Stadt. Eine Stadt, die wir erst später als New York erkannten. Rauchgeschwärzte Rettungskräfte waren zu sehen, Polizisten und Feuerwehrleute brachten Menschen weg. Dann blendete das Bild aus.

Zurück im Tagesschau-Studio. Ich erkannte den Sprecher, im Hintergrund ein Bild von der Skyline Manhattans. Über den Türmen des World Trade Centers eine riesige Rauchwolke. Mit fassungslosem Gesicht fing der Sprecher an, zu berichten. Er hatte Tränen in den Augen, war kurz davor, zu weinen. Dann war wieder Bewegung im Hintergrund, ein Schatten bewegte sich auf die Türme zu. Er raste auf die Rauchwolke zu, verschwand darin, nur um kurz darauf auf der anderen Seite als ein gewaltiger Flammenstrahl aus dem noch intakten zweiten Turm wieder herauszukommen.

Es war der 11. September 2001

Auf einmal ging alles ganz schnell. Wie angeknipst nahm ich meine Umgebung wieder wahr, fassungslose Gesichter. Einige Kameraden tasteten nach ihren Telefonen, andere waren schon dabei zu telefonieren. Kurze Gespräche. Manchmal auch längere Gespräche. Ich hörte eher nebenbei heraus, dass einige Kameraden Familie in den USA hatten. Sorgenvolle Gesichter, wenn keine Verbindung möglich war. Dann ein Ruf, mein Hörsaal wurde zum Antreten auf dem Sportplatz befohlen.
Kurz darauf standen wir mit anderen Hörsälen zusammen und erhielten die ersten Informationen. Kurz und bruchstückhaft, aber immerhin konnten wir mit den wenigen Informationen etwas anfangen. Dann auf die Stuben wegtreten, Einsatzgepäck zusammenstellen und warten.

Zwei Stunden später erfolgte das große Antreten der gesamten Schule. Wir wurden in erhöhte Alarmbereitschaft versetzt, mit Anschlägen sollte auch in Deutschland gerechnet werden. Urlaub wurde gestrichen, zusätzlich zur zivilen Wache wurde ein größeres Streifenteam eingesetzt und binnen kurzer Zeit stand

am Haupttor ein Sandsackbunker mit Maschinengewehr zur Sicherung und die Zugangskontrollen wurden deutlich verschärft.

Seit diesem Tag hat sich mein Leben deutlich verän-
dert: Dienste wurden stressiger und selbst, wenn man
nicht im Dienst war, war man angespannter - und das
Handy immer in Griffweite.

Wachen machen

Nach den Ereignissen des 11. September traf es auch die Lehrgangsteilnehmer: wir wurden zur Wachverstärkung eingeteilt. Dabei wurden jeweils 6 Mann als Streifensoldaten im Wachlokal einquartiert. Wirklich bequem war das nicht, denn es gab irgendwie deutlich zu wenig Betten und an Schlaf war sowieso nicht zu denken. Praktisch war nur, dass wir nicht mehr bis zum Tor laufen mussten, um unsere bestellte Pizza in Empfang zu nehmen, denn dank der allgemeinen Verschärfung der Zugangskontrolle durften die Pizzaboten nicht mehr in die Kaserne hinein.

Zum Glück gab es zu dieser Zeit so viele Lehrgangsteilnehmer, dass jeder nur einmal Wachdienst hatte. Eigentlich ein Vorteil, aber so wusste man nie, was einen erwartet.

Mich erwartete ein einigermaßen lustiges Team. Die meisten Kameraden kannte ich zumindest vom Sehen aus den anderen Hörsälen, aus dem Mannschaftsheim oder vom Sport. Irgendwann trifft man sich ja doch immer wieder.

Auch die beiden Kollegen vom zivilen Wachdienst waren an diesem Tag gut drauf und auch wir kannten uns vom Pizza abholen. Zu dieser Zeit war die Bundeswehr schon beinahe komplett mit dem G36 ausgerüstet, nur ich war einer der ganz wenigen Soldaten, die noch nicht voll für dieses Gewehr qualifiziert waren. Aber irgendwo hatte man für mich dann doch noch ein G3 aufgetrieben, so dass auch hier keine Probleme drohten.

Bei der Einteilung der Streifen stellte sich dann auch noch heraus, dass ich nur drei Runden zu laufen hatte - eine am späten Abend, eine in der Nacht und eine am frühen Morgen. Aber gleich die erste Runde hatte es wirklich in sich.

Es ging, mit Funkgerät, Handy, Lageplan, Waffe und Gerödel ausgerüstet, auf die erste Runde. Obwohl es schon ziemlich spät am Abend war, war es zu Beginn der Streife noch hell, aber die Sonne stand schon tief am Himmel und es gab viele Schatten. Gerade in einer Kaserne, die man noch nicht richtig kennt, macht das den Streifendienst alles andere als einfach. Trotzdem streiften wir durch Gebüsche, am Zaun entlang und gelegentlich auch über befestigte Wege und Straßen. Von den vereinbarten Kontrollpunkten war mit unseren Handfunkgeräten natürlich kein Kontakt zur Wache herzustellen, so dass wir und - wie so oft - auf unsere Handys verließen.

Schließlich kamen wir zu den Fahrzeughallen, kurz vor Ende der Streifenrunde. Die meisten Hallen standen leer, worüber wir auch informiert waren. Nicht gesagt hatte man uns allerdings, dass einige Hallen nicht nur in Benutzung waren. Insbesondere nach 22 Uhr war es aber doch eher selten, dass im technischen Bereich noch gearbeitet wurde und so wunderten mein Streifenpartner und ich uns schon ein wenig über die taghelle Beleuchtung und die halboffene Tür einer Fahrzeughalle. Wir versuchten, die Wache zu erreichen, aber der Funk war an dieser Stelle wie üblich gestört und selbst unsere Handys hatten trotz unterschiedlicher Netzbetreiber keinen Empfang. Also blieb nur eines: hineingehen und nachsehen.

Wir näherten uns also der Tür und kurz bevor wie sie erreichten, konnten wir Stimmen aus dem Inneren der Fahrzeughalle hören. Nach einem kurzen Blick luden wir unsere Waffen durch, stellten uns an die Tür und auf ein Zeichen rissen wir sie ganz auf und stürmten hinein. Unter lauten "Wache! Stehenbleiben und Hände hoch!"-Rufen und gegenseitiger Sicherung betraten wir die Halle und schauten in schockstarre Gesichter. Jung, alt, Frauen und Männer.
Ausnahmslos alle folgten der dann folgenden Aufforderung, sich auf den Boden zu legen und die Hände deutlich sichtbar und ruhig zu halten und als die Situation unter Kontrolle schien, ließen wir die ersten zu Wort kommen. Das, was sie sagten, raubte uns allerdings die Sprache, denn der erste Satz lautete "Aber...wir sind doch nur der Karnevalsverein."

Kurz darauf stellte sich unter Zuhilfenahme des Hallentelefones heraus, dass eben dieser Karnevalsverein aus dem Stadtteil eine Halle angemietet hatte, um ihren Umzugswagen schmücken und vorbereiten zu können. Dabei hatte die Wache es schlichtweg vergessen, uns darüber in Kenntnis zu setzen, dass der Karnevalsverein heute einfach etwas länger am Wagen arbeiten wollte.
Immerhin, so hatten wir alle etwas zu erzählen.

Einige Tage später gingen die Lehrgänge auch schon zu Ende und die nächste Versetzung stand für mich an. Mein nächster Einsatzort sollte Strasbourg werden. Und mit der Versetzung in die schöne Münsterstadt im

Elsass änderte sich nicht nur die Strecke, die ich am Wochenende zurückzulegen hatte, nein, es brachen auch andere Zeiten an. Wieder einmal.

Wieder einmal Verwirrung

Wie jedes Mal begann das Leben in der neuen Dienststelle mit Verwirrung. Dieses Mal sogar schon, als ich auf der Anreise die Grenze nach Frankreich überquerte. Natürlich wusste ich nicht wirklich, wo ich mich einfinden sollte. Navigationsgeräte waren noch sehr teuer oder Autos der Oberklasse vorbehalten, ein Smartphone hatte ich auch nicht und Handys funktionierten noch einwandfrei mit GMS. LTE und UMTS gab es damals noch nicht und nicht einmal EDGE gab es.

Als ich schließlich meine neue Dienststelle erreichte, war es schon helllichter Tag und es ging hart auf den Mittag zu. Nachdem ich mehr als drei Stunden durch Strasbourg geirrt bin, mehrere Wegbeschreibungen von Passanten bekommen und ausprobiert habe und trotzdem beinahe zu blöd war, die richtige Kaserne zu finden, war ich endlich am Ziel.

Als ich das Geschäftszimmer betrat, wurde ich prompt mit den Worten begrüßt, die man eigentlich niemals hören möchte: "Oh, HG Nobelix, schön, dass Sie endlich da sind. Wir haben schon auf Sie gewartet."

Allerdings bekam ich genau diese Worte zu hören, als ich mich Geschäftszimmer vorstellte. Schlimmer noch als nur die Worte war allerdings, dass sie weder vom Spieß noch vom Kompaniechef kamen, sondern von einem mir bis dahin unbekannten Oberstabsfeldwebel. Aber fangen wir doch am besten ganz von vorne an:

Ganze 650 Kilometer trennten mich mittlerweile von meiner Heimat im deutschen Norden. Nach einer Odyssee über die deutschen Autobahnen hatte es mich jetzt endlich über die Grenzen nach Europa verschlagen und so rollte ich an diesem Montag in meine neue Heimatstadt hinein.

Ein paar Mal falsch abzubiegen gehört eigentlich immer dazu, denn die Wegbeschreibung, die ich bekommen habe, ist nicht wirklich die Beste ihrer Art und am Ende musste ich mich an mehreren Stellen durchfragen - aber schließlich fand ich meine neue Dienststelle. Auf diese altehrwürdige Stadt verteilten sich zu dieser Zeit ganze drei Kasernen, die zu meiner neuen Dienststelle gehörten: die Wohnkaserne, die Arbeitskaserne und die Scheinkaserne - so genannt, weil sie sich unauffällig in eine der besten Gegenden der Stadt einfügt.

In der Wohnkaserne, relativ verkehrsgünstig außerhalb der Altstadt gelegen, fand nicht nur das Wohnen an sich statt, hier waren auch die Kantine, der Sanitätsbereich und der Instandsetzungsbereich, sowie die Verwaltung der einzelnen nationalen Detachements untergebracht.

In der Arbeitskaserne fand die eigentliche Arbeit in den einzelnen Stabsabteilungen statt. Hier konferierten Generäle, wurden Aktenberge erschaffen, verschoben und abgelegt und hier fanden auch die offiziellen Empfänge statt. Sie lag - noch viel verkehrsgünstiger - zwischen einem Industriegebiet am Rhein und einem kleinen Flugplatz. Von der Wohnkaserne war sie nur durch ein "verbotenes" Stadtviertel getrennt, ein Stadtteil, in dem überwiegend arabischstämmige Minderheiten wohnten. Dementsprechend sah es dort auch aus, denn wenn man nicht darüber nachdachte, wo man sich wirklich befand, könnte man durchaus meinen, man wäre irgendwo in das KFOR-Einsatzgebiet: wenig Pflanzen, triste und schmucklose Häuser, Autowracks und als Krönung gab es Einschusslöcher in einigen Fassaden.

Natürlich verlief der kürzeste Weg zwischen Wohn- und Arbeitskaserne mitten durch dieses Viertel hindurch, war aber auf Grund von mehrfach erfolgten Angriffen auf Dienstfahrzeuge mit Y-Kennzeichen für selbige verboten. Für Privatfahrzeuge mit deutschen Kennzeichen war es ebenso wenig ratsam, hier durchzufahren. Und hier sollte ich nun leben und arbeiten. Ganz großes Kino.

Doch kommen wir zurück zur allseits bekannten und gefürchteten Begrüßung: Direkt nach den beiden einleitenden Sätzen wurde mir eröffnet, dass ich schon am nächsten Montag zum Rest der Einheit stoßen sollte. Dumm nur, dass diese bereits seit knapp einer Woche im spanischen Cádiz übte. Gut, ein bisschen spanisch kam mir das gleich vor...aber so?

Dem Charme eines direkten Befehls kann man sich natürlich nicht so wirklich entziehen, und so saß ich nicht ganz eine Woche später in einem Airbus der belgischen Luftwaffe. Diese Maschinen sind wirkliche Multitalente: sie können als fliegendes Lazarett, zum reinen Lastentransport, wie ein Passagierflugzeug oder auch in einer Kombination dieser Formen ausgerüstet werden. In diesem Fall stand der Vogel als reines Passagierflugzeug vor uns, nicht viel anders als ein Urlaubs-Bomber auf dem Weg nach Mallorca.

Immerhin schien das Flugwetter gar nicht mal so schlecht zu werden und so lümmelten wir uns reihenweise schlafend in die Maschine. Eine ganze Sitzreihe für sich alleine zu haben, ist selbst für Menschen mit meiner Körpergröße gar nicht mal so unkomfortabel - und Beinfreiheit wird auch völlig überbewertet, wenn man sich quer hinlegen kann.

Der Flug selber war - bis auf die Sicherheitsunterweisung durch den Flugbegleiter, der gleichzeitig Copilot und Oberleutnant der belgischen Luftwaffe war - eher unspektakulär und so landeten wir gut 3 Stunden später in der spanischen Sherry-Hauptstadt Jerez. Dort verlegten wir ohne Umwege (wie zum Beispiel Zoll, Passkontrolle oder überhaupt das Flughafengebäude) in Busse, die uns dann durch hitzeflirrende Ebenen nach Campo Soto, südlich von Cádiz, brachten. Da war ich nun also, am letzten Zipfel von Europa, in einer neuen Truppe, in einem neuen Land. Was also tun? Erst einmal essen - denn wie schon ein altes Sprichwort sagt: Ohne Mampf kein Kampf.
Frisch gestärkt ging es nach dem Essen nun ans Auspacken, Kennenlernen und Vorbereiten. Einige Gesichter kamen mir bekannt vor, so zum Beispiel der Oberstabsfeldwebel, der mich auf dem Geschäftszimmer begrüßt hatte und zwei Hauptgefreite, die ich noch vom Lehrgang kannte. Andere Gesichter lernte ich recht schnell kennen, wie zum Beispiel den Fahrer des Abteilungsleiters. Er war mit "seinem" Opel Omega bereits quer durch Europa gefahren und führte mich nun erst einmal durch das Camp und machte mich mit den wichtigeren Vorgesetzten vor Ort bekannt. Trotzdem blieb nicht viel Zeit zum Erholen, denn direkt nach dem Rundgang sollte ich schon ein Fahrzeug übernehmen, meinen Arbeitsplatz einrichten und die Übung mit durchführen.

Die erste Überraschung war das Fahrzeug: ein relativ neuer VW Transporter mit Doppelkabine und Pritsche. Nachdem ich ja schon beinahe alles an Bullys durch die Gegend kutschiert hatte, war ich ja auf einiges gefasst. Nur nicht auf den T4 - "meinen" T4.Noch weniger gefasst war ich allerdings auf die nächste Überraschung: das Essen. So schlecht hatte ich schon lange nicht mehr gegessen. Zum Glück bekamen wir Essensmarken, denn alle anderen dort stationierten Soldaten mussten auch noch dafür bezahlen. Autsch.

Dagegen wieder direkt angenehm war das Abendprogramm in Campo Soto. Man konnte ja sagen, was man wollte: uns wurde beste Unterhaltung geboten. Immerhin, das machte die Ausgangssperre einigermaßen erträglich. Das Bier war zwar schon schal, wenn es aus dem Zapfhahn in den Plastikbecher geflossen war, aber dafür floss aus dem Lieblingstier direkt daneben reinste Sangria, der Halbliterbecher zu 500 Pesetas. Im Vergleich zu den umliegenden Supermärkten war das direkt günstig. Wie ich zu den Vergleichsdaten komme? Ganz einfach, es gab trotz der Ausgangssperre immer noch einen Grund, etwas besorgen zu müssen. Rein dienstlich, versteht sich.

Eines der absoluten Highlights dieser Übung war der Besuch des spanischen Königs. Als oberster Befehlshaber der gastgebenden Truppe ließ er es sich nicht nehmen, uns als multinationalem Stab mit spanischer Beteiligung einen ziemlich ausgiebigen Besuch abzustatten. Natürlich geierten unsere Offiziere beinahe wie kleine Kinder darum, möglichst so zu stehen, dass sie nicht nur einen erstklassigen Blick auf ihn werfen konnten, sondern vielleicht sogar noch ein paar Worte mir Juan Carlos wechseln konnten.

Wie es nicht anders zu erwarten war, führte das natürlich zu einem ziemlichen Andrang, als er schließlich in "unserem" Zelt auftauchte. Ich kann mich noch gut daran erinnern, dass es plötzlich ziemlich voll wurde, während ich mit dringenden Unterlagen in die AirOps[36] unterwegs war. Ich drängelte mich durch einen Haufen von Stabsoffizieren aus allen möglichen Nationen und machte stellenweise sogar meinem Unmut über das plötzliche Gedränge ziemlich deutlich Luft, als ich plötzlich in einem freien Gang stand. Als ich mich umdrehte, stand er plötzlich vor mir. Deutlich größer als ich, strahlte er eine unerschütterliche Ruhe und Würde aus. Sein Lächeln wurde beinahe zu einem Grinsen, als ich beinahe meinen Stapel Unterlagen fallen ließ. Offensichtlich hatte er mich gehört, als ich mich mit einem deftigen Fluch durch die Reihen drängte. Allerdings schien das seine königliche Laune nicht weiter einzutrüben, denn er streckte mir die Hand entgegen und zog nach einigen aufmunternden Worten weiter seiner Wege.

Was er genau sagte, weiß ich nicht mehr. Und selbst wenn, dann hätte ich es nicht verstanden, vermute ich. Ich weiß allerdings noch, dass mehrere Offiziere aus meiner Abteilung danach wie wild auf mich einredeten. Aber auch dabei konnte ich nur ein lachendes "Typisch HG Nobelix, nicht mal zwei Wochen in der Einheit und dann schüttelt er dem König einfach die Hand."

War da ein Hauch von Neid zu hören? Ich glaube nicht...

---

[36] Air Operations = Luftbasierte Operationen wie Aufklärung, Sicherung, Unterdrückung von Luftabwehrwaffen oder Close Air Support (Bodennahe Luftunterstützung)

Ein langer Marsch

Jede Übung geht irgendwann zu Ende. Manchmal leider, manchmal aber auch zum Glück. In diesem Fall war es zum Glück - und zwar zu unser aller Glück, denn die Regenzeit in Cádiz hatte anscheinend begonnen. Schon in der Nacht hatte es nicht nur geregnet, sondern die Wolken hatten das Land quasi unter Wasser begraben. So hatten die Fahrer der Containerstapler einige Mühe, die Bürocontainer zielsicher auf den passenden LKWs abzusetzen. Trotzdem schafften sie es, diese ohne größere Schäden zwischen zwei Gebäuden hindurch (und dabei über die anfangs noch zwischen den Gebäuden geparkten Privatautos einiger spanischer Soldaten hinweg) zu verladen. Das war schon ein ziemlich eindrucksvoller Anblick - besonders, als ein spanischer Feldwebel laut fluchend sein ziemlich neu aussehendes Auto in Sicherheit brachte.

Wir wiederum hatten zum Glück unsere Fahrzeuge schon bis auf das Nötigste am Abend vorher beladen, so dass wir nur noch unsere Übernachtungssachen verstauen mussten und uns so gleich an die Rückfahrt machen konnten.

Rückfahrt? - Ja, ganz genau. Diejenigen, die das Glück hatten, mit dem Flugzeug nach Cádiz gebracht zu werden, hatten gleichzeitig die Ehre und das zweifelhafte Vergnügen, die Fahrzeuge wieder zurückzubewegen. Wir, das waren die Fahrer und Beifahrer der mittelschnellen Kolonne, bestehend aus zwei belgischen Reisebussen, fünf deutschen Bullys und ebenso vielen belgischen 9-Sitzern vom Typ "Jumper". Wir sollten so schnell es geht den Weg zwischen Cádiz und Strasbourg in vorher festgelegten Tagesetappen von Kaserne zu Kaserne zurücklegen. Irgendwann später würde dann die langsame Kolonne, bestehend aus den gesammelten LKWs verschiedener Nationen, nachkommen. Sehr zu unserem Unmut waren die Tagesetappen auf gerade einmal 450 km festgelegt, so dass wir unsere Touren nicht nur in Ruhe angehen konnten, sondern auch schon meistens am Nachmittag an unserem Tagesziel angekommen waren.

Mein Beifahrer auf dieser Tour war der Oberstabsfeldwebel, der mich vor etwas mehr als zwei Wochen mit den bereits bekannten Worten "Wir haben schon auf Sie gewartet" begrüßt hatte. Als ehemaliger Transporter hatte er in seinem Gepäck nicht nur ein Radio, sondern auch eine Karte von der geplanten Strecke - für den Fall, dass wir unseren Vordermann im Verkehr verlieren sollten. Zum Glück hat sich das als unnötig herausgestellt, denn einen Teil der Strecke kannte ich noch von früher und wir fuhren direkt hinter dem zweiten Bus am Anfang der Kolonne.

Vor der Kaserne empfing uns eine Gruppe von Motorradpolizisten. Sie sollten uns den Weg freimachen, bis wir auf der Autobahn angekommen waren. Prinzipiell hat das bis auf einige kleinere Zwischenfälle, ausgelöst von einigen sehr mutigen oder ziemlich wahnsinnigen Autofahrern, auch sehr gut geklappt. Besonders, als ein einsamer Motorradpolizist an einer Auffahrt gleich drei Autobahnspuren sperrte - und sich auch alle Autofahrer daran hielten.

Die erste Nach sollten wir noch in Spanien verbringen, in einer Kaserne, irgendwo im Nirgendwo. Ungefähr 20 Kilometer abseits der Autobahn erwartete uns eine Ansammlung uralter Gebäude und wir zogen mehr oder weniger notdürftig dort unter. Lustig wurde es erst, als wir von einem Gespann aus zwei Landrovern überholt wurden. Der hintere schien nicht mehr wirklich fahrfähig gewesen zu sein, denn er wurde mit einer Abschleppstange gezogen. Leider schien die Lenkerin des hinteren Fahrzeuges so etwas nicht so wirklich gewohnt zu sein, denn kaum waren die Autos außer Sicht, hörten wir erst ein lautes Quietschen und dann ein nicht leiseres Krachen. Da wir nicht nur schrecklich neugierig, sondern auch unheimlich hilfsbereit sind, liefen wir natürlich gleich los, um zu schauen, ob jemand verletzt ist.

Allerdings wirkte das Bild, das sich uns bot, eher unfreiwillig komisch als dramatisch:: die beiden Landrover hatten sich ineinander verkeilt und standen etwa im Winkel von 100 Grad zueinander, die Kotflügel der Fahrzeuge sauber miteinander kaltverschweißt. Passiert war weiter nichts, allerdings konnten beide Landrover ihre Fahrt nicht aus eigener Kraft fortsetzen und so wurde auf schweres Abschleppgerät in Form eines URO (spanischer 3-Tonnen-Militär-LKW, ähnlich eines Unimogs) gewartet. Natürlich wurden Unfallfolgen und Abschleppvorgang sogleich in Bild und Ton festgehalten, selbstverständlich nur zu Dokumentationszwecken. Zur Sicherheit allerdings von jedem Anwesenden.

Am nächsten Morgen ging es nach einem etwas kargen Frühstück wieder auf die Autobahn, und wir waren noch gar nicht weit gekommen, als wir von unserem Kolonnenchef überholt wurden. Dabei hatte sein Fahrer allerdings ernstliche Mühe, das zu bewerkstelligen, denn die Busse gaben mit gut 120 Sachen ein erstaunliches Tempo vor. Wir hatten zwar keine große Mühe, den Bussen zu folgen, aber so langsam aber sicher kamen wir auf die Pyrenäen zu.

Mehr oder weniger langsam schob sich also der P4 unseres Kolonnenchefs neben uns, als sich plötzlich die Beifahrertür öffnete, sich unser verehrter Herr Kolonnenchef hinausbeugte und seltsame Bewegungen mit seinen Händen machte - er führte sie mehrmals schnell auseinander und langsam wieder zusammen. Leider war dieses taktische Zeichen nicht nur mir sondern auch meinem kolonnenerfahrenen Beifahrer gänzlich unbekannt und so hielten wir Geschwindigkeit und Abstand (so in etwa 50 Meter) konstant und winkten fröhlich zurück.

Gegen Mittag machten wir dann einen Tankstopp am Grenzübergang "La Jonquera", so richtig militärisch mit Direktbetankung aus Tanklastern. Noch während wir in der Warteschlange standen, kam unser Kolonnenchef zu uns herübergestiefelt und ließ einen Schwall französischer (Kraft-)Ausdrücke über uns zusammenbrechen. Da ich den Französischen zwar einigermaßen mächtig bin, aber der gute Mann einen übelsten Akzent sprach, verstand ich absolut kein Wort und ließ den Leutnant erst einmal ziemlich konsterniert stehen - denn eine Tankposition war freigeworden und mein Beifahrer winkte mir schon leicht hektisch zu.

Allerdings hatte ich beim Tanken nicht wirklich Ruhe, denn der Herr Kolonnenchef kam hinter mir her gestiefelt und schimpfte weiter auf mich ein - so lange, bis einer der belgischen Busfahrer breit grinsend grob für mich übersetzte: Der Kolonnenchef wollte, dass wir die Abstände zwischen den Fahrzeugen vergrößern. Aber als er ein Maß von 200 Metern angab, wurde er nicht nur von mir sondern von allen Fahrern herzlichst ausgelacht. Ab diesem Moment gab es zwar jeden Morgen und jeden Abend beim Antreten einen kollektiven Anschiss - aber daran gehalten hat sich niemand.

Als kleinen Ausgleich haben wir dafür den Abend auf der örtlichen Hindernisbahn bei einer Flasche Rotweins ausklingen lassen. Selbstverständlich beim Boule-Spiel auf der Hindernisbahn - direkt in den Hindernissen. Ich hätte zwar nicht gedacht, dass so etwas geht und sogar Spaß macht - aber man kann sich ja irren.

Die restliche Rückfahrt verlief dann - von gelegentlichen Ausrastern des Kolonnenchefs wegen des immer noch zu geringen Abstandes einmal abgesehen - eher ereignislos und wir hangelten uns von Kaserne zu Kaserne gen Heimat zurück. Gut, ich hätte die Strecke zum größten Teil auch blind fahren können. Immerhin kannte ich die Autobahn von vielen Reisen mit dem Auto zum Ferienhaus meiner Großeltern in Spanien und war hier beinahe 18 Jahre lang Jahr für Jahr entlang gefahren.

Die Auflösung

Gelegentlich kommt es vor, dass Einheiten der Bundeswehr reduziert oder sogar ganz aufgelöst werden. So erging es auch einem Teil der Panzereinheit, an die ich während meiner Zeit im Sauerland ausgeliehen war.

Ich war zwar zur Zeit der Außerdienststellung in Strasbourg stationiert, wurde aber zusammen mit meinem ehemaligen Stubenkameraden, den es auch nach Strasbourg verschlagen hatte, eingeladen. Inoffiziell, versteht sich. Ich nahm also zwei Tage, Donnerstag und Freitag, Urlaub und machte mich am Donnerstag frohen Mutes und entspannt (und zivil) auf den Weg ins Sauerland. Am Abend vor den offiziellen Feierlichkeiten wollte ich mit "alten Bekannten" die "guten alten Zeiten" wieder aufleben lassen und die 1-Mark-Party im Apfelbaum bis zum bitteren Ende genießen, bevor wir dann an den offiziellen Feierlichkeiten - mehrere Reden und ein großes Grillen - teilnahmen. Die Gästestuben für uns waren bis Samstag früh gebucht, für ein Frühstück war auch schon vorab gesorgt und ich freute mich schon ein wenig darauf, einige Kameraden wiederzusehen.

Aber es kam, wie es kommen musste: als ich an meiner alten Kompanie eintraf, herrschte leichtes Gewusel und mittendrin steckte der Betreuungsfeldwebel - seines Zeichens großer Organisator der ganzen Feierlichkeiten. Als er mich sah, war er sichtlich erleichtert und begrüßte mich mit den Worten "Mensch, toll, dass du jetzt schon da bist. Hast du dein Flecktarn dabei?

Ich hab nämlich nen riesiges Problem und brauch mal deine Hilfe. Geh dich mal eben auf Stube umziehen, den Urlaub bekommst du wieder gutgeschrieben - dafür sorg ich schon."

Auweia. Da war er wieder, dieser Moment, in dem man sich fragt "warum immer ich?" Aber gut, ich hatte mein Flecktarn-Zeug dabei und so ging ich mich umziehen.

Frisch uniformiert machte ich mich dann auf den Weg, herauszufinden, wie ich unserem Betreuungsfeldwebel denn genau helfen konnte und eh ich mich versah, war ich schon mitten im Geschehen. Was war nun genau passiert? Die Sitzgelegenheiten und Tische, die für die Feierlichkeiten gebraucht wurden, sollten von einer lokalen Brauerei ausgeliehen werden. Dabei wollte uns die Brauerei nicht nur Bierzeltgarnituren für 300 Personen zur Verfügung stellen, sondern diese auch anliefern und wieder abholen. Quasi eine Art Rundum-Sorglos-Paket.

Nun war die Brauerei aber genau an diesem Morgen von ihrem Versprechen abgerückt und hat kurzerhand erklärt, weder etwas zur Verfügung zu stellen, noch für den Transport sorgen zu können. Die Zeichen standen also auf Stehparty - und das für einen großen Teil älterer, ehemaliger Soldaten der Einheit. Dazu kam noch, dass alle möglichen Helfer bereits für andere Tätigkeiten im Standort eingeplant waren, so dass nicht nur Stress durch die fehlenden Sitzgelegenheiten aufkam, sondern auch noch Personal für die Organisation und Durchführung der Feierlichkeiten fehlte. Da kamen wir natürlich wie gerufen - vor allem, da wir als durchaus "Stressfest" bekannt waren.

Stressig wurde es dann auch - und das sogar schneller als erwartet. Ich war gerade mit dem Umziehen fertig und hatte eben herausgefunden, was los war, da schalmeite schon der Ruf "Besorg dir mal nen LKW, ich hab was gefunden!" über den Kasernenhof. Unser Betreuungsfeldwebel hatte es tatsächlich geschafft, innerhalb kürzester Zeit ausreichend Sitzgelegenheiten und Tische aufzutreiben. Sie mussten nur noch abgeholt werden - und zwar von der Standortverwaltung des Truppenübungsplatzes Bergen. Gut, das lag zwar nicht gerade um die Ecke, war aber mit einem LKW in der Zeit noch mehr als locker zu schaffen. Während ich noch am überlegen war, von wem ich noch einen Gefallen und damit einen LKW einfordern konnte, kam mir Soldat Zufall zu Hilfe: vor meiner alten Kompanie stand ein 1017 offensichtlich herrenlos in der Gegend herum. Den dazugehörigen Fahrer fand ich kurz darauf auch bei einem Kaffee im Geschäftszimmer.

Nach einer freudigen aber gezwungenermaßen knappen Begrüßung an meiner alten Wirkungsstätte konnte ich den Fahrer relativ problemlos dazu überreden, mit mir eine kleine Extraschicht einzulegen und so bewegte er sein Vehikel schon einmal zur Zapfsäule seines Vertrauens in der Kaserne. Ich dagegen hatte das große Vergnügen, mich um den passenden Fahrbefehl zu kümmern.

Bei Dienstfahrzeugen muss im Fahrbefehl sowohl der Fahrer als auch das Fahrtziel, Fahrtstrecke und Zweck der Fahrt. Der Fahrer war das kleinste Problem, denn ich hatte ihn ja zusammen mit dem LKW "engagiert". Da aber sowohl Fahrtziel, Strecke und Zweck der Fahrt nicht eingetragen waren, mussten sie nachgetragen werden. Das erforderte allerdings durch die große Entfernung von mehr als 100 Kilometern die Unterschrift und das Dienstsiegel des Bataillonskommandeurs. Aber auch solch ein Problem sollte sich durchaus lösen lassen und so nahm ich den Fahrbefehl und ergänzte Fahrtziel, den Zweck der Fahrt und eine möglichst weit gefasste Routenbeschreibung ohne zu viele Details. Um ehrlich zu sein habe ich nur Abfahrts- und Zielort sowie die Autobahnen, die dorthin führen, angegeben. Das ist zwar gegen jeden Befehl innerhalb der Bundeswehr, sollte aber später noch dafür sorgen, dass wir überhaupt unseren Auftrag erfüllen konnten.

Ich ging also nun direkt an einer staunenden Vorzimmerdame vorbei, direkt in die Höhle des Löwen: das Büro des Kommandeurs. Dieser war im Standort als überaus streng und vorschriftentreu bekannt, machte aber - so ich dem Betreuungsfeldwebel glauben konnte - im Falle eines Falles so ziemlich alles möglich, was möglich zu machen war. Und genau darauf baute ich in diesem Moment. Vor dem Schreibtisch des Oberstleutnants angekommen, grüßte ich zackig und machte eine ebenso knappe wie militärisch einwandfreie Meldung. Auch, wenn ich sowas nur äußerst selten machte - und ohne direkte Aufforderung noch viel seltener - konnte ich das ziemlich gut.

Der Kommandeur war sichtlich überrascht, erkannte aber sofort die Dringlichkeit meines Anliegens und zückte sogleich seinen Stift, unterschrieb und siegelte die Änderung persönlich ab. Zwar hatte er beim Lesen der Änderungen seine Augenbrauen deutlich gehoben - aber er gab sein Einverständnis ohne Fragen zu stellen oder Änderungen zu machen. Ich glaube, den Stein, der mir vom Herzen gefallen ist, konnte man noch in einer Entfernung von mehreren Kilometern hören. Ich meldete mich also nun genauso zackig und militärisch ab, machte kehrt und stiefelte auf dem direkten Weg wieder zum Betreuungsfeldwebel. Dieser glaubte mir allerdings erst, als ich ihm den unterschriebenen und gesiegelten Fahrbefehl unter die Nase hielt.

Einige Minuten später waren wir auch schon auf dem Weg - und dieser führte uns auch direkt in den ersten Stau hinein. Zum Glück sollte dies auch unser einziger Stau auf dem Weg nach Bergen sein, leider zog er sich aber über den größten Teil der Fahrtstrecke. Das führte natürlich zu Problemen, denn mein Fahrer war jung. Zu jung und unerfahren, wie ich befürchtete. Und ich sollte Recht behalten, denn er schätzte auch den Ernst der Situation völlig falsch ein.
Der Fahrer kam frisch von der Fahrschule und hatte seine Fahrerlaubnis noch nicht all zu lange. Deshalb - und weil er die Lage massiv unterschätzte - bestand er auf seinen Pausen. Das hieß, er machte alle 2 Stunden eine Pause von 15 Minuten und nach 4 Stunden eine größere Pause von 45 Minuten. Diese Pausen, zusammen mit der Tatsache, dass wir kaum Strecke in den ersten Stunden machen konnten, brachten den Spieß am Mobiltelefon schier zur Verzweiflung. Immer abwechselnd riefen Spieß und Betreuungsfeldwebel bei mir an, forderten Standort- und Lagemeldungen und versuchten, den Fahrer dazu zu bewegen, möglichst zügig zum Ziel der Fahrt zu kommen. So dauerte es etwas mehr als 10 Stunden, bis wir gegen 22 Uhr vor dem Gebäude der Standortverwaltung des Truppenübungsplatzes Bergen ankamen.

Dort wurden wir freudig mit heißem, frisch gekochtem (und zum Glück ziemlich guten) Kaffee erwartet. Kurz darauf schlug die Freude aber auch schon wieder in Frust um, als mein Fahrer verkündete, dass er an diesem Tag nicht mehr fahren würde. Seine maximale Fahrzeit von 10 Stunden pro Tag für die gut 350 Kilometer wäre nämlich aufgebraucht. Leider hatte er damit völlig Recht, denn schneller konnten wir durch die massiven Staus auf der Autobahn beim besten Willen nicht fahren. Aber es war ja zum Glück noch vor Mitternacht und mir kam der Gedanke, dass wir dann ja um kurz nach 0 Uhr am nächsten Tag erst zurückfahren würden. Eine durchaus wackelige Auslegung der gesetzlichen Vorschriften, aber immerhin fuhren wir ja einen LKW mit Y-Kennzeichen. Auch dem Fahrer war das nicht wirklich geheuer und so beschloss er, nicht weiter zu fahren, bis er nicht eine achtstündige Ruhepause gehabt hätte.

Die Pause hat er dann auch bekommen - nachdem er die 300 Klappstühle und eine entsprechende Anzahl Tische mit Hilfe der Leute von der Standortverwaltung auf dem LKW verladen und entsprechend gesichert hatte - und ich mich um einen Ersatzfahrer kümmern konnte.

Diesen Ersatzfahrer fanden unser Betreuungsfeldwebel (mehr) und ich (weniger) dann auch, und zwar in Form einem ziemlich schlecht gelaunten Stabsunteroffizier (weiblich) aus dem Sanitätsbereich. Sie stand zwar nicht auf dem Fahrbefehl, aber das war das kleinste Problem und ließ sich schnell ändern.

Jetzt blieb nur noch das Problem, wie man Fahrerin und LKW zusammen an einen Ort bekommt, aber das löste unser Betreuungsfeldwebel, in dem er die neue

Fahrerin kurzerhand als Sozia auf sein Motorrad setzte und über die mittlerweile freie Autobahn zu brachte. Als wir gut 90 Minuten später mit der Beladung fertig waren, kurvte unser Betreuungsfeldwebel auch schon um die Ecke und nach einer Tasse Kaffee und einer Zigarette später waren wir schon wieder auf dem Heimweg. Links auf dem Fahrersitz die neue Fahrerin (mittlerweile wieder etwas besser gelaunt), in der Mitte unter der Dachluke der alte Fahrer (ziemlich mies gelaunt) und rechts außen ich (ziemlich gut gelaunt, denn der Auftrag war beinahe erfüllt) und der Betreuungsfeldwebel auf seinem Motorrad.

Die Uhr zeigte mittlerweile kurz vor 01:00 Uhr an, die Straßen waren frei und der Truck lief um sein Leben. Bergauf, bergab und in der Ebene gab es nur eine Pedalstellung: Vollgas. Man glaubt gar nicht, wie schnell solch ein leicht untermotorisierter und relativ voll beladener LKW doch fahren kann, wenn man den Gasfuß durch das Bodenblech hämmert...

Gegen 04:30 Uhr dämmerte es so langsam vor sich hin, als wir mit beinahe glühendem Auspuff, ebenso glühenden Bremsen und ziemlich gut gelaunt wieder im Sauerland auf. Gut, der eigentliche Fahrer war nach wie vor ziemlich mies gelaunt, aber das könnte daran gelegen haben, dass er durchgehend von beiden Seiten darauf...hingewiesen wurde, dass man in solch einer Situation nicht einfach aufhört zu fahren und jegliche Arbeit verweigert - besonders, wenn es um so eine wichtige Veranstaltung geht.

Begrüßt wurden wir im heimatlichen Standort zu unserer großen Überraschung nicht nur mit frischem Kaffee sondern auch mit Steaks und Würstchen vom

Grill, Brot und Kartoffelsalat. Nun blieb nur noch eines zu tun: der Aufbau.

Kurz vor 05:30 Uhr. Die Sonne lugte mittlerweile über die Berggipfel und wir standen da, frisch gestärkt mit literweise Kaffee und frisch Gegrilltem am frühen Morgen. Die Gäste wurden gegen 9 Uhr erwartet, also blieben uns gute drei Stunden für den Aufbau. Also lautete unser Motto ab diesem Moment nur noch "Ran ans Werk" und so standen nach etwas mehr als zwei Stunden tatsächlich alle Tische und Stühle, wie sie sollten und ich konnte tatsächlich noch eine klitzekleine Mütze voll Schlaf und eine ausgiebige kalte Dusche nehmen. Gut, eigentlich war es nur Ruhen im Dienstzimmer des Gefreiten vom Dienst und nach gefühlten 5 Minuten stand der Spieß schon wieder vor mir und fragte, ob ich denn nicht noch grillen könnte. Dummerweise ließ er sich nicht mit einem "Nein" abspeisen und so stand ich um 09:30 schon wieder hinter einem Monster von Grill - gut zwei Meter breit, einen halben Meter tief und mit gut 30 Kilo Grillkohle bestückt. Binnen kurzer Zeit brannte dort eine wahre Höllenglut - und das war auch gut so.

Die Reden zur Auflösung zogen sich zum Glück für die Anwesenden nicht allzu lange hin und so standen die Damen und Herren geladenen Gäste ziemlich schnell und mit hungrigem Blick vor mir und verlangten nach Fleisch. Bei einigen hatte man das Gefühl, dieser Grill (oder vielmehr die knusprigen Fleischstücke, die darauf vor sich hin rösteten) wäre der eigentliche Grund für ihren Besuch.
Die genaue Temperatur im Grill konnte man nicht einmal mehr schätzen, aber zeitweise sah es so aus,

als würde der Grill selber schon glühen. Bratwürste waren binnen einer Minute außen knusprig und innen durch, Steaks zischten nur so vor sich hin und der gute Bauchspeck war in unter vier Minuten knusprig.

Dazu gab es noch den einen oder anderen markigen Kommentar zu den Bestellungen der Herrschaften, denn die Damen und Herren wurden trotz überaus zügiger Bedienung doch gelegentlich ein wenig ungeduldig. So wirkte der Grillstand zeitweise ein wenig wie eine der Buden auf dem Hamburger Fischmarkt - vor allem, als mir dann auch noch, durch die Müdigkeit bedingt, Sprüche wie "...und noch nen Bauchspeck für die Dame und komm, nen Aal gibt's auch noch dazu und weil Sie es sind, gibt's noch diese Ananas in Form einer Bratwurst dazu!" herausrutschten. Zum Glück wurde das meistens mit schallendem Gelächter (mindestens aber mit einem breiten Grinsen) quittiert, denn offensichtlich hatte sich unsere Odyssee mittlerweile herumgesprochen. Aber was will man machen, irgendwie muss man ja wach bleiben, denn mittlerweile hatte ich gute 36 Stunden auf der Uhr (abzüglich der einen Stunde Ruhe, aber die zählt nicht - immerhin wurde ich vom Spieß persönlich unsanft geweckt) und wollte nur noch eines: nach Hause.

Also begann ich damit, mich bei den Kameraden abzumelden und mich zu verabschieden, doch leider kam ich nur bis zum Spieß. Der wollte mir prompt noch eine Mütze voll Schlaf verordnen, aber ich konnte ihn davon überzeugen, dass der beste Schlaf immer noch zu Hause wartet. Irgendwann gegen Nachmittag kam ich dann völlig platt in heimatlichen Gefilden an und fiel erst einmal vornüber ins Bett - mit Stiefeln. So viel zum Thema "Zwei Tage Urlaub".

Am Montag erwartete mich allerdings in meiner Dienststelle in Strasbourg zur Abwechslung eine freudige Überraschung. Offensichtlich hatte die Geschichte auch hier schon die (große) Runde (quer durch das Hauptquartier) gemacht und der Urlaub wurde tatsächlich mit den Worten "Na da haben Sie ja mal richtig Spaß gehabt, was?" wieder gutgeschrieben. Und irgendwo habe ich auch noch die Urkunde, mit der ich kurz darauf in einer extrem inoffiziellen Zeremonie zum "Panzermann ehrenhalber" ernannt wurde.

Strasbourg vom Auto entdecken

"Sei auch du ein Lümmel im Verkehrsgetümmel"

Dieses Zitat aus einem relativ bekannten Film passt - meiner bescheidenen Meinung nach - am besten zum Fahrstil der Menschen, die um meine Dienststelle herum lebten. Lichtzeichen werden allenfalls als Richtlinie betrachtet, da ist es völlig egal, ob das Lichtlein rot oder grün leuchtet, Hauptsache, es leuchtet überhaupt. Allein das scheint einigen Autofahrern die Berechtigung zu erteilen, ihren rechten Fuß bis zum Anschlag gen Asphaltdecke zu pressen und ihre pferdelose Kutsche so zu beschleunigen. Nicht anders ergeht es Hinweis-, Gebots- und Verbotszeichen. Insbesondere letztere werden besonders gerne ignoriert - sei es nun ein Überholverbot oder eine Geschwindigkeitsbegrenzung. Einzig auf Autobahnen sind die Franzosen rigoros: mehr als 130 von 130 erlaubten Kilometern pro Stunde wird hier nicht gefahren. Bei Regen sogar noch weniger.

Straßenmarkierungen - diese weißen und bisweilen auch gelben Linien, Pfeile (keine Angst, es gibt hier keine Indianer) und Zickzackmuster - werden ebenfalls gerne missachtet oder zumindest ignoriert. Linksabbiegerspuren? Werden völlig überbewertet, kann man doch genauso gut von der rechten Fahrspur scharf nach links ausscheren und abbiegen. Ohne zu blinken, versteht sich.

Und überhaupt wird Licht völlig überbewertet. Was nützen schon hässliche, gelbe Lämpchen, die immer wieder an- und ausgehen. Scheinwerfer? Sind dran am Auto, aber benutzen muss man sie doch nicht - höchstens das Standlicht.

Zu Anfang ist man erstaunt, sieht man diese scheinbar völlig chaotische Fahrweise. Dieser Zustand hält ungefähr eine Woche an und in dieser Zeit ist man heilfroh, wenn man wieder über die Grenze nach good old Germany zurückkehrt - und sich alle auf einmal an die Verkehrsregeln halten.
Als nächstes packt einen die Neugier. Wie funktioniert dieses Chaos?
Und ist es überhaupt Chaos - oder gibt es vielleicht sogar ein System dabei?
Mensch gibt also seiner Neugierde nach und entdeckt etwas Faszinierendes: all das hat ein System. Die Franzosen machen zwar alles, aber nicht an jeder Stelle und auch nicht völlig wahllos. Überholt wird zum Beispiel nach dem Rennstrecken-System. Hast du Power, kommst du schneller in die Kurve hinein, kannst eher wieder beschleunigen und erreichst so auch schon mal ein Überholmanöver im dichten Stadtverkehr. Insbesondere bei Straßenbahnen und Linienbussen klappt so etwas deutlich besser als erwartet (oder befürchtet).

Dieser Zustand dauert - je nach Wahnsinn des Fahrers oder Aufnahmefähigkeit seines Gehirns - bis zu zwei Monaten an. Spätestens dann weiß man, wie der Hase läuft und beginnt, ebenfalls so zu fahren. Es ist eilig, zu Mutti zum Essen zu kommen? Bitte, tun Sie sich keinen Zwang an, Städte sind so ausgelegt, dass man auch 100 fahren kann. Zumindest kurzfristig.

In diesem Zustand macht das Autofahren richtig Spaß und man verflucht jede einzelne rote Ampel, jedes Tempolimit und jede Kreuzung, die nicht zum Kreisel ausgebaut wurde.

Und überhaupt: Kreisel sind toll. Man muss lange nicht so scharf abbremsen, wie an einer Ampel und wenn doch jemand vorfahrtsberechtigt ist, dann hofft man einfach darauf, rechtzeitig gesehen zu werden. In diesem Zustand des Fahrwahnes nutzt man auch wirklich jedes Fahrzeug, dessen man habhaft werden kann, um sich geschmeidig durch den dichten Feierabendverkehr zu bewegen. Auch Dienstfahrzeuge.

Gut, man sollte sich dabei nicht unbedingt erwischen lassen - jedenfalls nicht vom eigenen Vorgesetzten oder von Gästen, die sich mit den hiesigen Gepflogenheiten noch nicht so bekannt machen konnten. Die Gäste, die ich in diesem Fall meine, sollte ich so schnell nicht vergessen.

Gut, nicht die Gesichter und auch nicht die Namen, aber die Fahrt, die ich mit den Beiden hatte. Für einen Pulk von gut 12 Gästen standen zwei VW Transporter (mit Plane und Spriegel, aber immerhin Doppelkabinen) und ein Opel Omega zu Verfügung. Ich war der Fahrer eines Transporters und kannte mich noch nicht wirklich gut in der Stadt aus. Deswegen sollte ich als letztes Fahrzeug fahren, eine Position, die mir in diesem Falle ganz angenehm war, denn ich konnte rechtzeitig sehen, wohin das erste der drei Fahrzeuge abbog. Die fehlende Ortskenntnis machte ich aber durch sicheres Auftreten wieder wett, denn ich hatte die Gepflogenheiten des dortigen Verkehrs ziemlich schnell angenommen.

Unser kleiner Konvoi startete nun zum ersten Hotel der Gäste, die Straßen waren nach dem Ende des Feierabendverkehrs schon wieder ziemlich frei und es war in den Außenbezirken sehr angenehm zu fahren. Je näher wir aber der Innenstadt mit den Hotels kamen, desto voller wurde es auf den Straßen. Dazu kam noch eine grundsätzlich sehr passende Ampelschaltung: das Führungsfahrzeug schaffte es immer noch, bei grün durchzukommen, während das zweite Fahrzeug auf die mittlerweile gelbe Ampel zusteuerte - und durchzog. Für mich blieb da nur noch das Rotlicht übrig, aber ich war noch nicht ortskundig genug, um den Weg zum Hotel selbstständig zu finden und so zog ich auch durch.

Nachdem ich die erste Kreuzung bei Rotlicht überquert hatte, hörte ich von der hinteren Bank ein leises Hüsteln und Räuspern. Bei der zweiten Kreuzung, die ich quasi "im Sprung" nahm, wuchs das Hüsteln zu einem ausgewachsenen Hustenanfall an und ich begann, mir so langsam Sorgen um die Gesundheit meiner Fahrgäste zu machen. Beim dritten Rotlichtverstoß in weniger als drei Minuten ging der Hustenanfall in ein ersticktes Röcheln über und mein Fahrgast schnarrte von der hinteren Bank "Herr Hauptgefreiter, DIE Ampel war aber ganz sicher nicht mehr grün!"

Mit meiner Antwort hatte der Oberstleutnant auf der Rücksitzbank allerdings wohl nicht gerechnet, denn genau das bestätigte ich ihm. Aber damit nicht genug, meinte mein Fahrgast doch, ich möge doch in Zukunft (also ab sofort) an roten Ampeln anhalten, anstatt wild blinkend und hupend an einem Streifenwagen der Polizei vorbei über eine Kreuzung zu schießen. Ups. Immerhin, ich konnte das Grinsen der Polizisten noch aus 100 Metern Entfernung im Rückspiegel erkennen, während sie langsam abbogen, ohne sich um mich weiter zu kümmern.

Dann folgte ein kurzer Stopp, das erste Hotel war erreicht und die ersten Fahrgäste saßen von ihren Fahrzeugen ab. Meine blieben mir leider erhalten und mit ihnen blieb der Anschiss, der mir mittlerweile permanent von hinten um die Ohren wehte. Irgendwann hatte ich davon allerdings die Nase gestrichen voll und ich erklärte den beiden Herren Offizieren, dass ich keine Ahnung hätte, wo ihr Hotel sei und ich mich deswegen auf meinen Vordermann verlassen - und deswegen an ihm dranbleiben - müsste. Mein Angebot, ihren Weg ins Hotel zu Fuß mit ihren Koffern durch den mittlerweile einsetzenden Regen fortzusetzen, lehnten die Beiden aber dann auch ab und ab da hatte ich meine Ruhe.

Ich rechnete allerdings damit, noch am Abend zu meinem Vorgesetzten zitiert zu werden, um mir dort eine der Straßenverkehrsordnung angepasste Fahrweise vorschlagen zu lassen - aber es passierte nichts. Anscheinend haben sich die beiden Herren nicht getraut, sich über die Fahrweise oder meinen Kommentar dazu zu beschweren. Aber anscheinend sprach sich nach diesem Abend meine Art, auch mit schwierigeren Gästen umzugehen, so langsam herum, denn ich wurde ab diesem Tag immer häufiger als Fahrer in der Abteilung eingesetzt. Ein Job, um den ich nicht wirklich böse war, denn man bekam so einiges mit.

Unter anderem sollte ich den neuen Abteilungsleiter vom Flughafen abholen. Frisch aus dem Ministerium sollte er kommen, sehr zum Leidwesen unseres Abteilungs-Spießes. Ich machte mich also rechtzeitig mit frisch gewaschenem Auto auf den Weg nach Baden-Baden zum dortigen Flughafen. Zum Glück hat dieser nur ein einziges Terminal für alle abgehenden und ankommenden Flüge, so dass ich nicht allzu lange suchen musste, bis mir ein ziemlich entspannt wirkender Oberst entgegenkam und mich per Handschlag begrüßte. Offensichtlich war der Flurfunk deutlich schneller, als ich es erwartet hatte, denn der Oberst grinste ein wenig, als er das Namensschild an meiner Uniform las.

Genau so entspannt, wie es der Oberst war, rollten wir dann in Richtung Dienststelle und gerieten kaum, dass wir auf der Autobahn angekommen waren, in einen fürchterlichen Stau. So fürchterlich, dass der Oberst sich seiner Jacke entledigte und seine beiden Handys in die Türablage gleiten ließ.

Als wir in der Dienststelle ankamen, ließ sich er Oberst grob in den Lageplan der Kaserne einweisen und ich brachte ihn nach einem kurzen Fußweg vom Parkplatz ins Stabsgebäude zum noch-amtierenden Abteilungsleiter und organisierte mir einen Kaffee. Der Rest des Tages ging dann mit dem üblichen Papierkrieg vorüber, bis dann irgendwann am Nachmittag und lange nach dem eigentlichen Dienstschluss mein Handy klingelte. Am anderen Ende der Leitung war der noch-amtierende Abteilungsleiter und wollte wissen, ob ich denn noch im Büro wäre. Sekunden später stand ich sehr zur Erheiterung der beiden Obersten telefonierend in der Tür.

Ich gabelte nun also den zukünftigen Abteilungsleiter auf und brachte ihn ins Hotel. Mittlerweile hatte es angefangen, zu regnen und die Straßen verwandelten sich mehr oder weniger schnell in Flüsse und ich entschied, keinen Parkplatz in der Nähe des Hotels zu suchen, sondern kurz direkt vor dem Eingang - notfalls auch in zweiter Reihe - zu halten, den Oberst mitsamt Gepäck ins Hotel zu verfrachten und den Dienstwagen danach bis zum Morgen mitzunehmen. So weit hat auch alles geklappt, aber ich war kaum 100 Meter weit gefahren als es irgendwo im Auto klingelte. Ein kurzer Check ergab, dass es sich nicht um mein Telefon handelte, also ging die Suche nach dem Klingeln los. Unter dem Sitz, im Handschuhfach, auf der Rücksitzbank - aber nirgendwo war das mysteriöse Klingeln zu finden. Bis ich in die Türablage auf der Beifahrerseite schaute: dort klingelte und vibrierte munter eines von zwei Handys.

Ich griff beherzt zu und erkannte eine französische Festnetz-Telefonnummer auf dem Display. Am Telefon war – wie sollte es auch anders sein – mein zukünftiger Abteilungsleiter. Er meinte, dass er seine Handys wohl im Auto vergessen hatte – eine Vermutung, die ich auf Anhieb bestätigen konnte. Mehr Worte waren dann auch nicht mehr nötig, denn kurz darauf hatte ich meine Runde um das Gebäude vollendet und hielt wieder vor dem Hotel. Dort stand der Oberst auch schon im strömenden Regen direkt an der Straße und nahm freudestrahlend seine Telefone in Empfang.

So kam es, dass mir mein Abteilungsleiter schon ein Bier schuldete, noch bevor er überhaupt seinen Dienst angetreten hatte. Eine Schulde, die übrigens nicht von mir eingefordert wurde, aber mit Freude beglichen wurde.

Da ich immer öfter als Fahrer in der Abteilung eingesetzt wurde, bekam ich mehr Einweisungs- und Überprüfungsfahrten, so dass ich mehr Fahrzeugtypen führen durfte. Neben den für die Bundeswehr typischen VW Transporter und Opel Omega war ich auch bald Treiber und Fahrer von belgischen 9-Sitzern vom Typ Citroen Jumper, französischen Generalsautos vom Typ Renault Laguna und – als Krönung überhaupt – französischen Geländewagen vom Typ P4, einer abgespeckten Lizenzfertigung des Mercedes G-Modells mit Segeltuchtüren und deutlich weniger Komfort unterwegs.

Zum Glück wurde der P4 aber nur für Fahrten der Wache eingesetzt, denn diese Autos hatten neben dem absolut minimalen Komfort – nicht mal eine Servolenkung gab es – einen Fehler: sie fielen gern auseinander:
Nicht nur, dass die Segeltuchtüren bei schnellerer Fahrt gerne mal nach innen kamen, nein, auch beide Schalthebel waren nur eingesteckt. Aus diesem Grund hatte ich ebendiesen eines Tages beim Rangieren plötzlich und unabsichtlich abmontierte und in der Hand hielt. Später wurde dies zu einem Running Gag und jeder Beifahrer musste irgendwann einmal darunter leiden.

Da ich ja nun beinahe alle Fahrzeuge der Abteilung bewegen durfte, war nun auch keines davon mehr vor mir sicher. Nicht einmal der Wagen vom Chef.

Eigentlich war der Opel Omega einzig zur Verfügung des Abteilungsleiters gedacht und darüber pflegte der Abteilungsspieß mit Argusaugen zu wachen, aber trotzdem schaffte ich es immer wieder, genau dieses Dienstfahrzeug auch ohne den Chef zu bewegen.

Eines schönen Freitages, ich machte gerade Pläne für ein ruhiges Wochenende in Strasbourg, kam unser „Super-POC", der Spezialist für technische Probleme unserer Abteilungs-IT-Gruppe zu mir ins Büro. Am Ort der gerade stattfindenden Stabsrahmenübung waren alle Rechner ausgefallen und mussten nach einem Neustart des Netzwerkes noch einmal mit den notwendigen Dokumenten versorgt werden. Praktischerweise hatte der „Super-POC" die CD mit den notwendigen Dokumenten gleich mitgebracht, als er meinte, dass ich einer der wenigen Soldaten in der Abteilung wäre, die diese Daten einspielen könnten.

Dummerweise war ich zu dieser Zeit genau der Einzige außer dem „Super-POC", der das konnte und entsprechend war ich über den Auftrag nicht besonders begeistert. Dazu kam noch, dass die Dokumente dank eines unglaublich restriktiven Dateimanagement-Systems einzeln eingespielt werden, was bei einer ganzen CD-ROM voll Dateien nicht mal eben schnell zwischendurch erledigt sein würde. Übrigens sei an dieser Stelle noch einmal ein deutlicher Dank an Thales, die Firma, die das Dateimanagement-System entwickelt hatte, ausgesprochen. Fuck you very much, Gentlemen!

Nichtsdestotrotz sollte ich mich schon kurz darauf in Bewegung setzen, um den Systemen wieder zu ihrer vollen Leistungsfähigkeit zu verhelfen. Das einzige Problem dabei war, dass mich alleine die Fahrt mit

„meinem" Transporter über ungefähr 150 Kilometer Landstraße und quer durch den Elsass führen sollte. Abgelegene Militärflugplätze sind zwar für solche Stabsrahmenübungen ideal, aber auf Grund ihrer Abgelegenheit auch entsprechend schlecht zu erreichen.

Landschaftlich war das zwar eine durchaus eindrucksvolle Strecke, aber nur um „mal eben" eine CD einzulesen war mir eine geschätzte Fahrzeit von 2,5 Stunden mit dem Transporter einfach zu lang. Deswegen stiefelte ich kurzerhand in das Büro des Abteilungsleiters, schilderte ihm die Lage und bat um seinen Dienstwagen. Der Oberst erkannte natürlich den Ernst der Lage und hatte weder Einwände gegen die Nutzung noch andere Pläne, für deren Ausführung er den Omega unbedingt brauchte und so holte ich gerade die Papiere aus dem Vorzimmer ab, als der Abteilungs-Spieß um die Ecke bog.

Der erkannte natürlich sofort meine Absicht, die hochheiligen Papiere des noch höher heiligen Fahrzeuges mitzunehmen und holte gerade tief Luft, um mich entsprechend dieses beinahe höchsten Vergehens entsprechend anzumaulen. Zum Glück konnte ich noch in letzter Sekunde vor dem herannahenden Donnerwetter mit den Worten „Der Oberst hat's genehmigt" entfleuchen – woraufhin der Oberst ein „hab ich wirklich" aus seinem Büro hinterherschmetterte und nur ein konsterniert blickender Abteilungs-Spieß zurückblieb.

So konnte ich die Reise sehr entspannt im klimatisierten und ausreichend motorisierten Fahrzeug antreten und die Wache am Übungsort staunte nicht schlecht, als ich mit dem Omega durch das Tor rollte.

Leider waren die Daten wirklich so schlecht wie befürchtet einzugeben und es war bereits dunkel, als ich die Rückreise antrat. Zum Glück kam ich aber so gut durch, dass ich sogar noch den zu erledigenden Wochenend-Einkauf auf dem Rückweg machen konnte.

Ganz allgemein war ich – sowohl in meiner Sektion als auch in der gesamten Abteilung – als Spezialist für alle elektronischen Geräte bekannt. Gut, es könnte durchaus daran gelegen haben, dass ich bereits zu dieser Zeit meine E-Mails über Laptop und Handy gesendet und abgerufen habe, lange vor der Verbreitung von WLAN und Daten-Flatrates, einfach mit dem Handy als Modem und einer ganz banalen GSM-Einwahlverbindung. Schon komisch, dass sowas schon damals funktioniert hat – auch wenn es nicht ganz billig war.

Dieser Ruf sorgte allerdings auch manchmal für etwas seltsame Aufträge und Ausflüge, sogar nach Feierabend. So auch an diesem Tag, als mein Sektionsleiter, Oberstleutnant und Panzergrenadier und ziemlich bissig dazu, auf mich zu kam und fragte, ob ich nach Dienstschluss wohl Zeit für ihn hätte.

Da ich in solchen Fällen eher selten nein sage, fuhren wir noch am selben Nachmittag (und in Uniform) in den nächstgelegenen Elektronik-Fachmarkt, um einen Computer zu kaufen.

Nach einer kurzen Fragerunde stand relativ schnell fest, welches Modell es sein sollte und kurzerhand wurden Computer, Monitor, Drucker und passende Kabel dazu auf einen der Einkaufswagen verladen und in Richtung Kasse transportiert.

Die Wartezeit in der Kassenschlange nutzte ich natürlich, um mich auf die Suche nach einer neuen Tastatur zu begeben. Ein Laptop ist zwar eine feine Sache, aber zum Spielen ist die eingebaute Tastatur nicht wirklich optimal und leider hatte meine USB-Tastatur einige Tage vorher den Geist aufgegeben und war schon im Müll gelandet. Ich griff also nach einer günstigen und für meine Zwecke völlig ausreichenden Tastatur, aber plötzlich stand mein Sektionsleiter neben mir. Ehe ich mich versehen konnte, griff er ins Regal und zog einer der teuersten Modelle heraus. Lautstärkeregelung, Multimedia-Tasten und aller möglicher und unmöglicher Schnickschnack und ein Preis, der mir die Tränen in die Augen trieb. Kurzum: eine Tastatur, wie ich sie selber nicht gekauft hätte – und genau dieses Modell wollte der Mann mir nun aufschwatzen.

Ich versuchte schließlich, ihn mit meinem absoluten Totschlagargument „Ich hab da nicht genug Geld für dabei" ruhig zu stellen, doch dieses Mal hatte ich die Rechnung ohne den Wirt gemacht: er lud die Tastatur einfach mit auf seinen Wagen und zahlte einen Betrag deutlich jenseits der 50-Euro-Marke. Und das für etwas, was ihn nichts gekostet hätte, denn dieser Ausflug begann so langsam Spaß zu machen.

Besonders lustig wurde es, als wir versuchten, die Einkäufe in seinem Auto zu verstauen. Normalerweise ist das ja kein größeres Problem: Kofferraum auf, Kram rein, Kofferraum zu. Und wenn der Kofferraum vorzeitig voll ist, landet der Rest einfach auf der Rücksitzbank – die man bei den meisten Autos ja auch mittlerweile umlegen kann. Leider klingt das deutlich einfacher, als es am Ende war, denn das Auto, in das alles hineinpassen sollte, war ein BMW 3er Cabrio. Prinzipiell habe ich ja gar nichts gegen die Autos aus

Bayern, aber ein Raumwunder war dann doch etwas anderes.

So kam es dann auch, dass nicht nur die Rücksitzbank durch Computer und Drucker relativ belegt war, während ich mir den Beifahrersitz mit dem Monitor teilte, nein, auch der Kleinkram im Kofferraum hatte mehr als genug Platz. Komische Verteilung – aber es hat funktioniert.

Bei meinem Sektionsleiter zu Hause angekommen, ging es sogleich an den Aufbau und ans Verkabeln dieser wundervollen Konstruktion aus Plastik, Metall und Chips, malerisch untermalt durch fordernde Geräusche meines Verdauungstraktes. Als absehbar wurde, dass die Aufbau- und Installationsaktion doch etwas länger, als die geplante halbe Stunde dauern würde, hatte der Oberstleutnant ein Einsehen und rief den lokalen Pizzaservice an, der sogleich zwei riesige, belegte und überbackene Teigfladen an die Haustür brachte. Dazu öffnete mein Boss noch kurzfristig die eine oder andere Flasche Wein und auf einmal richtete sich der Computer trotz eines Betriebssystems aus dem allseits bekannten und verhassten Hause „Kleinstweich" beinahe von alleine ein.

Auf das Einrichten folgten dann noch die übliche Installation eines „Ich-kann-alles"-Büroprogramm-paketes und die obligatorische Einweisung in alles, was so mit dem Computer passieren könnte – inklusive des Hinterlassens von E-Mail-Adresse und Telefonnummer „für den Notfall". Irgendwann merkten wir beide ziemlich erstaunt, dass die Zeit doch schon überraschend weit fortgeschritten war und ich machte mich – leicht beduselt ob des nicht ganz so leichten Rotweines – auf den Heimweg. Zum Glück waren die

Straßen nicht nur ziemlich frei von Autos und Fußgängern, sondern auch von der Polizei.

Am nächsten Morgen stellten wir dann im Büro gemeinsam fest, dass nicht nur Computer ein recht zeitaufwändiges Hobby sind, sondern dass ein starker Kaffee einen Kater nicht so gut vertreibt, wie man hofft.

Die Geschichte mit dem Kaffee in dieser Einheit war alleine schon eine Geschichte für sich. Nicht nur, dass französische Militärköche nicht kochen können (dazu später mehr), nein, sie können nicht einmal Kaffee machen.
Damit meine ich nicht, dass sie keinen Kaffee kochen können, nein, sie können ihn einfach nicht herstellen. Fragen Sie einen Franzosen und er wird etwas völlig Gegenteiliges behaupten, da bin ich mir sicher – aber die einzigen Sorten, die in Strasbourg aufzutreiben waren, waren „Mild", Koffeinfrei" oder „Löffelfresser". Und verkaufen Sie einem Soldaten mal, dass er ab jetzt milden oder koffeinfreien Kaffee trinken muss.
Also wurde munter weiter die Sorte „Löffelfresser" gekauft und konsumiert – und zwar so lange, bis wir eines Tages feststellten, dass wir vergessen hatten, unsere Kaffeemaschine für die Übung einzupacken.
Bereits eine Stunde nach der Abfahrt – wir waren gerade so richtig in Fahrt gekommen und meine Beifahrer schlummerten sanft und selig vor sich hin – dämmerte in mir das Gefühl, irgendetwas wichtiges nicht bedacht zu haben. Trotzdem dauerte es noch lange, bis meine mittlerweile wieder erwachten Beifahrer und

ich darauf kamen. Ziemlich genau so lange, bis die Herren Offiziere nach dem ersten Kaffee fragten.

Allerdings wäre ich nicht Hauptgefreiter geworden, wenn ich nicht auch für dieses Problem eine passende Lösung bereit gehabt hätte, denn in der Nähe der Autobahnausfahrt zum Übungsplatz hatte ich das vertraute Leuchten eines Supermarkt-Schildes gesehen und so war ich kurz nach der Ankunft auf dem Übungsplatz auch schon wieder auf dem Weg.

Einen Wasserkocher hatte ich zwar eingepackt, aber aus einem unerklärlichen Grund waren auch die Kaffeebecher in der Dienststelle in meinem Büro zurückgeblieben. Da der im Supermarkt erhältliche Granulatkaffee aber eher an eingeschlafene Füße als an Kaffee erinnerte, brachte ich nicht nur einige einfache Becher und den Ersatzkaffee mit, sondern auch einen Thermobecher für mich (ich hasse kalte Heißgetränke, außerdem war er im Angebot) und eine kleine Auswahl an Teebeuteln mit zurück in unser mobiles Büro. Leider waren genau das die Artikel, die sich meine Offiziere als Erstes unter den Nagel rissen. Das merkte ich aber erst, als der Chef mit meinem Becher durch die Gegend rannte und sich am Tee erfreute.

Mein Protest brachte mich dann gleich wieder auf die Straße und so stand ich zwei Stunden später wieder im Supermarkt, um diesmal mehr Thermobecher und Tee für die ganze Sektion zu besorgen. Als ich wieder zurück war, wurden Becher und Tee sofort mit einer improvisierten außerfriesischen Teezeremonie eingeweiht.

Der Tee wurde darauf im ganzen Stab zu unserem Erkennungszeichen, denn immer wenn jemand fragte, hieß es „immer dem Teeduft nach".

Ganz egal, wie stressig es bei uns in der Sektion wurde, irgendwie war gerade durch solche Aktionen immer eine halbwegs positive Grundstimmung zu spüren. Gut, manchmal gab es auch die üblichen Donnerwetter, aber daran hatte man sich schnell gewöhnt.

Gewöhnt hatten sich die Offiziere dann auch irgendwann an meinen beinahe permanenten Verstoß gegen die Haar- und Bartverordnung.

Diese Dienstvorschrift besagte sinngemäß, dass das Haupthaar eine Länge von mindestens 2 Millimetern aufzuweisen hatte. Den Grund kann man sich sicherlich denken, denn „Glatzen" in Uniform waren doch eher selten gern gesehen.

Nun hatte mein Haupthaar aber die unschöne Eigenschaft, schnell weniger zu werden. Trotz meiner relativ jungen Jahre stieg die Stirn in die Höhe, das Knie am Hinterkopf kam durch und die Geheimratsecken wurden zu Geheimratsflächen. Da ich aber eine Halbglatze mit Haarkranz mit meinen gerade einmal 21 Jahren noch nicht tragen wollte und Frisuren wie VoKuHila bei mir noch nie gut ausgesehen haben, beschloss ich, dem Haareschneider meines Vertrauens einen Besuch abzustatten. Dabei sollte dann eine eher radikale Frisur entstehen.

Den Gefallen tat mir mein Bruder natürlich gerne, und so setzte im Hause meiner Eltern geschwind die Schermaschine an und brach nach knapp 5 Minuten beinahe vor Lachen zusammen. Unter anhaltendem Gekicher und mit den Worten „jetzt siehst du aus wie Papa" schickte er mich ins Wohnzimmer, wo meine Eltern nichtsahnend vor dem Fernseher saßen. Als ich den Raum betrat, schien die Zeit für einige Sekunden anzuhalten, und dann platzte es aus meinen Eltern heraus. Meine Mutter brach vor Lachen beinahe zusammen und mein Vater hätte sich setzen müssen – wenn er nicht schon auf dem Sofa gelegen hätte. Was war passiert? Ganz einfach: mein Bruder hatte nur die oberen Haare abgeschnitten, so dass nur ein Haarkranz ringsherum stehenblieb – was zu einer Frisur führte, wie sie mein Vater so lange ich mich zurückerinnern kann, getragen hat.

Nachdem sich die allgemeine Heiterkeit wieder gelegt hatte, konnte mein Bruder sein Kunstwerk vollenden und so stand ich zwar ohne Haupthaar aber dafür mit Kinnbart da.

Nicht einmal Minuten nachdem ich am folgenden Montag in meinem Büro angekommen war, stand mein Sektionsleiter vor mir in der Tür, und fragte, was mit meinen Haare passiert wäre und ob ich denn den Haar- und Barterlass in der Vorschrift Schlagmichtot kennen würde. Aha, es nahte also ein förmliches Donnerwetter – und dabei hatte die Woche noch nicht einmal begonnen.

In einer etwas vorschnellen Reaktion antwortete ich, dass mein Haupthaar sehr wohl noch eine Länge von mindestens 2 Millimetern hätte, allerdings würden auf dem Kopf selber nur noch so wenige Haare wachsen, dass ich ab sofort meinen Bart auf Grund der höheren Haaranzahl und größeren Bewuchsdichte als mein Haupthaar definieren würde.

Das Erstaunen, solch eine Antwort bekommen zu haben, war beinahe greifbar und ich rechnete schon fast damit, direkt zerkaut, ausgespuckt und entsorgt zu werden, aber es passierte gar nichts. Der Oberstleutnant dreht sich auf dem Absatz um und entschwand ohne ein weiteres Wort und wurde durch den Abteilungs-Spieß abgelöst. Dieser hatte anscheinend den kurzen, aber prägnanten Wortwechsel mitbekommen und grinste mich nur kurz an und verschwand dann mit den Worten „Mach mir hier die Offiziere nicht verrückt, Jung."

Ab diesem Moment schien meine Frisur geduldet zu sein, denn nach jedem Friseurbesuch bekam ich zwar den Haar- und Barterlass vorgehalten, konnte diesen aber jedes Mal mit der gleichen Antwort wie zuvor abschmettern.

Zollfrei

Einer der wirklich gravierenden Vorteile des Dienstes beim HQ Ganzwichtig war der Shop. Ein Shop, in dem es alles gab, was das Herz begehrte. Vom originalen Serranoschinken über alkoholische Getränke aller Art bis hin zu Rauchwaren und Leckereien aus aller Welt war eigentlich alles zu haben. Dazu auch noch zollfrei und ohne Steuerbanderole. Dieser Vorteil war einzig und allein der Tatsache geschuldet, dass wir als offiziell im Ausland gemeldete, deutsche Staatsbürger entsprechende Erstattungen hätten geltend machen können. Um uns dieses zu erleichtern, gab es für jedes Jahr eine Art Bezugskarte, auf der die eingekauften Sachen (Schnaps, Wein und Rauchwaren) abgestrichen wurden. Natürlich wurde nur für den Eigenbedarf eingekauft - also nur, was man selber verkonsumieren konnte, durfte auch mit über die Grenze in die Heimat genommen werden.

Als Nichtraucher hat man dabei natürlich einen entscheidenden Vorteil: man kauft so gut wie keine Zigaretten - was wiederum von den Rauchern in der Stube sehr geschätzt wird. So. Hat sich über die Zeit ein beinahe blühender Handel entwickelt. Gegenleistungen für die Rauchwaren waren - wie sollte es auch anders sein - Wachdienste.

Gleichzeitig haben sowohl mein Bruder als auch mein Vater dieses spitzgekriegt und haben quasi Bestellungen aufgegeben - Bourbon für Vati und Kippen und

Bacardi für meinen Bruder. So kam es, dass ich eines Tages nicht nur zwei Kisten zu je 6 Flaschen "Four Roses"-Bourbon, drei Flaschen Bacardi, eine 3-Liter-Flasche mit gleichem Inhalt und ungefähr 6 Stangen Zigaretten im Kofferraum hatte. Das ist natürlich jenseits jeglicher Freimenge und Eigenbedarf ist bei der Menge ebenfalls schon schwer zu rechtfertigen. Also suchte ich mir den kleinsten, abgelegensten Grenzübergang, der zu finden war - und kam prompt in eine Kontrolle. Schon von weitem waren sie zu sehen, die grünen Overalls des Zolls. Offensichtlich war ich allerdings nicht in eine gewöhnliche Kontrolle geraten, sondern in eine Ausbildungsstunde, denn eine Traube von ziemlich jungen Damen und Herren scharten sich um einige ältere Uniformierte. Ein Einheimischer, der gerade kontrolliert wurde, wurde schnellstens abgefertigt, als ich mit meinem Norddeutschen Kennzeichen auf den Grenzübergang zurollte, und schon sah ich die rote Kelle.

Alles Weitere verlief dann wie in einem Traum: in die zugewiesene Bucht einrollen, Motor aus, Hände aufs Lenkrad, Fenster auf der Fahrerseite herunterfahren - das kam quasi automatisch. Ich wurde freundlich von einer jungen Dame begrüßt, die mehr oder weniger Mühe hatte, über mein Auto hinwegzusehen. Sie bat um die Fahrerlaubnis und die Fahrzeugpapiere - die allerdings sicher im Kofferraum verstaut waren. Genau da, wo auch Alkohol und Rauchwaren in Mengen jenseits jeglicher Freimenge lagerten. Als ich ausstieg (natürlich nicht ohne die Dame darauf hinzuweisen, dass ich jetzt aussteigen würde), war das Grinsen der Ausbilder beinahe zu hören, denn die mich kontrollierende Dame ging mir nicht einmal bis zur Brust. Ich öffnete die Kofferraumklappe, griff quasi blind hinein und bekam meine Mappe mit den Papieren zu fassen und nach einem kurzen Blick auf die Unterlagen durfte ich meine Fahrt fortsetzen. Zum Glück hatte niemand einen näheren Blick in den Kofferraum geworfen und nachdem der vom Herzen gefallene Stein wieder aufgesammelt war, kam ich fröhlich pfeifend 6 Stunden später zu Hause an - wo ich schon sehnsuchtsvoll erwartet wurde.

Und wieder mal 'ne Übung

"Lieber nen Hintern voll Reißzwecken als eine Übung in Wildflecken", so lautet eine alte Weisheit dieser Dienststelle. Doch genau dort sollte es hingehen. Wildflecken, beschaulich irgendwo im Nirgendwo der Rhön - um genau zu sein in der Nähe von Hammelburg gelegen - beinhaltet neben einigen Einwohnern, vermutlich mehreren Supermärkten und was sonst noch zu einem durchschnittlichen Dorf gehört, auch eine Kaserne. Naja, nicht nur irgendeine, nein, DIE Kaserne. das Gefechtsübungszentrum (GÜZ) der Bundeswehr. Im Grunde genommen ist das GÜZ ein gigantischer Sandkasten, speziell für Stabsübungen ausgelegt. So nebenbei liegt um die Kaserne herum noch ein Übungsplatz - so groß, dass sogar Panzer und Artillerie hier mit scharfer Munition üben können - aber das ist in diesem Fall eher nebensächlich.

Für uns sollte es hauptsächlich um eine Stabsübungen gehen. Die beide Gefechtsstände (Main[37] und Rear[38]) wurden an vorher festgelegten Orten aufgebaut und ich freute mich schon auf endlose Nachtschichten. Bis zu der Minute, an der einer "meiner" Oberstleutnants auf mich zugeschossen kam und meinte "Los, lass uns fahren. Wir gehen erkunden! Wir suchen nen Platz für Tac."[39] Erkunden fand ich damals toll: ziel- und planlos in der Gegend herumgurken, schlau schauen und

---

[37] CP Main - der Hauptgefechtsstand
[38] CP Rear - der rückwärtige Gefechtsstand
[39] CP Tactical, - taktischer (beweglicher) Gefechtsstand

bloß keine Fragen von Außenstehenden beantworten. Nur diesmal meinte es der Oberstleutnant wirklich ernst. Gesucht war ein Platz für den taktischen Gefechtsstand, unser Sahnebonbon unter den Gefechtsständen. Auf etwas über 20 LKWs verladen, bestand der taktische Gefechtsstand aus 40 Bürocontainern in unterschiedlicher Ausführung - so ausgelegt, dass immer 3 oder 4 von ihnen ein großes Büro ergaben. Die Container waren fest auf Pritschen verlascht, mit denen sie von den LKW, einem Baucontainer nicht unähnlich, abgesetzt werden konnten. Zusammen mit einer Baukolonne aus um die 25 Französischen Soldaten (die die Trucks auch gefahren haben) konnte dieses Konstrukt in etwa einer Stunde stehen und in insgesamt gut 2 Stunden in Betrieb gehen. Inklusive Strom, Computern, Kaffeemaschine und Tarnnetzen. Mit diesen Gedanken im Hinterkopf fuhren Wir nun also durch die Pampa der Rhön, bis wir an eine wundervolle Stelle kamen. Einstmals hatte auf einem etwa 30 x 50 Meter großem Areal ein Munitionslager gestanden, der Boden war also bestens vorbereitet. Eine ebene Splittfläche empfing uns. Perfekt. Beinahe jedenfalls.

Der entscheidende Anruf wurde getätigt, unsere Kolonne rollte - eindrucksvoll Staub aufwirbelnd - an und die ersten Container wurden geparkt. Dann nahmen die LKW sie an den Haken, und rollten die einzelnen Container dorthin, wo sie später gebraucht wurden. Die letzten Zentimeter wurden sie dann in Handarbeit mit entsprechenden Montiereisen und Brechstangen bewegt. Feinarbeit quasi. Nachdem also die erste Kombination aus 4 Containern stand, ausgerichtet und verbunden war, entschieden die Monteure, eine kleine Zigarettenpause einzulegen. Für uns gar kein Problem, langsam entstand um uns herum großes Geschnatter - und plötzlich brannte der Boden. Zischende, leuchtende und stark rauchende Flammen schossen aus dem Splittbelag. Mehrere Füße und zwei Schaufeln waren nötig, um den Brand wieder zu löschen und großes Palaver erhob sich. Wie konnte das denn passieren? Kurz darauf kam uns (so ziemlich gleichzeitig) der Gedanke "Munitionslager - Munition - Pulver" und Sekunden später wurde einer der Soldaten ziemlich kleingefaltet - er wollte sich gerade eine Kippe anzünden. So viel zum Thema Lernen. Als nächster Gedanke kam dann die Frage auf, wie wir dieses Schlamassel beseitigen. Ein Stellungswechsel kam aus Zeitgründen nicht in Frage, schließlich müsste dazu wieder ein entsprechender Platz erkundet werden. Also griffen wir zu unseren Handys und fingen an, herumzutelefonieren. So lange, bis jemand daran dachte, dass wir eine Pioniereinheit quasi "an der langen Hand" haben. Ab da dauerte es nur noch eine gute Stunde, bis ein LKW mit Mulde, Anhänger und Bagger auftauchte, und den ganzen Platz ungefähr 5 cm tief auskofferte. Von da an war der Aufbau ein Kinderspiel und relativ schnell geschafft.

Damit konnte der reguläre Übungsbetrieb anlaufen. Ich war ursprünglich für die ersten 4 Tage bei Tac eingeteilt und sollte danach in Main die Nachtschicht übernehmen. Prinzipiell sollte ich beim Schichtwechsel 3 Freischichten haben, also 36 Stunden dienstfrei. Leider hat das nicht so ganz geklappt. Einer unserer Leute ist unglücklicherweise kurzfristig krank geworden und es dauerte etwas, einen passenden Ersatz zu finden. Ungefähr 3 Tage. Gar kein Problem, Doppel-

schichten möchte ich schon immer. Daher habe ich quasi im Vorbeigehen meinen persönlichen Rekord im Dauerwachsein auf gut 80 Stunden hochschrauben können. Das muss erst mal einer nachmachen...
Trotzdem hatten wir eine relativ lustige Zeit in Wildflecken. Hier wurde ich zum Beispiel meiner ersten und einzigen Fahrzeugkontrolle der Militärpolizei unterzogen. Einer meiner Beifahrer, ein belgischer Major, ehemals MP, wurde von seinen ehemaligen Kollegen erkannt und die günstige Gelegenheit genutzt. Offiziell wurde ich angehalten, weil mein Rücklicht nicht zu erkennen gewesen sein soll. Kein Wunder, verbarg es sich doch unter einer satten Schicht aus Staub und Schlamm. Bullys sind ja schließlich geländegängig - und dürfen deshalb so aussehen.

An einem anderen Morgen, ich war gerade "dienstlich" im CP Main (also zum Kaffee trinken und palavern), jaulte plötzlich eine Sirene. Vor dem Gefechtsstand stand ein grinsender Soldat mit einer handbetriebenen (Kurbel-) Sirene und kurbelte um sein Leben. Luftangriff. Der zur Sicherung abgestellte Luchs[40] kurbelte seine 20mm-Bordkanone hoch und schlagartig wurde es laut. Ich war ungefähr 10 Meter vom Luchs entfernt, als die Raubkatze ihre Krallen ausfuhr. Also Hackengas und ab in den Bunker. Drinnen wurde erst einmal kurz die Vollzähligkeit überprüft, nicht dass noch jemand im Luftangriff abhandengekommen ist. Leider fehlte einer: unser aller Boss, der G3 himself - Oberst i. G. Meierschmidt. Wir fanden ihn allerdings bei der Entwarnung grinsend und rauchend vor dem Bunker stehend - Barett auf dem

---

[40] Spähpanzer, vierachsiger Radpanzer der Bundeswehr

Kopf, Helm in der einen Hand und Koppeltragegestell lässig über die Schulter geworfen. Irgendwie hatte der Gute keine Lust auf Alarm. Das kann ich es ihm allerdings nicht verdenken, er sollte wenige Tage später seinen neuen Posten als Schulkommandeur in einer der Bundeswehrschulen antreten.

Spaß hatten wir auch schon bei den Vorbereitungen in Strasbourg. Mein Bully sollte das Führungs- und Verbindungsfahrzeug des CP Tac sein, also wurde alles, was wir dort an Kram benötigen, eingeladen. Unter anderem mehrere Kisten, die wir dank der tatkräftigen Unterstützung unserer Fachleute aus dem 3. Stock abgeseilt haben. Zum Glück war der Wagen die Pritschenausführung mit Doppelkabine, denn insgesamt hatten wir so viel Zeug, dass ein 9-Sitzer leicht überfüllt gewesen wäre. Gut, das war die Pritsche am Ende auch, aber immerhin ist es nicht so aufgefallen. Aufgefallen ist nur, dass der vollbeladene Bully in der Ebene gerade einmal 130 Sachen lief, auf der Autobahn bergab und ausgekuppelt aber locker 150 schaffte. Sehr zum Entsetzen meiner Mitfahrer, einem Major und einem Oberstleutnant.

Trotzdem war der Bully ziemlich zuverlässig - egal ob es um das erklimmen einer 20-cm-Stufe (rückwärts und ganz vorsichtig geht so was), fahren ohne Öldeckel (war beim Nachfüllen verlorengegangen und statt dem Deckel hielten Papierhandtücher das Öl drinnen, bis ich einen Ersatz hatte) oder ob es ums Fahren im mittleren Gelände ging. Nichts ist unmöglich...Aber auch sonst war ich mitsamt meinem Bully sehr beliebt. Besonders, wenn es darum ging, dass die Herren Offiziere abends etwas unternehmen wollten.

Während der Übung war mit deutlichem Nachdruck eine Ausgangssperre verhängt worden, aber trotzdem war ich mehr als einmal unterwegs. Unter anderem mit meinen direkten Abteilungsangehörigen. Allesamt Offiziere, mindestens Major, die meisten sogar Oberstleutnant. So klingelte gelegentlich abends mein Handy - angezeigt wurde die Telefonnummer meines Bereichsleiters. Er fragte, ob ich denn noch den Wagen hätte und wo ich denn gerade wäre. Noch bevor er den Satz "Könnten sie denn..." zu Ende gebracht hatte, war ich schon auf dem Weg zur Offiziersunterkunft. Dort saßen sie, entspannt bei ein bis drei Flaschen Rotwein und grinsten mich an. Kurzerhand stopfte ich sie in mein grünes Taxi und mit den Worten "Dahin, wo wir gestern waren" wurde ich in Marsch gesetzt. Dummerweise waren die Herren am vorigen Tage von Fahrern des GÜZ gebracht worden, so dass ich keinen Schimmer hatte, wo sie hinwollten. Naja, kein Problem, sie wussten ja wo sie hinwollten und kurz darauf war die Lokalität der Wahl erreicht. Stilecht ließ ich sie - gegen die Fahrrichtung am Fahrbahnrand haltend - aussteigen und verabschiedete mich mit den Worten "rufen sie bitte eben an, dann hole ich sie wieder ab" und freute mich auf einen freien Abend in der Rhön. Wie es dann allerdings typisch ist, hieß es "Ne ne, parken se mal schön und kommen dann mit rein" und so verflüchtigte sich der freie Abend ziemlich schnell wieder. Aber gut, gesagt, getan, der Wagen wurde unauffällig im Hinterhof des Gasthofes abgestellt und ich peilte genau so unauffällig einen freien Tisch in der Nähe der Tür an, als ich auch schon mit großem Hallo zu meinen Offizieren gewunken wurde. Na gut, wenn die es so wollen, Benehmen kann ich mich ja schließlich. Leider war die

Speisekarte zwar sehr interessant zu lesen, aber die Preise lagen doch deutlich über dem, was ich für ein Essen normalerweise ausgeben würde. Diese Problematik versuchte ich dann unauffällig meinem Bereichsleiter, der zum Glück neben mir saß, zu erklären. Außerdem hatte ich schon gegessen und mein Appetit er zwar vorhanden, aber nicht riesig. Aber alle Einwände wurden kurzerhand abgewiegelt und so wurde ich mit den Worten "Mach dir man keinen Kopp, du bist eh eingeladen heute Abend" zum Essen zwangsverpflichtet. Nicht gerade unangenehm, irgendwie hätte ich mich daran gewöhnen können...

So wurde ich ganz nebenbei zum Mitverschwörer, denn nicht einmal der Rest der Abteilung durfte von diesen Ausflügen wissen. Naja, einmal durften sie es - beim offiziellen Abschlussessen. Eingeladen hatten die Übungsleiter, Offiziere des GÜZ[41]. Sie wurden mit zwei "Wölfen" mitsamt Fahrern zur ausgewählten Lokalität, einer Art Almhütte irgendwo im Nirgendwo gebracht. Unsere Abteilung quetschte sich bei mir in die Doppelkabine und ich folgte den Wölfen. Als wir an der Hütte ankamen, wurden die Wolftreiber direkt wieder zur Kaserne zurückgeschickt, sie würden zu einer vereinbarten Zeit wieder auftauchen. Ich war schon auf dem Weg zum Bully, als ich zurückgerufen wurde. Wieder einmal sollte ich dortbleiben und wurde zum Essen eingeladen. Zwar waren die einladenden GÜZ-Offiziere etwas überrascht - schließlich war ich ja "nur" ein Hauptgefreiter, aber man nahm es hin. Insgesamt wurde es ein ziemlich lustiger Abend und für die restlichen Tage wurde ich mit ausgesuchter

---

[41] Gefechts-Übungs-Zentrum, Bezeichnung der Dienststelle

Höflichkeit behandelt. Ich weiß nicht, was die über mich erzählt haben, als ich grade nicht zugehört habe, aber es muss interessant gewesen sein. Trotz der eigentlich restriktiven Ausgangssperre kam ich so immer mal wieder aus der Kaserne heraus und hatte sogar eine einigermaßen lustige Zeit. Lustig war es allerdings auch gelegentlich in der Kaserne, denn ich erinnere mich schwach daran, einmal eine gesamte Kantine in Schweigen gehüllt zu haben. Gut, nicht alleine - das wäre wohl auch nicht so möglich gewesen - aber ich hatte tatkräftige Unterstützung durch Oberstleutnant P. Wie mein Sektionsleiter war P. ein ehemaliger Panzergrenadier und hatte ein entsprechend kerniges Auftreten. Damit kam ich eigentlich immer mehr als gut klar und es gab eigentlich nie Probleme. Sicher, er war kein einfacher Zeitgenosse - und ich bin es auch heute immer noch nicht - aber gelegentliche Reibereien wurden meistens beim Kaffee (oder Tee) mit einem Grinsen abgehandelt und aufgearbeitet. Nur eine Situation blieb geflissentlich unter uns:

Ich hatte gerade Essentaxi gespielt und meine Offiziere in die Kantine gebracht und war dabei, mir selber eine Portion vom Mittagessen geben zu lassen. Direkt neben mir (also in der Schlange hinter mir) stand P. und wir nahmen quasi zeitgleich einen Teller mit undefinierbarem fleischähnlichem Gebilde, Soße und Nudeln in Empfang. Als ich den Teller anhob, bewegte sich das - sagen wir sehr durchwachsene - Fleisch und hörte dank hohem Fettanteil auch nicht so schnell wieder auf. Ich kommentierte dieses grinsend mit einem "gibt's das auch mit Fleisch?", was unser Küchenbulle mit ebensolchem Grinsen verneinte. Gerade wollte ich mich zum Nachtisch umdrehen, da hörte ich eine bekannte Stimme murmeln, dass die Menschen in Afrika nicht mal über ausreichend Essen für ihre Kinder verfügten. Leider rutschte mir in diesem Moment heraus, dass wir ja nicht in Afrika seien, gefolgt vom typischen "Ohne Mampf kein Kampf, Herr Oberstleutnant." Gut, den Satz hätte ich mir besser gespart, denn quasi aus einem Reflex heraus hatte ich mir einen Klaps gehen den Hinterkopf gefangen und schlagartig war die gesamte Kantine so still, dass man eine Stecknadel hätte fallen hören können.

Zu meinem großen Erstaunen grinste ich ihn an, und setzte mich an einen freien Tisch - und langsam kehrte das übliche Gemurmel zurück. Nur das Thema war leicht geändert, meistens hörte man. "Hast du das gesehen?" P. setzte sich mir gegenüber, und das Gemurmel wurde etwas lauter - schließlich essen Mannschaften und Stabsoffiziere selten zusammen. Allerdings kannte uns hier kaum einer - und niemand wusste, was wir die vorigen Abende unternommen hatten. Schließlich holte P. tief Luft und brachte eine Entschuldigung hervor, er hätte einfach überreagiert. Gut, das hatte ich gemerkt - aber irgendwie hatte ich das auch verdient, was ich ihm auch so sagte.

Ich weiß nicht, wie viele der Anwesenden damit gerechnet haben, dass dieser Moment noch ein Nachspiel haben würde - aber es werden nicht wenige gewesen sein.

Wachen lachen

Auch in Frankreich war ich vor lästigen Wachdiensten nicht sicher. Ungefähr einmal im Monat erwischte es auch mich - normalerweise in der Woche. Von den drei Liegenschaften, die wir zu bewachen hatte, habe ich eigentlich immer nur die Arbeitskaserne bewacht und bestreift. Die eine Wache, die ich in der Wohnkaserne leisten sollte, fiel durch einen der Unfälle meinerseits aus. Trotzdem hatte ich immer wieder meinen Spaß, denn die Wachen in Frankreich waren immer etwas Besonderes. Dadurch, dass unsere Kasernen mitten in sogenannten Brennpunktvierteln lagen, wurde es niemals langweilig. Mal wurden wir beschossen, mal brannten Müllcontainer und einmal sogar eine Straßenlaterne. Diese aber nur sehr kurz und sehr, sehr hell. Der Grund dafür: das Wetter.

Stellen wir uns einen Sommertag im Rheintal vor. Im Osten lauert der Schwarzwald, im Westen der Elsass. Mittendrin fließt der Rhein träge vor sich hin und von oben ballert die Sonne munter vor sich hin. Dabei steigen naturgemäß die Temperaturen bis auf ein unerträgliches Maß. Die höchste Temperatur, die ich jemals dort auf einem Thermometer an einer Apotheke ablesen konnte, waren sagenhafte 48 Grad. Nachmittags um 5. Im Schatten. Ächz. Solch extreme Temperaturen bringen ja für gewöhnlich nicht minder extreme Wetterverhältnisse mit sich. So kam es, dass es gegen Abend, ich hatte gerade meine Streife begonnen, anfing zu Gewittern. Jedenfalls glaubte ich das, aber ich sollte mich irren. Wir lagen bereits mittendrin in einem der schwersten Unwetter, die ich jemals miterlebt habe. Gleich der Eröffnungsschlag zuckte in einen Blitzableiter am anderen Ende der Kaserne ein. Der kurz darauf folgende schlug dann in die Straßenlaterne ein, die sich keine 10 Meter vor mir befand. Es wurde hell, es wurde laut und am Ende konnte ich weder sehen noch hören, was um mich umzu passiert war. Was ich noch konnte, war die Erschütterung im Boden spüren, als das Glas der Laterne herunterkam und vor mir auf den Boden schlug. Als ich ins Wachlokal zurückkehrte, war sowohl die Schicht als auch der Rest der Wache für mich gelaufen, erst am nächsten Morgen konnte ich wieder vernünftig hören.

Ganz besonders lästig waren die Wachen an den Feiertagen, insbesondere an Weihnachten und an Silvester. Zum Glück hat es mich in der Zeit nur jeweils einmal erwischt - das dafür in einem Jahr. Naja Feiertagswache ist übertrieben, die Erste hatte ich am 23. Dezember, eigentlich ein ganz normaler Wachdienst. Wir begannen morgens um 7 und gegen Mittag war die Kaserne wie ausgestorben. Die meisten waren schon seit einigen Tagen in Urlaub und zu ihren Familien unterwegs. Nur unser kleiner Haufen hielt die Stellung. Zur Feier des Tages gab es dann auch besonderes essen, nicht die üblichen Fertiggerichte zum Aufwärmen (wobei die Lasagne da noch nicht mal schlecht war), sondern frisches Essen, Schnitten mit Fisch und Fleisch und sogar Wein zum Essen (das war einer der Vorteile der französischen Armee). Ansonsten verlief diese Wache ziemlich ereignislos, so dass ich am 24.12. gleich früh gen Heimat fahren konnte. Es hatte geschneit, der Bereich um die Kaserne herum sah aus, wie aus einem Märchenbuch. Die Straße war komplett spurenfrei und es roch nach mehr Schnee. Unser Fahrer schälte sich in seinen Kälteschutz, um Frühstück aus der anderen Liegenschaft zu holen und am klaren Himmel zeichnete sich sehr, sehr langsam ein Sonnenaufgang ab. Nach dem Frühstück trudelte dann auch so langsam die Ablösung ein. Das, was sonst immer ein förmlicher Akt ist, war dieses Mal eher ein freundschaftliches Abklatschen. Wir bedauerten die Kameraden, die ohne ihre Familien den Heiligen Abend in der Kaserne verbringen mussten, aber gleichzeitig waren wir froh, mit unseren Familien zusammen sein zu können.

Ich machte mich auf den Weg zum Auto und fuhr in die andere Kaserne, wo meine Stube lag. Die Sachen für die Feiertage waren schon eingeladen, aber ich wollte nur zur Sicherheit noch wenigstens einige Stunden schlafen. Der Flur war menschenleer und ich merkte, wie sehr mir die Kälte in die Knochen kroch. Vier Stunden später wachte ich auf. Es schneite, dicke Flocken fielen beinahe langsam vom Himmel und obwohl die Kaserne mitten in der Stadt lag, kam der Winterdienst nicht einmal ansatzweise gegen die Schneemassen an. Das würde eine sehr lange Fahrt werden. Als ich durch das Tor rollte, waren kaum noch Autos unterwegs und erst als ich wieder in Deutschland auf der Autobahn war, wurde es ein wenig lebhafter.

Erst ließ es sich gut fahren, die Straße war gestreut und schneefrei. Einige Großeltern auf dem Weg zu ihren Familien erkannte man schon am Fahrstil: sie fuhren extrem vorsichtig, hielten aber die Überholspur recht frei, so dass ich zügig vorankam. Bis Frankfurt. Dort, wo die A5 vier Spuren pro Fahrtrichtung hat, ging nämlich gar nichts mehr. Schritttempo, geschlossene Schneedecke auf der Autobahn und eine Sichtweite von deutlich unter 50 Metern im Schneetreiben legten den Verkehr lahm. Da ich sowieso nichts machen konnte außer abzuwarten, suchte ich mir den nächsten Autohof, trank einen Kaffee und wartete ab. Eine gute Stunde und mehrere Telefonate später ging es dann weiter, die Sicht war ein wenig aufgeklart und beinahe mitleidige Blicke folgten mir, als ich mich auf den Weg machte. Ein norddeutsches Autokennzeichen und die Uniform lassen halt in solchen Momenten wenig Spielraum. Jeder wusste, dass ich da raus musste – und wie lange ich noch unterwegs sein würde.

Im dichten Verkehr ging es dann die A5 nach Norden. In den Verkehrsnachrichten war immer wieder von Unfällen und Schneewehen auf den Talbrücken der A45 zu hören, so dass ich mich entschied, über Kassel weiterzufahren. Dort geht es zwar auch durch die Berge, aber es gibt nicht so viele Brücken, die bei starkem Wind und heftigem Schneetreiben schnell zu Unfallschwerpunkten werden können. Mittlerweile dämmerte es auch schon wieder, und ich hatte gerade einmal die Hälfte meine Fahrstrecke zurückgelegt, aber hier aufzugeben kam nicht in Betracht. Ich wollte nach Hause, egal, wie viel Schnee mir entgegenfiel. Kurz nach einer erneuten Kaffeepause (in der mir jemand einen Schneemann aufs Autodach gestellt hatte), kam ich wieder mal in einen Stau. Es war immer noch stark am Schneien, die Winterdienste kamen kaum gegen das Wetter an und immer wieder gab es Teilsperrungen wegen verunglückter LKWs. Oft hatten diese auch noch andere Fahrzeuge mitgenommen, aber an den abgesicherten Unfallstellen kam man in der Regel gut vorbei. Nur nicht dieses Mal: Vollsperrung wegen einer geschlossenen Eisdecke auf der Autobahn. Irgendwo im Harz musste es einen so extremen Temperatursturz gegeben haben, dass das Wasser-Salz-Matsch-Gemisch auf der Autobahn gefroren war. Also gab es nur einen Weg: runter von der Bahn. Inzwischen war es schon wieder stockfinster und die unbeleuchteten Landstraßen waren im Schneetreiben nur schwer zu erkennen. Da ich nicht unbedingt der Autobahn folgen musste, hatte ich mich entschlossen, mich querfeldein in Richtung Heimat durchzuschlagen, also über Land vom Harz aus weiterzufahren. Ohne Navigationsgerät, ohne Smartphone, dafür nur mit einem zwei Jahre alten Straßenatlas. Überraschenderweise klappte das ziemlich gut, es war wenig los und die Landstraßen waren nicht gestreut, sondern die Fahrbahn bestand aus durch Autos plattgefahrenen Schnee. So konnte ich zwar die Fahrbahnmarkierungen nicht erkennen, aber Ampeln und Hinweisschilder waren gut erkennbar. Außerdem war nun schon wieder so wenig los, dass ich mir nicht wirklich Sorgen über schleudernden Gegenverkehr machen musste.

So langsam näherte ich mich ich heimatlichen Gefilden. Es war beinahe 21 Uhr und ich wusste, dass meine Familie jetzt satt und zufrieden im Wohnzimmer sitzen würde. Ich wusste auch, dass sie sich Sorgen machen würde, obwohl ich sie über meine Verspätung auf dem Laufenden gehalten hatte. Vielleicht konnte ich es so noch bis zur 23-Uhr-Messe in der Kirche schaffen. An einer Tankstelle irgendwo im Nirgendwo hielt ich an. Wundersamerweise war hier noch geöffnet, und ich nutzte die Gelegenheit, meine verschwitzte Flecktarn-Uniform gegen den Dienstanzug zu tauschen. Sollte ich es tatsächlich noch rechtzeitig in die Kirche schaffen, so wäre das der passendere Anzug, denn meine zivilen Klamotten waren weder präsentabel noch dem Anlass entsprechend gewesen – und sowieso irgendwo im Kofferraum verstaut. Die Blicke der kaffeetrinkenden LKW-Kutscher folgten mir, als ich nun umgezogen noch eine Ladung Schokoriegel und Traubenzucker kaufte und einer rief mir im Hinausgehen hinterher "Fahr vorsichtig!"

Die letzten 45 Kilometer verliefen wie im Flug. Die Straße war zwar immer noch zugeschneit, aber ich kannte mich schon gut genug aus, um nicht mehr nach Hinweisschildern fahren zu müssen und ich schaffte es tatsächlich, um 5 Minuten vor 23 Uhr meinen Wagen hinter der Kirche zu parken. Als ich am Eingang angekommen war, war schon das Orgelspiel im Gange und es war kurz vor der Begrüßung durch den Pastor. Ich öffnete die Tür, ging durch den Vorraum und gerade als der Pastor Luft holte, um die ersten Worte zu sprechen, stand ich da. In Uniform, mit Schlips und Kragen, Mantel über dem Arm und das Barett in der Hand. Abgekämpft und Müde, aber glücklich, beinahe zu Hause zu sein.

Ich weiß nicht, was in dem Moment in den Köpfen der Gemeinde vorging, aber nach einigen Sekunden Ruhe ging ein Raunen durch die Reihen und schnell wurde ein Platz in der vollbesetzten Kirche freigemacht. Von allen Seiten war ein "schön, dass du da bist" zu vernehmen, selbst von völlig fremden Menschen wurde ich begrüßt und ich wusste, ich bin zu

Hause. Sogar der Pastor richtete einen kurzen Gruß an mich, stellvertretend für alle Kameraden, die nicht an dieser Messe teilnehmen konnten.

Immerhin, jetzt hatte ich einige Tage Ruhe und Entspannung vor mir, bis mich der nächste Dienst an Silvester wieder in die Kaserne führen sollte.

Pünktlich um 7 traf ich ein (der Hinweg war auch zur Abwechslung mal Ereignislos verlaufen). Mit von der Partie waren die üblichen Verdächtigen und wir alle hatten für diesen Abend ein bisschen Knallerkram eingepackt. Keine Böller und Raketen, sondern "richtigen" Knallkram: unsere Schreckschusspistolen - etwas, was sich später noch als immenser Vorteil herausstellen sollten. Die Wache verlief auch beinahe Ereignislos, der Kommandeur war kurz da und hat uns gedankt und eine Kiste Sekt spendiert, der Standortpastor hat Kalender und kleinere Geschenke vorbeigebracht und wieder gab es halbwegs vernünftiges Essen. Doch dann passierte es: Gegen 2 Uhr, wir bewunderten immer noch das seit mehrere Stunden andauernde Feuerwerk um uns herum, bogen plötzlich zwei Autos auf die Zufahrtstrasse zur Kaserne ein. Gut, noch mehr Besuch erwarteten wir nicht, aber trotzdem war das noch kein Grund zur Sorge, denn gelegentlich kamen Vorgesetzte aus den einzelnen Abteilungen vorbei oder Frauen brachten ihren diensttuenden Männern auch schon mal Essen, Socken zum Wechseln oder ähnliches vorbei. Die beiden Autos hielten vor dem Kasernentor an und aus jedem stiegen zwei Männer aus. Allerdings sahen diese nicht ansatzweise aus, als wenn sie es freundlich mit uns meinen. Gestützt wurde dieser Gedanke durch die Benzinkanister, die sie jetzt aus dem Kofferraum holten und über den vorderen Wagen kippten. Unser Wach-habender sah sich das eine Zeit lang an und plötzlich brannte das vordere Auto. Einer der Brandstifter stieg ins hintere Auto ein um es einige Meter zurückzufah-ren und die anderen standen neben dem brennenden Auto. Offensichtlich überlegte man, was man als nächstes zu tun gedachte.

In der Zwischenzeit hatten wir sowohl Feuerwehr als auch Polizei benachrichtigt, doch die Reaktionen fie-len ziemlich ernüchternd aus: die Feuerwehr wollte nur ausrücken, wenn der Einsatzort durch die Polizei gesichert wäre und die Polizei wollte nicht zum Brand ausrücken, da dafür ja die Feuerwehr zuständig sei. Ganz großes Kino, meine Herren! So langsam wurde es recht warm am Tor und die umstehenden Männer (ergänzt durch inzwischen hinzugekommene Schau-lustige) begannen, uns Beleidigungen und Steine zu-zuwerfen, so dass wir langsam aber sicher etwas ge-gen die wachsende Menschenansammlung unterneh-men mussten. Als wir eigentlich schon darauf einge-stellt waren, die scharfen Waffen mit nach draußen zu nehmen, kam dem wachhabenden eine Idee und er fragte, ob wir denn auch alle unsere "Ballermänner" dabei hätten - und jeder zauberte aus seiner Tasche, Rucksack oder Jacke eine entsprechende Knallpistole mitsamt ausreichend Munition, Signalraketen und ähnlichem hervor. Nur Minuten später hatten wir bei-nahe wie aus dem Lehrbuch Stellung am Tor bezogen und auf Kommando flogen die ersten Leuchtkugeln knapp über die Köpfe der immer noch schimpfenden Menschen hinweg. Die Menge an auf uns zufliegen-den Steinen ließ schlagartig nach und schnell hatten die ersten Beschimpfer keine größere Lust mehr, uns zu beschimpfen. Leider hatte der harte Kern der Belagerer auch entsprechende Spielzeuge dabei, allerdings konnten sie durch den konzentrierten Einsatz unserer Signale davon überzeugt werden, dass es eine eher schlechte Idee wäre, diese gegen uns einzusetzen. Zielsicherer sind wir allemal.

Da platzt mir gleich die Hose

Manchmal gibt es ja Tage, die kann man getrost vergessen. Aber manchmal gibt es auch Tage, an denen man glaubt, man könnte sie vergessen - und am Abend lehnt man sich zurück, streckt die Beine aus, nimmt einen tiefen Zug aus der Bierflasche und lacht herzlich über den Tag. Und an solch einen Tag erinnere ich mich immer wieder gerne zurück:

Der Tag, ein lauer Sommertag 2002 begann schon hektisch, denn hoher Besuch hatte sich angekündigt. Zwar war es nicht der Generalinspekteur der Bundeswehr himself, sondern "nur" sein Vertreter, aber trotzdem war schon früh am Morgen "high life in Tüten", wie wir so schön zu sagen pflegten. Der Abteilungs-Omega war trotz des matten Lackes auf Hochglanz poliert (natürlich nur der Innenraum), die Schuhe des Dienstanzuges ebenfalls (diese allerdings wiederum nur außen). Die Uniform war frisch aufgebügelt, die Falte in den Hosenbeinen war messerscharf und die Dienstgradabzeichen (meine jedenfalls) waren frisch überlackiert - und zwar mit silbernem Modellbaulack - und ebenfalls auf Hochglanz gebracht. Frisch rasiert, mit sauber gestutztem Bart und mit aufpolierter Glatze stieg ich in den Omega und fuhr ins Büro. Ab und zu - und wenn ich abends nicht mehr wegmusste - habe ich meinen jeweiligen Dienstwagen mit ins Quartier genommen, damit ich morgens etwas Zeit spare. Das war besonders praktisch, wenn es am nächsten Morgen nach Auswärts ging und ich meine Passagiere von zu Hause abholen musste, nur diesmal war es reine Bequemlichkeit. Im Büro wurden wir Fahrer eingewiesen und bekamen Begleitoffiziere zugeteilt. Ich sollte an erster Stelle fahren und hatte damit den dienstgradhöchsten Fahrgast und Begleitoffizier zugelost bekommen. Mein Begleitoffizier war natürlich mein Abteilungsleiter - der zufälligerweise auch aus Bremen kam - und irgendwie herrschte schon am Morgen trotz der Aufregung relativ gute Laune. Allerdings nur so lange, bis wir auf die Autobahn fuhren. Auf der Gegenfahrbahn standen die Autos, auf der ganzen Strecke zwischen Auffahrt und Flughafen und genau dort mussten wir mit unseren VIPs durch. Bereits bei der Einweisung vor der Abfahrt war darauf hingewiesen, dass es dort Stau geben könnte - und dass es unterwegs zu "Schwierigkeiten" aller Arten kommen könnte, deswegen galt an diesem Morgen auch die Losung "Augen zu und durch, auf keinen Fall anhalten!" und daran haben wir uns auch gehalten...

Am Flughafen wurden wir durch eine Streife der Gendarmerie empfangen und durch ein Seitentor direkt auf das Rollfeld gelotst. Dort stand eine Transall, die Propeller drehten sich gerade eben noch und genau in diesem Moment wurde die Tür geöffnet. Wir fuhren unter der Tragfläche durch und noch ehe der Wagen ganz stand, war der Oberst schon herausgesprungen und öffnete die Fondtür der Beifahrerseite. Ich ließ den Motor laufen, nahm den Gang heraus und zog die Handbremse. Ruckend kam der Wagen zum Stillstand, dann sprang auch ich hinaus. Die Fondtür auf meiner Seite öffnete ich quasi im Vorbeigehen und nahm dann an der Kofferraumklappe Aufstellung. Bei den beiden

Omegas hinter uns hatten Fahrer und Begleitoffiziere eine ähnliche Darbietung geliefert, und dann kamen sie auch schon, die VIPs. Der Vizeadmiral und sein Adjutant begrüßten uns höflich aber weniger militärisch, und während ich dem Adju schon das Gepäck (Aktenkoffer und Mantel) abnahm und im Kofferraum verstaute, machten es sich der Admiral und der Oberst es sich im Fahrzeug bequem. Kaum fünf Minuten nachdem wir auf das Rollfeld gefahren waren, waren wir auch schon wieder am Tor und die drei Bundeswehr-Omegas wurden von zwei Streifenwagen der Gendarmerie in die Mitte genommen - und es ging wieder in Richtung Autobahn. Der Tempomacher - also der vorausfahrende Gendarmeriewagen - legte gleich zu Beginn eine "ordentliche" Geschwindigkeit vor, das Blaulicht erleuchtete fast spielerisch immer wieder den Innenraum und schon lange vor der Autobahn stand die Tachonadel jenseits der 100-Stundenkilometer-Marke. Der Abstand zwischen den Fahrzeugen dagegen war eher zu vernachlässigen, das Stichwort "Fahrt im engen Verband" wurde hier absolut wörtlich genommen.

Schließlich erreichten wir die Autobahn und die Gendarmerie schaltete die Hörner zu und so ging es mit Lichterglanz und Glockenschall weiter. Von der Auffahrt über die Einfädelspur direkt auf die Standspur und einfach so am Stau vorbei. Die Geschwindigkeit stieg weiter und überschritt die 130 Kilometer pro Stunde. Rechts und links neben den Außenspiegeln war nur wenig Platz, auf der einen Seite die stehenden Fahrzeuge, auf deren erschrockene Beifahrer wir gelegentlich einen Blick erhaschen konnten, und auf der anderen Seite die Leitplanke - ein Stück Stahl, zum Teil überwuchert von Büschen. Ab und zu klatschte ein Ast oder ein Blatt gegen Scheinwerfer oder Frontscheibe, und meine Hände wurden langsam etwas klamm. So langsam fühlte ich mich tatsächlich ein wenig unbehaglich. Sekunden schienen zu Stunden zu werden und plötzlich waren wir an der Ausfahrt. Wir fuhren ab und schlugen den kürzesten Weg über beinahe menschenleere Straßen zur Kaserne ein. Dort angekommen drehte die Eskorte ab und wir fuhren auf unser gesichertes Gelände, genau vor das Konferenzsaalgebäude. Autotüren öffneten sich, die Begleitoffiziere sprangen wieder beinahe filmreif aus den noch leicht rollenden Fahrzeugen und wir Fahrer gaben die Aktenkoffer, Jacken, Mäntel und Regenschirme aus dem Kofferraum wieder heraus. Dann sollten wir ohne die Begleitoffiziere die Fahrzeuge abstellen und auf das Signal zur Rückfahrt warten, doch als ich gerade einsteigen wollte, passierte es...

Genau in diesem Moment riss meine Hose. Nicht nur ein bisschen, sondern auf beinahe 15 Zentimetern Länge - und das direkt im Schritt. In der Bewegung wollte ich dann nicht noch stoppen und stieg ins Auto, um den Platz freizumachen. Nachdem ich mir einen günstig gelegenen Parkplatz gesucht hatte, schlich ich mich in mein Büro. Zum Glück hatte ich Nähzeug im Schreibtisch, irgendwie hatte ich mit dem Tag gerechnet, an dem das passieren würde, aber warum grade heute...? Ich zog also die Hose aus um den Schaden zu begutachten, aber was sollte ich nun tun um nicht mit Shorts im Büro stehend überrascht zu werden? Naja, wozu hatte mein Schreibtisch eine Rückwand? Die Schuhe ließ ich gleich aus und stellte sie so, dass die Schuhspitzen unter der Rückwand hervorschauten, dann setzte ich mich auf meinen Stuhl und rollte ganz an den Tisch heran - und schon konnte man nicht mehr viel erkennen.

Ich begann also mit der Operation "heißer Faden" und kaum dass ich die ersten drei Stiche der Naht gesetzt hatte, ging es los: ein Kollege nach dem anderen kam herein und wollte irgendetwas von mir. Bis auf einen ließen sich auch alle abfertigen, schließlich musste ich ja meine Hose nähen. Wenn man einmal von Kommentaren wie "der näht ja mit 'nem langen Faden..." absieht, hat das auch gut geklappt. Bis mein Sektionsleiter erschien und unbedingt Kopien wollte. Er konnte erst glauben, dass ich keine Zeit habe, als ich ihm das ganze Ausmaß des Schadens zeigte - durch leichtes zurückrollen mit dem Schreibtischstuhl. Nachdem er sich wieder eingekriegt hatte, hat er dann auch die Kopien selber gemacht. Pünktlich zum Mittagessen war ich mit meiner Hose dann auch fertig und konnte so die Geschichte (die sich natürlich schon in Gerüchtform herumgesprochen hatte) bestätigen. Dann kam zum Glück auch schon das Signal, sich zur Rückfahrt bereit zu machen, und so nahmen wir wieder vor den Konferenzräumen Aufstellung und taten das, was wir am besten konnten: wir warteten.

Einige Zeit später tauchte dann der Adjutant vom Inspekteur auf, nahm mich "unauffällig" beiseite und fragte mich, ob wir denn für den Rückweg zum Flughafen wieder eine Polizeieskorte hätten. Das musste ich leider verneinen, worauf dem Oberstleutnant so dermaßen die Gesichtszüge entgleisten, dass ich schon fast ein schlechtes Gewissen hatte. Schließlich könnte ihn das den pünktlichen Feierabend kosten - und das geht ja mal gar nicht. Was dann folgte, war ein erstklassiger Fall von "absolut sicherem Auftreten bei völliger Ahnungslosigkeit". Zwar war ich schon einige Zeit bei der Dienststelle, bin aber bislang selten unter der Woche nachmittags auf der Autobahn in Richtung Flughafen unterwegs gewesen. Trotzdem konnte ich den Adju beruhigen, dass wir auf alle Fälle pünktlich am Flughafen sind, so dass die Transall ihre geplante Abflugzeit halten kann. Außerdem hatten wir einen P4 (französische, abgespeckte Version des "Wolf") mit gelber Rundumkennleuchte, die für uns den Weg freimachen sollte. Naja, falls das nicht funktioniert hätte, hätte ich wahrscheinlich trotzdem die Standspur genommen. Nötig war das nicht wirklich, denn die Autobahn war frei und so endete der Tag dann mit einem pünktlichem Abflug der Transall und einem tatsächlich beinahe pünktlichem Dienstschluss für uns.

Zu tief geflogen

Eines schönen Tages im März 2001, dunkel zeichnete sich der zweite Golfkrieg am Horizont ab, kam mein Chef und Abteilungsleiter zusammen mit meinem Sektionsleiter auf mich zu. Das Grinsen der beiden konnte nichts Gutes verheißen und als sie fragten, was ich die nächsten Tage vorhätte, war eigentlich schon ziemlich klar, was nun kommen würde. Es sollte ins schöne Brüssel gehen, zu einer Planungskonferenz für unsere nächste Übung und man bräuchte nur noch einen Fahrer - und dieser sollte ich sein. Zufällig hatte ich die nächsten Tage wirklich nichts vor (ich war vom eigentlichen Abteilungsfahrer schon vorgewarnt worden) und meine Sachen hatte ich auch schon gepackt, so dass es zügig losgehen konnte. Mit von der Partie waren Abteilungsleiter, sein Stellvertreter und mein Sektionsleiter, insgesamt zwei Oberstleutnants und ein Oberst. Reichlich Lametta für ein einzelnes Dienstfahrzeug.

Frisch getankt und gut gelaunt ging es los. Die Fahrzeit war eigentlich ausreichend bemessen und wir brauchten nicht wirklich schnell zu fahren. Dienstfahrzeuge sind ja eigentlich sowieso auf 130 km/h beschränkt - jedenfalls unsere - und viel schneller darf man auch kaum fahren. Das Tempolimit auf französischen Autobahnen lag ja ebenfalls in diesem Bereich und in Belgien sogar noch etwas darunter, nämlich bei 120 km/h.

Auf den gerade einmal 430 Kilometern wollten die Herren Offiziere zwar zügig ankommen, aber trotzdem eine gepflegte Kaffeepause machen, was ich zu meiner Schande nicht eingeplant hatte. So was aber auch.

Trotz meiner Einwände, dass die Zeit reichlich knapp werden würde, wurde ich an die erste Raststätte in Belgien herangelotst und eine gute halbe Stunde mit Kaffee abgefüllt. Leider reichte die Zeit dann nicht mehr so wirklich, um pünktlich zum Beginn der Konferenz in Brüssel anzukommen, also müsste ich wenig mehr Tempo aufnehmen. Das äußerte sich dann irgendwann darin, dass de Tachometer auf beinahe freier Strecke deutlich an der 180er-Markierung kratzte. Meine Chefs hatten sich nach dem Genuss ihres Kaffees in einen kleinen Vormittagsschlaf verabschiedet und es lief eigentlich so gut, dass wir bei gleichbleibendem Tempo tatsächlich wieder pünktlich gewesen wären.

Leider fand das die zufälligerweise genau an diesem Tag an diesem Autobahnabschnitt anwesende Staatsmacht nicht so gut, denn plötzlich befand sich ein Polizeimotorrad mit einem freundlich winkenden Fahrer neben mir - und irgendwie erinnerte seine Geste mich an eine "Folge mir"-Aufforderung. Als etwas Entsprechendes hat sich die Geste dann auch herausgestellt und auf dem nächsten Autobahnparkplatz angekommen, wurde ich dann freundlich begrüßt. Dabei entstand folgendes Gespräch (leicht verfremdet wiedergegeben):

"Guten Morgen! Führerschein und Fahrzeugpapiere bitte. Können Sie sich vorstellen, warum wir Sie angehalten haben?"

"Nein, keine Ahnung."

"Wir haben eine Geschwindigkeitsmessung durchgeführt. Dabei haben wir sie mit 175 km/h gemessen."

"Öhm, keine Ahnung, mag sein."

"Erlaubt sind in Belgien aber nur 120."

"Ups..."

"Wo soll es denn hingehen?"

"Nach Brüssel..."

"Zur NATO?"

Alle anderen im Wagen: "Jaja, zur NATO, zur NATO!"

"Kleinen Moment bitte."

Darauf entschwand er mit meinen Papieren (und denen des Dienstwagens), um nur eine Minute später wieder zurückzukehren. Er eröffnete mir, dass er normalerweise eine Strafe von ungefähr 400 Euro sofort und in Bar kassieren zu hätte, aber da ich Fahrer eines Dienstwagens einer befreundeten Streitkraft sei, in offiziellem Auftrag unterwegs sei und man mir nicht zumuten könne, die Fahrt deswegen lange zu unterbrechen, dürfe ich mit maximal 120 km/h weiterfahren. Ich würde dann Post bekommen und ich fuhr mit einem gewaltigen Aufatmen - natürlich vorschriftsgemäß - weiter.

Die Post kam dann allerdings auch ziemlich schnell, quasi postwendend. Der Inhalt war ein Anhörungsbogen, auf Französisch (und ebenso auszufüllen) und weiter nichts. Na gut, dachte ich mir - bringst du den Schrieb mal zu den Übersetzern runter. Die haben mir dann auch ohne Weiteres den Gefallen getan, die Post zu übersetzen. Ohne Eile, da das ja nichts Bundeswehr-Offizielles war. Nun stand mir nur noch eines bevor: die Meldung beim Chef und Spieß.

Also machte ich noch am gleichen Nachmittag telefonisch einen Termin aus und beichtete dem Spieß. Der empfahl mir gleich freundlich, binnen einer Stunde beim Chef vorzusprechen. Dass ich mich dabei warm anziehen konnte, war nicht nur abzusehen, sondern glasklar. Als ich gerade rüberfahren wollte, kam mir mein Abteilungsleiter entgegen. Praktischerweise konnte ich mich so gleich in der Abteilung abmelden, doch der Oberst komplimentierte mich erst einmal in sein Büro und meinte, er wollte noch kurz beim Chef anrufen und was klarstellen, ich solle doch eben Platz nehmen. Das darauf folgende Telefonat nahm mir dann doch ein wenig den Atem, denn der Oberst machte doch relativ deutlich (also quasi unmissverständlich) klar, dass ich keinerlei Strafe erhalten sollte, da ich auf seinen Befehl so schnell gefahren sei. Normalerweise steht auf Geschwindigkeitsübertretung mit Dienstfahrzeugen eine Disziplinarstrafe im vierstelligen Euro-Bereich, mehrere Dienste und so weiter...Nun saß ich da, beim Oberst im Büro, mit hochrotem Kopf und suchte das Loch im Boden, in dem ich verschwinden konnte. Leider war da keines - und ein Sprung aus dem Fenster war keine Alternative und so blieb nur weiterhin, das Gespräch mit anzuhören - denn der Oberst hatte seinen Lautsprecher am Telefon eingeschaltet. Es hat ihn auch einiges an Mühe, Überredungskunst und sogar einen direkten Befehl gekostet, den Hauptmann davon zu überzeugen, keinerlei Strafe zu verhängen. Als er schließlich den Hörer auflegte, grinste mich der Oberst breit an und entließ mich, um meine Standpauke abzuholen.

Einige Minuten später kam ich im Geschäftszimmer an und wurde mit Sorgenfalten im Gesicht vom Geschäftszimmer-Soldaten empfangen. Ich würde bereits sehnlichst erwartet und die Stimmung sei alles andere als gut, wurde ich gewarnt. Der Spieß brüllte mich gleich durch die geschlossene Tür zu sich herein und ich konnte mir den ersten Anschiss des Tages abholen. Nachdem der Spieß mit mir fertig war (was mir eigentlich schon gereicht hätte), wurde ich zum Hauptmann und Chef weitergereicht. Dieser setzte gleich an der Stelle an, an der Spieß aufgehört hatte und ungefähr eine halbe Stunde später stand ich mit brandneuer Sturmfrisur wieder im Geschäftszimmer. Dort wurde ich erst einmal ausgefragt, wie viel Disziplinarbuße ich zu zählen hätte und was ich noch aufgebrummt bekommen hätte. Meine Antwort löste dann allerdings nicht nur Erstaunen sondern beinahe Fassungslosigkeit aus, denn sie lautete "Nichts!" Der Strafbefehl aus Belgien lautete dann allerdings auf etwas über 200 Euro, was allerdings zu gleichen Teilen von allen (!) Personen im Auto getragen wurde (auch ein Vorschlag vom Oberst, der zwar mit Murren und Knurren, aber doch anstandslos befolgt wurde).

Mehr Verkehr

Wo Licht ist, ist auch Schatten - und so hat jede gute Seite auch eine schlechte Seite. So ist es auch bei mir: auch wenn es überwiegend interessante, verrückte und lustige Situationen gibt, so gibt es auch die Schattenseiten. Immer getreu dem Motto "wenn man viel unterwegs ist, passiert einem auch viel" habe auch ich so einiges gesehen und erlebt, denn ein Freund sagte einmal "Uniform verpflichtet". Über diesen Satz mag man streiten, aber ich stehe da voll und ganz hinter - und das hat auch seinen Grund: im Allgemeinen sind wir Uniformträger deutlich besser ausgebildet als "Otto Normalbürger" oder auch "Hans Mustermann", wir reagieren anders auf unvorhergesehen Situationen und bewahren in der Regel auch die Ruhe. So jedenfalls habe ich es immer empfunden. Und so ganz nebenbei: seine Hilfe anbieten kostet nichts (außer einem freundlichen Lächeln und einigen Sekunden Zeit) und gehört meiner Ansicht nach auch in den Bereich Zivilcourage. Aber wir kommen vom Thema ab.

In den Zeiten meiner meisten Fahrerei bin ich während meiner Dienstzeit in Strasbourg mindestens jedes zweite Wochenende nach Hause gefahren. Das hieß "NATO-Rallye" vom feinsten, mitten durch den Feierabendverkehr von Frankfurt. Normalerweise konnte ich gegen 12 Uhr am Freitag schon losgondeln und habe dann so 11 bis 13 Stunden auf der Autobahn verbracht - wenn alles glatt lief. Oft genug war es auch mehr, aber in der Regel hat es trotzdem gut geklappt.

Viel schlimmer war der Rückweg - sonntags gegen 22 Uhr habe ich mich in meine Uniform geschmissen, den Wagen auf die Autobahn bewegt und Gas gegeben. Egal wie schnell ich gefahren bin, unter 6 Stunden habe ich die 650 Kilometer nicht geschafft, denn fast jedes Mal gab es kleinere Fahrtunterbrechungen. Oft genug hatte es auf der Gegenfahrbahn geknallt. Meistens weniger schlimm, aber auch immer wieder recht heftig. Das wirklich schlimme dabei waren die Gaffer. Das sind die Menschen, die es einfach geil finden, wenn Blut fließt, heißes Blech knistert und Autos unfreiwillig zerlegt werden.

Besonders schlimm ist es, wenn die beteiligten Fahrzeuge brennen oder brannten. Es gibt tatsächlich Menschen, die halten deswegen auf der Gegenfahrbahn an und gefährden sich selber und andere, nur um ihre Neugier zu befriedigen und sich aufzugeilen. Und oft genug passieren dann zusätzliche Unfälle.

Leider gab es aber auch oft genug Situationen, wo ich der erste, nicht direkt beteiligte am Ort des Geschehens war. Eigentlich ist der Ablauf bei Unfällen auf der Autobahn immer der gleiche: abbremsen (was meistens automatisch notwendig ist), den eigenen Wagen (entgegen aller Lehrbuchmeinungen) VOR den verunfallten Fahrzeugen zum Stehen bringen, denn was bringt eine kaputte und nicht funktionierende Warnblinkanlage bei verunfallten Fahrzeugen in der Nacht? Gar nichts, da bring ich lieber meine eigenen Rückleuchten, Warnblinkanlage und eine Rundumkennleuchte (auch Blinklicht genannt) in Gelb zum Tragen und hab gleichzeitig noch eine zumindest teilweise ausgeleuchtete Unfallstelle. Als nächstes kommt der Eigenschutz - also Warnweste überziehen. Besonders bei Flecktarn ist das auch tagsüber sinnvoll, denn man verschwindet doch überraschend gut vor Wald und/oder Seitenstreifen. Danach gilt es sich einen Überblick zu verschaffen und die Menschen hinter die Leitplanke zu schaffen. Alles andere läuft dann mehr oder weniger automatisch: verletzte Personen sichten, Notruf absetzen und erste Hilfe leisten. Und obwohl ein Unfall fast wie der andere ist, sind mir doch zwei Situationen ganz besonders im Kopf hängen geblieben.

Ich war mal wieder am Sonntagabend unterwegs in Richtung Süden auf der Autobahn A1. Eigentlich war es ein guter Abend zum Autofahren, die LKWs tropften einer nach dem anderen von den Parkplätzen wieder auf die Bahn, die letzten Sonntagsfahrer waren auch beinahe wieder verschwunden und die Menschen, die jetzt noch unterwegs waren, waren die, die unterwegs sein mussten. Der Verkehr floss ruhig und zügig dahin und ich war schon kurz vor Osnabrück als alle anfingen zu bremsen. Die Geschwindigkeit sank immer weiter, bis wir mit gerade einmal mit 30 Sachen unterwegs waren und ich sah die ersten Warnblinkanlagen. Dann zogen die beiden anderen Fahrzeuge nebeneinander auf Standspur und rechte Fahrspur und ich konnte auf der linken Fahrspur etwas liegen sehen, etwas Großes. Dann vor mir wieder Warnblinklicht. Ich blieb auf der Standspur, schaltete meinerseits die Warnblinkanlage ein und blieb einige Meter hinter einem VW Golf stehen. Vor dem Golf standen noch zwei oder drei andere PKW und ein kleinerer LKW, dann lange nichts und ungefähr 400 Meter weiter vorne stand noch ein PKW. Auf zwischen den stehenden Autos liefen ungefähr 10 Personen aufgescheucht umher und einige versuchten vergeblich durch den laufenden Verkehr zu dem Etwas auf der Überholspur zu kommen.

Als ich ausstieg kamen die meisten sofort auf mich zugelaufen und fingen an, wie wild auf mich einzureden. Obwohl es nicht wirklich leicht war, etwas von dem zu verstehen, was all die Menschen sagten - immerhin lief der Verkehr nun beinahe ungebremst an und vorbei - konnte ich heraushören, dass wohl ein Anhänger ins Schleudern gekommen war, abgerissen war und nun auf der Überholspur lag. Inzwischen konnte ich auf der Gegenfahrbahn die erste Polizeistreife sehen und hören. Sie würden hoffentlich in den nächsten Minuten bei uns eintreffen, denn so langsam wurde die Situation etwas ungemütlich. Es war zwar niemand verletzt, aber die Beteiligten standen deutlich erkennbar unter Schock und drängten wieder langsam aber sicher auf die Straße. Zum Glück traf die Polizei kurz darauf ein und sperrte mit zwei Streifenwagen die Autobahn, so dass sowohl die Personen halbwegs sicher waren und wir den Anhänger von der Überholspur ziehen konnten. Erst als ich direkt davor stand, konnte ich schließlich erkennen, dass es sich um einen Bootsanhänger handelte. Unter den Resten des Anhängers lagen die Trümmer einer einstmals wunderschönen Segeljolle, ungefähr 5 Meter lang. Die Spanten brachen durch die aufgerissenen Rumpfseiten und man konnte die meisterliche Fertigung und das edle Holz erkennen. Ein Anblick, bei dem mir das Herz blutete.

An einem anderen Tag kam ich ohne größere Unterbrechungen bis Siegen, dann stand ich vor einer Baustelle im Stau - so lange, dass ich beschloss, eine kleine Pause einzulegen. Gesagt, getan und der nächste

Parkplatz war mein. Nach einer guten Stunde Schlaf ging es dann weiter - so lange bis plötzlich Blaulicht vor mir auftauchte. Ein einsamer Streifenwagen stand auf der mittleren Fahrspur und sperrte einsam und allein die Autobahn. Ungefähr 200 Meter weiter stand dann das ganze große Aufgebot, Polizei, Rettungsdienst, Feuerwehr und das THW waren dabei, einen Kleinwagen aus dem Tank einer LKW zu schneiden. Ich hielt also hinter dem Polizeiwagen, ließ die Seitenscheibe herunter und einer der Polizisten sah meine Uniform und bat um Hilfe. Links neben mir reihte sich ein LKW ein, die rechte Spur blieb frei und hinter mir hielt das Fahrzeug eines Kameraden meiner Dienststelle. Einige Minuten später, ich stand mit meinem Kollegen und einem Trucker auf der Autobahn und warteten auf die Freigabe der Strecke, kam einer der Polizisten an und fragte, ob wir die Absicherung übernehmen können, da sie zu einer anderen Unfallstelle müssten. Lange überlegen brauchten wir nicht und so fuhr der Streifenwagen kurz darauf davon - und das Chaos begann. Unglücklicherweise schafften wir es nicht, einen weiteren LKW auf die rechte Spur ganz nach vorne zu bringen, denn immer wieder drängten sich andere Verkehrsteilnehmer - zum Teil auch über die Standspur - nach vorne. Immerhin waren da ja noch einiges an Luft...

Den sprichwörtlichen Vogel abgeschossen hat ein südländisch aussehender Fahrer eines älteren, großen Mercedes. Er drängte sich unter fleißigem Gebrauch der Hupe durch Rettungsgasse und Standspur bis zu uns vor und wollte elegant an uns vorbeiziehen. Erst als wir direkt vor seinem Fahrzeug standen ließ er sich dazu herab, wenigstens die Seitenscheibe zwecks besserer Kommunikation zu öffnen. Einen Gesprächsversuch beantwortete er mit wilden Flüchen - unter anderem mit dem Sinn dass wir ihm ja gar nichts zu sagen hätten, wir sowieso Nazis wären und was uns überhaupt einfallen würde, ihn aufzuhalten. Dann steckte er sich eine Zigarette an und fuhr uns fast über den Haufen und bis an die Unfallstelle vor. Dort wurde er dann - immer noch rauchend - von mehreren Feuerwehrleuten dazu gebracht anzuhalten. Anscheinend hat er sich dabei aber wenig einsichtig gezeigt, denn kurz darauf erschien eine weitere Polizeistreife und nahm ihn fest. Die Anzeige von uns haben sie natürlich ebenfalls aufgenommen. Nachdem die Unfallstelle geräumt und die Autobahn wieder freigegeben war, brauchten wir erst einmal einen Kaffee und da es schon hell wurde haben wir auch gleich noch gefrühstückt. Pünktlicher Dienstbeginn war natürlich nicht mehr möglich, aber als wir unseren Spieß informieren wollten, wusste der schon Bescheid, anscheinend hatte die Polizei ihn schon informiert - zum Glück, denn die drei Stunden Verspätung wären schon irgendwie aufgefallen.

Mit einem ähnlich freundlichen Verkehrsteilnehmer bekam ich es an einem Freitag zu tun. Ich war auf dem Weg nach Hause und hatte eigentlich den Tag über schon gute Strecke gemacht. Gegen 23 Uhr war es trotz des guten Sommerwetters und der langen Tage schon beinahe dunkel und ich wollte eigentlich nur noch nach Hause. Die Autobahn macht im Tecklenburger Land noch einen letzten Anstieg, bevor es dann in die norddeutsche Tiefebene abfällt und flach bleibt. Dieser letzte Anstieg war wie immer ein zentraler Punkt der Elefantenrennen, deswegen wird die Autobahn hier auch zwischenzeitlich von zwei auf drei Fahrspuren verbreitert.

Das erfreut natürlich auch die PKW-Fahrer, die nun endlich noch einmal ihre Pferde unter der Haube springen lassen können. Und genau das hatte auch der Fahrer eines Kleintransporters vor. Leider hat er das erst so spät gemerkt, dass die dritte Fahrspur schon wieder zu Ende war. Und dummerweise hatte er noch eine Kleinigkeit übersehen: Mich. Genau in der Sekunde, in der er meinte, die Spur wechseln zu müssen, war ich exakt auf gleicher Höhe links neben ihm. Vor mir fuhr ein relativ langsamer PKW und hinter mir saß schon der nächste - also fielen Gas geben und bremsen als Optionen schon mal aus. Rechts neben mir kam der Transporter immer näher und links lauerte die Leitplanke. Blieb also nur eines: die Hupe. Allerdings hat das den anderen Fahrer nicht einmal ansatzweise gestört und er fuhr seelenruhig neben mir her. Zu zweit auf einer Spur bei Tempo 120. Zum Glück fuhr er relativ zügig wieder auf die rechte Spur zurück - nicht ohne noch ein- bis dreimal wild aufzublinken und zu gestikulieren. Danach verlor ich ihn aus den Augen. Als sich mein Herzschlag wieder halbwegs normalisiert hatte, merkte ich ein anderes Bedürfnis - und ich suchte mir auf dem nächsten Parkplatz einen geeigneten Baum (Toiletten gab es nicht auf dem Parkplatz). Nach verrichteter Erleichterung kam ich an mein Auto zurück und bemerkte einen Transporter, hinter mir geparkt, mit eingeschalteter Innenbeleuchtung. Erst habe ich mir nichts dabei gedacht, aber als der Fahrer plötzlich ausstieg und mit einem länglichen Gegenstand auf mich zukam, erkannte ich den Transporter wieder - es war der Kamikaze. In dieser Sekunde war es totenstill. Wir waren die einzigen Fahrzeuge auf dem Parkplatz und selbst die Autobahn war kaum zu hören. Näher und näher kam die Gestalt auf mich zu, seinen Gegenstand mittlerweile erhoben. Dann war ich an meiner Fahrertür, öffnete sie und griff unter meinen Sitz. Das, was ich danach zum Vorschein brachte, ließ die Gestalt erstarren und sein Vorhaben nochmals überdenken. Zu meinem großen Glück war es so dunkel, dass er zwar erkennen konnte, dass ich eine Waffe in der Hand halte - aber die (gut sichtbare) Laufsperre der Schreckschusspistole hat er nicht bemerkt. Ich hätte niemals gedacht, dass mir eine Schreckschusspistole (die ich eigentlich nur Silvester wirklich genutzt habe) mal den Kragen rettet.

Die Bahn kommt - die Frage ist nur: wann?

Spätestens als ich in Strasbourg stationiert war, hatte ich absolut minimale Lust, mit dem Auto nach Hause zu fahren. 650 Kilometer durch Deutschland sind nicht so super zu fahren, vor allem nicht, wenn man zur Feierabendzeit durch Frankfurt muss. Also probierte ich gelegentlich den Service der Deutschen Bahn aus. Von Kehl, der Kleinstadt am anderen Ende der Rheinbrücke, fuhren zwar Züge, aber weder direkt noch komfortabel. Die Züge von Strasbourg selber fuhren zwar komfortabler, aber am Bahnhof war extrem schlecht zu parken also blieb nur Offenburg oder Baden. Offenburg, ein relativ kleiner Bahnhof an der Linie in Richtung Freiburg und Basel, war mit dem Auto gut zu erreichen und hatte ausreichende Parkmöglichkeiten - Baden dagegen war etwas weiter weg, an der gleichen Bahnlinie aber war als Notfall-Ausweichmöglichkeit besser geeignet - ich konnte nämlich auf der Autobahn immer eine Viertelstunde gutmachen, wenn ich den Anschluss in Offenburg nicht mehr erreichen sollte. Am liebsten war mir immer der Zug von Basel SBB nach Hamburg-Altona, hier konnte ich einsteigen und brauchte mich bis nach Bremen nicht mehr erheben. Ab da brachte mich dann der Nahverkehr nach Hause.

Nun ist es ja so, dass man niemals alleine im Zug sitzt - nicht mal alleine im Abteil. Sowieso war mir Gesellschaft im Zug immer lieber, denn so konnte ich auch mal meine Sachen im Abteil lassen, wenn ich der Keramikabteilung einen Besuch abstatten wollte. So kam es, dass ich eine ganze Reihe lustiger Begegnungen in der Bahn hatte. Exemplarisch seien einige davon hier zusammengefasst...An einem mittelschönen Herbsttag begab ich mich erstmals nach Offenburg zum Bahnhof, um von dort den praktischen Direktzug bis fast ganz nach Hause zu nehmen. Bereits der Ticketkauf war echtes Abenteuer, denn hier gab es zu dieser Zeit noch einen Schalter. Dieser war sogar besetzt, allerdings wollte die freundliche Mitarbeiterin gerade Mittag machen. Ob nun mein flehender Blick oder die Uniform sie dazu bewog, nach mir Mittag zu machen, werde ich wohl nie erfahren. Aber immerhin verkaufte sie mir ein Ticket mitsamt Sitzreservierung für den nächsten Zug nach Hause. Dass sie mir gleichzeitig eine Bahncard mitverkaufte, störte mich weniger, war doch der Preis der Rabattkarte bereits durch eine zweite Hin- und Rückfahrt schon Eingespart.

Nachdem also einige hundert Euronen den Lagerort gewechselt hatten, schlenderte ich langsam zum Bahnsteig, wo bereits einige Menschen warteten. Darunter eine Mutter mit Kind, etliche Geschäftsreisende und eine Rentnergruppe, die sich - so konnte ich ihren Gesprächen mühelos entnehmen - darauf freute, ein feuchtfröhliches Wochenende an der See zu verbringen. Außerdem vernahm ich, dass sich einige Freunde von ihnen bereits im Zug befanden. Entsprechend waren Stimmung und. Alkoholspiegel. Während ich also mit Reisetasche und Laptop bewaffnet auf dem Bahnsteig stand und die wenigen Sonnenstrahlen genoss, verspürte ich ein leichtes Zupfen an meiner linken Jackenseite. Dort stand, wie sollte es anders sein, das

Kind, ungefähr 5 Jahre alt und ziemlich plietsch aufgeweckt, pfiffig, wie man im Norden so schön sagt.

Als es meine Reaktion bemerkte, sprach es mich an:
"Mmmmhhhh Duuuuuuuu? Wie heißt denn du?"
Ich war leicht überrascht und antwortete eher aus Reflex:
"Nobelix. Schau, das steht auch hier auf meinem Namensschild."

Der oder die kleine schaute schlau, nickte und entschwand in Richtung seiner Mutter - die kurz darauf zu mir herüberschaute und ob meines strahlenden Lächelns leicht errötete. Ich wandte mich also wieder den spärlichen Sonnenstrahlen zu und genoss die Ruhe. Aber nicht für lang, denn einige Sekunden später verspürte ich wieder das altbekannte Zupfen am linken Jackensaum.
Wieder stand das Kind neben mir, die Mutter hatte sein Entschwinden nicht bemerkt.
"MmmmhhhhDuuuuuuuu? Und mit 'm Vornamen???"
Durch den Genuss der Sonne viel zu abgelenkt, entfuhr mir ein deutliches "Hauptgefreiter!", woraufhin die Mutter mit hochrotem Kopf ihr Kind an die Hand nahm, und ungefähre 20 Kilometer über den Bahnsteig strebte - wohl auf der Suche nach einer passenden Grube zum unauffälligen Verschwinden.

Dann lief zum Glück der Zug unter ohrenbetäubendem Gekreische der Räder ein. Anscheinend eine Macke im Offenburger Gleis, irgendwie konnte dort kein Zug geräusch- und quietscharm einlaufen. Die Mutter mitsamt Kind und Buggy entschwand im ersten Wagen, im hinteren Wagen strebte die Rentnergruppe allen sich bietenden Türen entgegen - und ich hatte die Wahl entweder der Mutter hinterher einzusteigen oder mich mit den Rentnern herumzuschlagen. Irgendwie zog ich letzteres vor - auch wenn das bedeutete, dass ich einigen Damen mit ihren Koffern helfen dürfte. Gut, was tut man nicht alles für das Ansehen der Bundeswehr und ihrer Bürger in Uniform. Leider sollte sich das noch als Fehler erweisen, denn dummerweise lag mein zum Glück reservierter Sitzplatz genau in dem Wagen, in dem sich die nun mit ihren Freunden vereinte Rentnergruppe soeben breitmachte. Zurückhaltend wie ich nun einmal bin, wartete ich ab, bis sich der größte Trubel gelegt hatte und machte mich dann auf die Suche nach "meinem" Platz. Ich fand ihn schließlich - belegt von einem älteren aber rüstigen Herrn in den Sechzigern. Freundlich und gut gelaunt bat ich ihn, mir doch bitte den Platz zu überlassen, da ich eine Reservierung für ebendiesen Platz hatte. Und dann brach das Chaos aus.

Die älteren Herren um den bewussten Platz herum schienen plötzlich aufzuwachen und ihre Gehirne mitsamt Sprachzentren hochzufahren und der Angesprochene fragte, wie ich es denn wagen könne, ihn, den älteren Herren von seinem Platz zu verscheuchen. Er wäre schließlich zuerst dagewesen. Während seine Freunde um ihn herum dieses mehr oder weniger lautstark dank der mittlerweile ganz erwachten Sprachzentren bestätigten, riefen die dazugehörigen Damen mitsamt Sektflasche, eine Sitzgruppe weiter hinten, zur Versöhnung auf und noch während ich dank angebotener Frikadellen und Gummibärchen schon dabei war, mir gedanklich eine Umreservierung vom durch die Diskussion angelockten Zugbegleiter vornehmen zu lassen, wurde der ältere Herr - angestiftet durch den Genuss einiger alkoholischer Getränke - lauter und lauter. Er redete sich so lange in Rage, bis er schließlich auf die Bundeswehr, die Regierung ganz allgemein und sowieso auf die Staatsmacht schimpfte - und mich dank pflegeleichter und stromlinienförmiger Frisur als Nazi zu identifizieren können glaubte. Dies tat er dann auch lautstark kund und noch während ich mit dem Zugbegleiter um die Wette mit den Augen rollte, traf eine zufällig anwesende Streife der Bundespolizei im Wagen ein. Erst die uniformierten Kollegen des befreundeten Ministeriums konnten den Tumult einigermaßen auflösen und die Versorgung mit Gummibärchen und Frikadellen hat mich letztendlich dazu bewogen, auf eine Anzeige zu verzichten. In der Zwischenzeit hatte der Zugbegleiter auch einen nicht reservierten. Platz für mich in einem anderen Wagen aufgetrieben und diesen gleich kurzerhand reserviert. Dort traf ich alte Bekannte wieder - Mutter und Kind.

Im Laufe der Fahrt entstand sogar ein relativ angenehmes Gespräch, nachdem ich mich für die kurz angebundene Reaktion am Bahnsteig entschuldigt hatte. Eigentlich war die Fahrt bis Frankfurt sogar ziemlich lustig. Dann bekam ich neue Mitfahrer. Mir gegenüber setzte sich eine Dame, ziemlich schlank und ziemlich abgehetzt wirkend. Ich kann mich noch schwach an strähnige, blonde Haare und ein Gesicht, das auf ein Alter irgendwo um die 50 Jahre schließen ließ, erinnern. Sie legte ihren Mantel ab, ließ sich von mir mit ihrem Koffer helfen und nahm ihre Handtasche auf ihren Schoß, während ich mich mit meinem Laptop beschäftigte. Irgendwie war diese Frau sonderbar, benahm sich eigenartig - ich konnte nur nicht genau festmachen, was mich zu diesem Schluss verleitete. Warum auch immer, ich beobachtete sie immer wieder kurz und unauffällig über die Bildschirmkante hinweg. Dabei wurde ich Zeuge, wie sie betont unauffällig in ihrer Handtasche herumwühlte, etwas herausholte und in ihren hohlen Händen hielt. Erst dachte ich, die gute Frau packt sich ein Bonbon aus und möchte nicht teilen - und das ihr das unangenehm sei - aber weit gefehlt: kurz darauf konnte ich erkennen, da so sie einen pyramidenförmigen Stein in ihren Händen hielt und leise auf den Stein einsprach. Faszinierend...

Der Rest der Reise verlief dann doch eher ereignislos, so dass ich langsam eindöste und erst am Bremer Hauptbahnhof wieder ganz erwachte.

Die Rückfahrt war aber ebenso ein Abenteuer - nur mit weniger Menschen, mehr Nacht und lustigen Zugbegleitern. In der Regel nahm ich für die Rückfahrt die CityNightLine von Hamburg nach Basel. Dieser verließ Hamburg um kurz nach 21 Uhr am Sonntag, so dass ich gegen 22:10 in Bremen zusteigen konnte. Danach ging es mit erfrischend wenigen Stopps durch die Nacht, bis wir Baden und Offenburg gegen 5 Uhr früh erreichten. Die Schlafsessel machten ihrem Namen alle Ehre und irgendwann, ich war gefühlt gerade 10 Minuten eingeschlafen, weckte mich eine freundliche Stimme mit den Worten: "Nächster Halt Offenburg".
So langsam erwachten auch meine restlichen Sinne und der Duft von Frischem Kaffee und einem Croissant erfüllte meine Nase. Tatsächlich, dieser Service galt mir... und wiederum einige Minuten später war ich tatsächlich hellwach und erfreute mich an einem

frühen Frühstück. Dann bremste der Zug langsam ab, und ich nahm Reise- und Laptoptasche und ging in Richtung Ausgang. Der Zug hielt, ich stieß die Tür auf, sprang voller Elan auf den Bahnsteig und dachte nur "Mist, wo bin ich?" Dann schrillte ein Pfiff und die Türen der Wagen begannen sich zu schließen. In letzter Sekunde erreichte ich das Innere des Wagens, aus dem ich Sekunden vorher ausgestiegen bin. Warum? Ganz einfach, noch während ich überlegte, wo ich war, erspähte ich ein Schild mit der Aufschrift "Baden (Baden)". Ein Halt zu früh. Doofer Zugbegleiter.

Aber nicht nur deswegen habe ich nach einigen Zugfahrten wieder auf das Auto zurückgegriffen - neben überfüllten Zügen, Stehplätzen trotz Reservierung, massiven Verspätungen und sogar einer Nacht auf dem Hauptbahnhof Hannover habe ich einfach keine Lust gehabt, der Gnade der Bahn ausgeliefert zu sein - und da noch Geld für zu zahlen.

Wie schafft man es aber denn nun, eine Nacht auf dem Hannoveraner Hauptbahnhof zu verbringen? Tja, das ist mal mehr als eine gute Frage - aber wie ich es geschafft habe, verrate ich gerne. Wieder einmal wollte ich über das Wochenende "nach Hause" fahren und dieses Mal hatte ich eine Mitfahrgelegenheit. Einer meiner Kameraden - eigentlich schon fast ein Kumpel - kam eigentlich aus Hannover und war für eben dieses Wochenende auf dem Weg zu Frau und Kind, die dort noch lebten. Da drängte sich der Gedanke, mich mitzunehmen ja schon fast auf und nachdem wir uns über die Beteiligung am Sprit schnell einig waren, machten wir uns auf den Weg und auf die Bahn.

Leider brachte das Wetter eine relativ deutliche Verspätung mit sich, so dass wir erst um viertel nach zwölf nachts am Bahnhof Hannover waren. Der letzte Zug nach Bremen sollte von hier natürlich auch um viertel nach zwölf abfahren, aber trotzdem machte ich mich frohen Mutes (und einer gehörigen Portion Optimismus) auf den Weg zum Bahnsteig - nur um abgehetzt, keuchend und röchelnd die Rücklichter des ausfahrenden Zuges sehen.

Dumm gelaufen.

Der nächste Zug sollte erst morgens um viertel nach 5 fahren, und da ich mich in Hannover so gar nicht auskannte, hatte ich keine größeren Gelüste, mich in einem der örtlichen Hotels einzunisten. Wer weiß, in was für einem Etablissement ich dort landen würde. Also blieb ich, wo ich war: auf einer der Bänke.

Dort legte ich erst meine Reisetasche als Kopfkissen zu Recht und dann die Beine hoch. Nur eine gute Stunde später wurde ich etwas unsanft durch den Schlagstock eines Bahn-Sicherheits-Dienstleisters geweckt. Ebendieser schubste etwas unsanft an meinem Arm herum, während ich von einem Strand, mit Liegestuhl, Sonnenschein, einer leichten Brise und einem Schirmchendrink träumte. Als ich mich über diese Behandlung beschwerte und meine Lage kurz erklärte (die Worte "letzter Zug weg" reichten da schon, ließ er zum Glück recht schnell von mir ab und mich den Rest der ohnehin zu kurzen Nacht auch in Ruhe. Nach Hause kam ich dann am Samstag früh, pünktlich zum Frühstück. Natürlich mit frischen Brötchen.

Die Kollegen

Ganz allgemein waren die Kollegen im HQ mehr als in Ordnung. Gut, Ausnahmen gibt es ja bekanntlich immer - auch diese Dienststelle war davor nicht gefeit - aber das waren zum Glück die Kollegen, mit denen ich weniger zu tun hatte. Als besonders empfand ich meinen Einstieg, den ersten Tag in der neuen Dienststelle. Nachdem ich vom Spieß und dem Oberstaber[42] ja schon einfühlsam darauf vorbereitet worden war, am Montag auf eine längere Übung in ferne Gefilde zu verlegen, kam ich im Büro an. Ich meldete mich erst beim Abteilungsfeldwebel - der eine Art Spieß nur ohne goldene Kordel war (oder sich zumindest dafür hielt). Dieser verfrachtete mich sogleich in das Büro des Abteilungsleiters, eines Obersten.

Sehr zu meiner Überraschung kam mir als erstes ein "ohne Meldung rein und setzen" entgegen, noch bevor ich die Tür ganz geöffnet hatte. Der Oberst war zwar noch am Telefonieren, doch er winkte mich hinein, als ich vorsichtig ins Büro schaute - also müssten die Worte mir gegolten haben. Nachdem er den Telefonhörer relativ schwungvoll zurückgelegt hatte, streckte er mir eine riesenhafte Hand hin. Nach einer kurzen Vorstellung fragte er mich, wo ich denn herkäme - und als ich mit Bremen antwortete, sagte nur, dass er das schon wisse. Es stellte sich heraus, dass wir aus beinahe benachbarten Stadtteilen kamen, und wir stellten

---

[42] Oberstabsfeldwebel

fest dass die Welt wieder mal zum Dorf mutiert war. Irgendwie schien so eine ziemlich gute Basis für die Arbeit geschaffen zu sein, denn seine restliche Dienstzeit im HQ verstanden wir uns relativ prächtig. Leider wurde er nach einem guten Jahr versetzt und wurde Schulkommandeur in einem kleinen Kaff im Allgäu. Zu seinem ersten Besuch dort nahm er mich als Fahrer mit, und als wir uns unterwegs unterhielten, bedauerte er doch ziemlich, dass er versetzt wurde und er mich somit verlieren würde. Irgendwann kam er dann auf die Idee, ob ich ihn denn nicht begleiten wollen würde, als Fahrer, Schreib- und Vorzimmerkraft und ich zeigte mich dieser Idee nicht abgeneigt. Leider war die Dienststelle nicht nur 200 km weiter von meiner Geburts- und Heimatstadt entfernt, sondern ich würde auch meine Zulagen für den Auslandsdienst verlieren (Bayern zählte da schon nicht mehr als Ausland). Außerdem war meine eigene Dienstzeit auch nicht mehr so wahnsinnig lang, dass sich ein erneuter Dienststellenwechsel sinnvoll zeigte und so fragte ich, ob er mich dafür nicht für zwei weitere Jahre verpflichten könnte. Leider war das nicht möglich, und so blieb ich dem HQ erhalten, aber die drei Tage im Allgäu waren doch mehr als lustig.

Ein ähnliches Original war der Abteilungsfeldwebel. Diesen Posten teilten sich gleich zwei Menschen, und beide waren irgendwie einzigartig. Da war einerseits Stabsfeldwebel Bootsmann, dessen Name immer wieder Anlass zur Erheiterung bot. Allerdings war nicht nur sein Name einzigartig, sondern auch der Rest. Selten habe ich solch einen Feldwebeldienstgrad gesehen, der verzweifelt versuchte, militärisch zu wirken aber es niemals schaffte. Ungefähr einmal im Monat,

manchmal auch öfter, gab es abteilungsinterne Um-
trünke, die in unserem Besprechungsraum im ausge-
bauten Dachboden abgehalten wurden. Dazu mussten
allerdings die Getränke erst einmal dorthin geschafft
werden - mangels eines Aufzuges zu Fuß über 4 Eta-
gen. Da der Weg relativ weit war, haben wir natürlich
versucht, so viel wie möglich auf einmal nach oben zu
bringen. Dies führte gelegentlich zu amüsanten Begegnungen.

Einmal, der Staber und ich waren schwer bepackt mit
Weinflaschen auf dem Weg nach oben, kam uns der
"Deputy Chief of Staff, Support", kurz DCOS Support
(Stellvertretender Stabschef, Unterstützung) auf der
Treppe entgegen. Zu dieser Zeit war das ein deutscher
Brigadegeneral, der nicht nur "seinen" Mannschaften
und Unteroffizieren recht wohlgesonnen war, sondern
auch einen großartigen Humor hatte. Während ich
dem General kurz zunickte und ein zackiges "Morgen,
Herr General" losließ, damit sich die Flaschen unter
meinem Arm nicht der Schwerkraft ergeben, ließ der
Staber beinahe seine alkoholische Last fallen, um die
Hand zum Gruße an die Stirn zu führen. Dabei stellte
er sich allerdings so ungeschickt an, dass nicht nur die
Flaschen beinahe auf die Treppe fielen, sondern er
gleich hinterher. Da der gute Stabsfeldwebel nun aber
bemerkte, was er dort verzapfte, versuchte er sich und
die Weinflaschen mit hochrotem Kopf wieder in den
Griff zu bekommen.

Das veranlasste den General zu einer spöttischen Be-
merkung, die Farbe des Kopfes und des Weines betref-
fend - was wiederum von mir und dem Generalsfahrer
(der von irgendwoher aufgetaucht war) mit breiten,
nicht ganz lautlosen Grinsen quittiert wurde. Nach-

dem wir uns der Flaschen entledigt hatten und der General entschwunden war, brachte mir das natürlich gleich wieder eine Lektion in Sachen Benehmen gegenüber Vorgesetzten ein - nicht die Erste und auch nicht die Letzte.

Der zweite Abteilungsfeldwebel im Bunde war da nicht ganz so einfach zu verarbeiten. Er teilte unglücklicherweise seinen Namen mit dem Teil der Patrone, der nach dem Schuss übrigbleibt und seitlich aus der Waffe ausgeworfen wird. Dies war zwar im Büro selten Anlass zur Heiterkeit, aber dafür umso öfter beim jährlichen Übungsschießen. Da er komischerweise immer am Gewehrstand als Leitender eingeteilt war, machten sich die Aufsichten jedes Mal ziemlich beliebt, wenn sie nach dem Schießen daran erinnerten, die verschossenen Patronenhülsen aufzusammeln. Besonderes Gelächter erntete ein HG, der es tatsächlich schaffte, den Hauptfeldwebel in einem unaufmerksamen Moment nach dem Durchgang zu erwischen. Er packte ihn kurzerhand um die Hüfte, hob ihn auf und trug ihn zum Hülsen-Eimer. Seitdem war der Hauptfeldwebel nie wieder unachtsam beim Schießen und allein der Ausruf "Denkt daran, die Hülsen aufzusammeln" brachte uns ein "Wehe!" ein.

Ein perfektes Bespiel für gelebte Multinationalität erbrachte dagegen ein anderer Kollege. Ich teilte mein Büro mit einem belgischen Oberstabsfeldwebel. Gleich am ersten Tag stelle er sich mit den Worten "Hi, ich bin Eddy - wir teilen uns ein Büro" vor - und seit diesem Tage duzten wir uns. Das hat uns zwar zu Anfang leicht irritierte Blicke von Soldaten anderer Einheiten und Stellen eingebracht, aber eigentlich auch immer für Stimmung gesorgt. Eddy konnte man bereits über größere Entfernung an der Stimme erkennen. Neben dem üblichen Französisch und Flämisch sprach er fließend italienisch (dank seiner Frau, einer gebürtigen Italienerin) und im Büro sprach er Kölsch. Und zwar deutlich. Dazu kam noch, dass er nicht nur Karneval-Fan war, nein, er hatte auch noch einen absolut zuverlässigen Riecher für Bier. Wenn es irgendwo eine Quelle dafür gab, konnte man sich sicher sein, dass Eddy sie findet. Die restlichen Mannschafts- und Unteroffiziersdienstgrade waren Yves, Olivier, Pedro, Willie (der eigentlich Guillermo hieß) und Pedro. Durch die unterschiedlichen Nationalitäten zwar nicht unbedingt eine verschworene Runde, aber man konnte sich auf alle absolut verlassen.

Deutlich verschworener war da die Gemeinschaft im deutschen Quartier. "Unser" Flur bestand aus mehreren Stuben, sanitären Anlagen und einem Betreuungsraum mit kleinem Ausschank. Oft genug versumpften wir hier, bei Tannenzäpfle und ähnlichen Spezialitäten.

Die Einführung

Als ich gerade relativ frisch nach Strasbourg zuversetzt war, ließen es sich einige Kameraden nicht nehmen, mich in die örtliche Feierszene einzuweihen. Oder auch: wir waren schon öfter mal abends unterwegs um das ein oder andere alkoholische Getränk zu uns zu nehmen. Mal hier, mal dort, selten ein zweites Mal am gleichen Fleck (gut, das galt natürlich nicht für den Großraum-Zappelbunker in der Nähe), aber fast immer gut gelaunt. Eines Abends, wir hatten uns in einer Cocktailbar in Kehl verabredet, wollten meine Kollegen und Freunde mich aber wohl auf die Probe stellen. Wir saßen nun also mit einigen Leuten in der Runde und ein bunt dekoriertes Mischgetränk nach dem anderen gelangte aus den Gläsern in unsere Kehlen. Bis dann einer meiner Stuben-Mitbewohner verkündete, dass es Zeit wäre, mich in die erlauchte Gemeinschaft des Flures aufzunehmen.

Unter großem Hallo brachte die Bedienung ein Tablett, auf welchem unter viel buntem Zeug und von Wunderkerzen eingerahmt, ein Schnapsglas mit einer dunklen Flüssigkeit stand. Dieses Tablett wurde feierlich vor mir abgesetzt und es wurde weiter verkündet, dass ich zur Aufnahme in die Reihen der erlauchten Flurbewohner den Inhalt dieses Glases zu mir nehmen solle. Gleichzeitig würde ich - so ich das schaffen würde, ohne auch nur eine Miene zu verziehen - an diesem Abend freigehalten werden. Wie ich dieses Glas leeren sollte, war mir freigestellt, ich durfte mir nur nicht die Nase zuhalten. Ich besah also den Inhalt des Glases etwas genauer. Die Farbe erinnerte mich ein wenig an altes Motorenöl, die Konsistenz war aber eher die von Terpentin. Über den Geruch berichte ich jetzt einfach mal nichts, das muss schon jeder selber ausprobieren. Aber genau daran erkannte ich den Inhalt dieses Glases und musste mir ein leichtes Grinsen ganz gewaltig verkneifen - war mir doch dieses Gebräu und seine Wirkung alles andere als unbekannt. Ich setzte also das Glas an, nippte einmal, um den Geschmack aufzunehmen und trank dann ganz langsam und mit sichtlichem Grinsen setzte ich das leere Glas wieder aufs Tablett. Das Ganze kommentierte ich mit den Worten: "Ah, KrabeldieWandenuff[43] ...immer wieder feurig und lecker."

Wie kam ich aber nun zu dieser Erkenntnis? Ganz einfach: auf dem alljährlichen Osterfeuer einer der "großen" Parteien hatte mein Vater zwei Flaschen dieses Teufelszeuges mitgebracht. Da es aber nun irgendwann langweilig wurde und das herumsitzen und dem Feuer beim herunterbrennen zuzuschauen auch nicht besser war, beschlossen wir, eine Runde "Die Böse 7" zu spielen. Dabei wird mit zwei sechsseitigen Würfeln gewürfelt. Wer eine sieben gewürfelt hat, muss die Würfel abgeben und einen trinken. In diesem Fall ein Glas "KrabeldieWandenuff". Dann ist der Nächste dran und darf würfeln. Wenn der Spieler beim ersten Versuch keine sieben Augen geworfen hat, kann er entweder weitermachen oder freiwillig abgeben. Auf Dauer gesehen kommt dabei allerdings die Sieben ziemlich oft, so dass die zwei Flaschen relativ schnell

---

[43] Ein ziemlich scharfer Kräuterschnaps

leer waren, wir aber immer voller wurden. Das Schlimme dabei ist, dass man sich irgendwann an dieses Zeug gewöhnt und deswegen konnte ich schon am Geruch erahnen, was mich bei dieser Prüfung erwartet.

Dann sammelten die Kollegen so langsam die heruntergeklappten Kinnladen wieder ein. Immerhin war ich anscheinend der Erste, der das Zeug nicht nur getrunken hatte, sondern das Glas langsam bis zum letzten Tropfen geleert hatte und auch noch richtig erkannte hatte, was das denn nun war. Ich musste an diesem Abend meinen Deckel wirklich nicht bezahlen, aber von dem Zeug wollte auch keiner mit mir noch ein Glas trinken. Ich kann gar nicht verstehen, warum.

Ein Arzt ist besser als kein Arzt?

Ein ganz besonderes Thema in Strasbourg war unsere damalige Ärztin. Ungefähr 1,60m groß und mit fahlroten, kurzen Haaren wirkte sie regelmäßig alles andere als militärisch. Das spiegelte sich nicht nur in ihrem Auftreten wieder, sondern auch in ihrer Behandlungsmethode. Gut, um ganz ehrlich zu sein, ich hatte schon einiges erlebt bei den Bundeswehrärzten.
Voltaren gegen Kopfschmerzen und Fieber, Paracetamol und Nasenspray nach Foul auf dem Fußballplatz waren da schon an der Tagesordnung, aber diese Frau schoss echt den Vogel ab.

Ein Kamerad, der sich bei einem der in Strasbourg wohl recht häufig anzutreffenden "leichten Mädchen" etwas weggeholt. Gar nich mal so problematisch, sollte man meinen, stellt doch die moderne Schulmedizin genug Möglichkeiten bereit, seinen Kameraden wieder fit zu bekommen. In der Regel lernt man(n) auch daraus und sorgt beim nächsten Mal mit dem passenden "Anzug" für Sicherheit.

Meinem Stubennachbarn wurde allerdings ein schlechter Tag unserer Ärztin beinahe zum Verhängnis, denn sie empfahl ihm doch tatsächlich, seinen kleinen Freund drei Mal am Tag in Naturjoghurt zu tunken. Das mag ja ein interessanter Behandlungsansatz sein und auch für Freunde der sanften und natürlichen Heilkunde durchaus eine mögliche Alternative,

255

aber unsere allseits beliebte Ärztin verweigerte ihm die konventionelle Behandlung.

Auch ich hatte meinen Zusammenstoß mit ihr - und der hatte überraschend weitreichende Folgen. Ich hatte nach meinem zweiten Autounfall immer wieder mit Problemen der Nackenmuskulatur zu kämpfen. Zum Teil ging das so weit, dass mir von anderen Bundeswehrärzten ein ziemlich starkes Muskelrelaxans verschrieben wurde, damit ich überhaupt halbwegs geradeaus stehen konnte. Nun plagten mich wieder einmal Schmerzen im Nacken, gepaart mit Einschränkungen der Bewegungsfreiheit. Auf Deutsch: Ich konnte zwar geradeaus gucken aber nicht nach links und rechts, also suchte ich unseren Sanitätsbereich auf.

Ich wurde auch relativ schnell zur Ärztin vorgelassen und schilderte ihr mein Problem. Ihre Antwort war aber doch etwas überraschend, schlug sie mir doch vor, mich chiropraktisch zu behandeln. Da sie sich aber selber nicht die nötige Körperkraft zutraute, meinen Nacken wieder geradezubiegen, sollte die eigentliche Behandlung durch den Arzthelfer unter ihrer Anweisung durchgeführt werden. Der hatte allerdings selber einige Bedenken und gab zu, so etwas noch nie gemacht zu haben. Da wurde es mir zu bunt und ich bat die Ärztin, mir etwas gegen die Schmerzen zu geben und wollte gehen. Da trage ich doch lieber die Kosten für eine Massage selber, bevor mir jemand durch eine ungeschickte Bewegung den Rest des Lebens versaut.

Leider fand unsere Ärztin das weder gut noch lustig. Sie wollte unbedingt diese Behandlung durchführen (lassen) und befahl mir, zu bleiben. Das war das erste Mal, dass ich wissentlich und absichtlich einen Befehl verweigert habe. Ich ging also ziemlich direkt wieder in mein Büro, wo mich kurz darauf ein Anruf des Spießes ereilte. Er ließ sich von mir die ganze Geschichte noch einmal schildern, denn offensichtlich hatte die Ärztin mich dort angeschwärzt. Aber gut, ich dachte mir "Was die kann, kann ich auch" und schrieb am nächsten Tag eine förmliche Beschwerde und gleichzeitig entzog ich der Ärztin das Vertrauen - eine Maßnahme, die es einem Standortarzt verbietet, einen weiter zu behandeln. Klingt schlimm, ist es aber gar nicht - leider muss man aber auf solche Mittel zurückgreifen, denn man hat bei der Bundeswehr ja keine freie Arztwahl.

Der Beschwerde gegen den Befehl, mich behandeln zu lassen, wurde auch stattgegeben. Das geschah zwar mit deutlichem Zähneknirschen aber was sollte man dagegen machen - immerhin hatte auch der Mannschaftsdienstgrad aus dem Sanitätsbereich ebendieses ausgesagt. Etwas anders sah es da schon mit dem Vertrauensentzug aus. Da im Standort nur ein einziger Arzt war und wir zudem noch im Ausland waren, wurde der Vertrauensentzug abgewiesen und mir befohlen, mich im Falle einer Krankheit oder Verletzung dort wieder behandeln zu lassen. Meinen etwas flapsigen Einwurf, dann würde ich mich halt in Zukunft gegebenenfalls montags bei einem heimatnahen Arzt behandeln lassen, bekam ich quasi postwendend um die Ohren geschlagen - mit der Androhung disziplinarischer Maßnahmen.

Also blieb nur noch ein Weg: die weitere Beschwerde gegen den Befehl, mich weiter von einer Ärztin behandeln zu lassen, die mit einer Behandlung meine Gesundheit unwiderruflich gefährden wollte. Diese Beschwerde zog dann allerdings arg weite Kreise - deutlich weiter, als ursprünglich beabsichtigt war, denn eines Tages erhielt ich einen Brief vom Rechtsberater einer übergeordneten Stelle im Verteidigungsministerium. Darin stand sinngemäß, dass ich mir doch bitte gut überlegen solle, ob ich die Beschwerde weiterhin aufrecht erhalten möchte, da man im Falle einer Entscheidung das Wort eines Hauptgefreiten gegen das Wort einer anerkannten und erfahrenen Oberstabsärztin stellen würde. Was dabei herauskommen würde, wäre ja wohl ziemlich eindeutig und würde gegen mich sprechen

Der Inhalt des Schreibens wurde mir auch noch mal in einem kurz darauf folgenden Telefonat "nahegebracht" - verbunden mit dem Hinweis, dass wenn ich die Vorwürfe aufrecht erhalten würde und - insbesondere mit dritten darüber sprechen würde - durchaus das Material für einen Zivilprozess wegen Verleumdung ausreichen würde. Das brachte allerdings das Fass in mir zum Überlaufen. Ich teilte dem Rechtsberater mit, dass er sich gehackt legen könne und ich die Beschwerde alleine wegen des erfolgten Anrufes schon aufrechterhalten würde. Gleichzeitig würde ich mich doch sehr auf diesen Prozess freuen, denn da würden die Medien (insbesondere die schon erwähnte bekannte Zeitung mit den vier Buchstaben) sicherlich sehr interessiert sein. Noch am selben Tag stellte ich das Material in Kopie zusammen und schickte es mit der Bitte um Überprüfung an einen Anwalt und gleichzeitig an den Wehrbeauftragten des Bundestages. Der allerdings konnte der "Aktenlage" nichts Bedenkliches entnehmen und wollte in der Sache nicht weiter aktiv werden.

Wirklich erstaunlich war allerdings, dass die Ärztin ab dem Zeitpunkt des Anrufes des Rechtsberaters spurlos verschwunden war. Offiziell hieß es, sie würde Resturlaub abfeiern, inoffiziell erfuhr ich, dass sie ihren Schreibtisch weder freiwillig noch in Ruhe räumen konnte, sondern ein wenig überstürzt in ihren "Resturlaub" geschickt wurde. Kurz nachdem ich dieses allerdings erfahren hatte, wurde ich wieder einmal zum Spieß beordert und bekam dort den Befehl, bloß nichts über eventuelle Gerüchte des Flurfunkes zu glauben - Tatsache wäre, dass die Ärztin beschlossen hatte, ihren restlichen Urlaub zu nehmen.

Ein Befehl, bei dem es mir arg schwer fiel, ernst zu bleiben.

Internationale Zusammenarbeit?

Insgesamt hatten wir trotz der üblichen Verständigungsschwierigkeiten eine mehr als gute Kameradschaft, auch Nationenübergreifend. Nicht unbedingt alle, aber zumindest die, die mit den Angehörigen der anderen Streitkräfte zu tun hatte, war auch willens, mehr als nur ein dienstliches Wort zu wechseln. Immerhin konnte man dabei erstaunliches erfahren - so berichtete mir Willie, ein spanischer Mannschaftsdienstgrad grinsend und in bestem Englisch, dass in Spanien keine Geländewagen eines großen Herstellers mit dem Namen "Pajero" verkauft würden. Warum das so wäre? Ganz einfach, meinte Willie, "in spanish, »pajero« means »wanker«", »Pajero« heißt in Spanien also »Wichser«.

Ebenso erfuhr ich, dass einer der spanischen Oberstleutnants beinahe fließend deutsch sprach. Er hatte seinen Generalstabslehrgang an der Führungsakademie der Bundeswehr in Hamburg absolviert. Und auch wenn wir uns gelegentlich gegenseitig auf den Arm nahmen (die Aussprache des Wortes »Coronel[44]« war bei undeutlicher Aussprache leicht zu verwechseln mit »cojones[45]« - und bei diesem Oberst machten wir es immer wieder - ebenso wie er uns immer wieder lachend korrigierte), war die Verständigung untereinander, unabhängig von Nationalität, Dienstgrad oder

---

[44] span. "Oberst"
[45] span, umgangssprachlich für "Hoden"

Teilstreitkraft, immer irgendwie möglich. Manchmal zwar nur mit Händen, Füßen, Kameraden zum Übersetzen oder einem Wörterbuch, aber wirkliche Probleme hat es dabei nie gegeben.

Der französische Teil meiner Abteilung bestand unter anderem aus einem Oberstleutnant der Fremdenlegion, der einen Teil seiner Dienstzeit bei uns absolvierte, Olivier, einem Mannschaftsdienstgrad und Schreiber und Fahrer des Abteilungsleiters (eine Rolle, die ich später mit übernommen habe), J.P., dem Fahrer des stellvertretenden Abteilungsleiters und Kamel, einem arabischstämmigen Franzosen, dessen beachtlicher Bauchumfang meinen noch um einiges übertraf. Auch mit ihnen war es immer ein angenehmes und interessantes Arbeiten. Nicht weniger Interessant war das Essen in Frankreich. Ich hatte ja schon einmal kurz die Qualität des Essens während einer Übung beschrieben - aber die durchweg französischen Küchenmeister schafften es regelmäßig spielend, diese Katastrophen zu unterbieten.

Während der Wache wurde essen sowieso völlig überbewertet. Wir bekamen morgens ein Lunchpaket für Frühstück, eine "Auswahl" an Mikrowellengerichten für Mittags, wieder ein Lunchpaket für den Abend und eine weitere Auswahl an Mikrowellengerichten für eine zweite warme Mahlzeit. Gegessen wurde dann von Plastiktellern mit Plastikbesteck. Wer nicht Wache hatte, konnte natürlich in der Kantine essen. Dort war das Essen aber so, dass wir es vorzogen, auf der Stube einen Kühlschrank aufzustellen und dort für Frühstück und Abendbrot selber zu sorgen. Das war nicht nur billiger (wir mussten in der Kantine selber bezahlen, bekamen dafür aber unser Verpflegungsgeld ausgezahlt), sondern auch schmackhafter und reichhaltiger. Das Mittagessen nahmen wir dann allerdings öfter in der Kantine zu uns, wobei es aber gelegentlich zu erstaunlichen Szenen kam: Ich war ziemlich spät dran und an diesem Tag gab es "Steak Haché", also Hacksteak, zusammen mit Gemüse, Kartoffeln und Sauce. Erst wanderten Kartoffeln und leuchtend grüne, aber harte Erbsen auf meinen Teller, dann eine Kelle heller Sauce hinterher und am Ende landete ganz oben auf ein beinahe Faustgroßes, schwarzes Etwas.

Beim Anschneiden stellte sich der undefinierbare Klumpen schließlich als das Hacksteak heraus, denn unter der schwarzen Kruste leuchtete mir sattrot das beinahe rohe Fleisch entgegen. Unwillkürlich entfuhr mir ein "Ist hier zufällig ein Veterinär? Ich glaube, das lebt noch, da ist noch was zu retten..."Leider hatte ich die Rechnung ohne den Leiter unserer kleinen aber wichtigen Stabsveterinärgruppe gemacht. Dieser, ein Oberstveterinär, saß mir dummerweise genau gegenüber, schaute mich traurig an und schüttelte mit den Worten "Tut mir leid, da ist nichts mehr zu retten" den Kopf. Das führte zu schallendem Gelächter der anwesenden deutschen Soldaten (inklusive der Offiziere) und zu bösen Blicken seitens der Küchenbullen.

Dafür legten sich unsere Köche ganz besonders ins Zeug, wenn wir auf Schießplätzen in der Umgebung waren: Sie zauberten mehr als einmal aus ihrer Feldküche ein dreigängiges Menü.
Besonders beliebt war die Kombination "Kartoffelsuppe mit Speck", "Putensteak Hawaii" mit Kartoffeln und Bohnen und als Dessert ab es zweierlei Pudding-

sorten. Meistens zauberten diese mobilen Helden der Gaumenfreude dann auch noch einen Kuchen aus der Hinterhand und sorgten mit literweise magenfreundlichem Kaffee immer für gute Stimmung. Auf diese Unterschiede angesprochen, entgegnete mir der deutsche Küchen-Oberfeldwebel, die Franzosen hätte einfach keine Ahnung, wie man günstig und gut kocht - der Tagessatz für die Verpflegung wäre der gleiche, es wäre einfach eine Frage der Planung und des Einkaufens.

Das Ende

Auch wenn man es in der Regel nicht mehr so stark merkte, wie noch 2001 während meiner Lehrgangszeit, so zogen während meiner Zeit in Strasbourg doch dunkle Wolken des Krieges über die Welt. Nicht mehr als sonst, aber für mich wurden sie deutlicher. Viel deutlicher als zuvor. Unser Name wurde immer wieder für einige Schauplätze aufgerufen, die alles andere als sicher waren: Irak, Afghanistan ...und noch so einige mehr. Schließlich zeichnete sich Afghanistan mehr als deutlich ab, und ein Major aus meiner Sektion wurde dorthin geschickt, um als Verbindungsglied für einen eventuellen Einsatz nicht nur zu erkunden sondern auch um die Lage vor Ort einzuschätzen.
Eines Tages erreichte uns dann ein Anruf, unterlegt vom Rauschen und Knarren einer schlechten Verbindung und wir konnten einige Worte wechseln. Bis dann plötzlich ein Pfeifen zu hören war und der Major sagte "Oh, Granatwerfer. Gleich ist die Leitung wieder..."

Und weg war die Verbindung. In diesem Moment wurde es wirklich allen noch einmal ganz deutlich vor Augen gehalten und bewusst gemacht: was da stattfindet, ist kein Spiel, keine Übung, kein Hilfseinsatz. Das ist Krieg. Schon lange, bevor es in den Medien als solches bekannt gemacht wurde. An diesem Punkt verwaschen meine Erinnerungen an die eigentliche Dienstzeit. Ich hatte mittlerweile nur noch Tage statt Wochen oder Monate in Strasbourg und war eigentlich schon mit dem Kopf wieder in Bremen. Auch wenn es zum Ende hin noch die ein oder andere erwähnenswerte Situation gab, so zählte nur noch eines: nach Hause zu kommen. Dort hatte ich in der Zwischenzeit auch eine Frau kennengelernt - eine, mit der ich mir durchaus mehr vorstellen konnte, als nur ein zwangloses Techtelmechtel zu haben wie bis dahin.

Der Rest der Dienstzeit verging wie im Flug und eh ich mich versah, war ich schon ausgekleidet und verbrachte die letzten Tage in zivil in der Kaserne. Und so ging eine Ära zu Ende - vier Jahre Bundeswehr, davon beinahe 2 Jahre im Ausland.

Beinahe 10 Jahre nach all diesen Ereignissen bin ich beim Stöbern im Internet auf eine Aktion mit dem wohlklingenden Kürzel „NaNoWriMo" gestoßen.

Beim „National Novel Writing Month" geht es jedes Jahr im November darum, eine Geschichte mit mindestens 50.000 Wörtern zu schreiben.

Gut, ich habe dafür etwas länger als einen Monat gebraucht, aber trotzdem sind es über 50.000 Wörter, die sich jetzt hier in Buchform wiederfinden.

Mehr von mir zu lesen gibt es natürlich auch – und zwar im Internet.

Blog: http://nobelix.wordpress.com
E-Mail: der.nobelix@googlemail.com
Twitter: @dernobelix
Facebook: http://www.facebook.com/dernobelix